AF304529

Melanie Lindorfer, geboren 1986, lebt mit ihrer Familie in Oberösterreich. Sie ist fasziniert von den Relikten der Vergangenheit, von Dingen, die verborgen, vergessen oder aus der heutigen Zeit verschwunden sind. Inspiration für ihre Geschichten holt sie sich auch bei ihren Streifzügen durch den Böhmerwald und die geheimnisvolle Landschaft des Mühlviertels.

Fantasie und Kreativität bereichern und bestimmen ihren Alltag und ihren beruflichen Werdegang. Dieser führte von der Gestaltung von Magazinen über die Organisation von Pressereisen, das Schreiben für Unternehmensblogs bis zur Leitung einer Marketingabteilung. Nur das berufsbegleitende Studium der Wirtschaftswissenschaften erforderte weniger Kreativität als Sitzfleisch. 2017 wurde die Autorin schließlich zur Mama befördert und hat, während der Nachwuchs schlief, ihren ersten Roman verfasst. Seither schreibt sie in verschiedenen Genres.

Was mein HERZ dir sagen MÖCHTE

MELANIE LINDORFER

Erstausgabe Februar 2020

© 2020 dp DIGITAL PUBLISHERS GmbH

Made in Stuttgart with ♥
Alle Rechte vorbehalten

Was meine Herz dir sagen möchte

ISBN 978-3-96817-061-9
E-Book-ISBN 978-3-96087-993-0

Covergestaltung: Buchgewand
Umschlaggestaltung: ARTC.ore
Unter Verwendung von Abbildungen von
depositphotos.com: © kanate
shutterstock.com: © mimomy, © Reinke Fox, © Intellson, © Binkski

Lektorat: Sofie Raff
Satz: dp DIGITAL PUBLISHERS
Druck und Bindung: Books on Demand GmbH, Norderstedt

Für Elisa und Valerie.

Durch den Lärm der Welt hindurch,

hört stets auf euer Herz!

1

So ein Mist. Annabell duckte sich hinter einer Mauer aus Katzenfutterdosen und spähte durch einen Spalt auf die andere Seite des Regals. Sie war nur kurz in den Supermarkt um die Ecke geflüchtet, um Nachschub für ihre hungrige Mitbewohnerin zu holen. Peppers war ungenießbar, wenn sie Hunger hatte. Und jetzt musste Annabell ausgerechnet Brigitte hier treffen.

„Verzeihung. Dürfte ich ..." Eine Frau tippte Annabell von hinten auf die Schulter und zeigte auf eine Dose, die sich oberhalb von Annabells Kopf befand.

„Minki mag nur diese Sorte", rechtfertigte sich die Frau für die Störung. Annabell ging einen Schritt zur Seite und schaute sich nach einem anderen Versteck um. Zu spät. Die große Blondine hatte sie bereits entdeckt und steuerte mit dem voll beladenen Einkaufswagen und einem strahlenden Lächeln auf sie zu.

Annabell suchte nach einer Ausrede. Es war ihr unangenehm, dass sie noch nicht auf die Einladung zu Brigittes Junggesellinnenabschied reagiert hatte, aber seit der Trennung von Jan waren schließlich erst drei Wochen vergangen. Gut gelaunte Menschen konnte sie im Moment ohnehin kaum ertragen, in ausgelassener Partystimmung wären sie erst recht nicht auszuhalten.

Aus diesem Grund lag der rosa Briefumschlag verschlossen auf ihrem Küchentisch, vergraben unter einem Stapel aus Zeitungen und Werbung. Es war unnötig, den Brief zu öffnen. Sie wusste schon jetzt mehr darüber, was Brigitte an diesem Abend erwarten würde, als die Braut selbst, die mit den Details überrascht werden sollte. Luisa, die sie damals mit Brigitte bekannt gemacht hatte, redete seit Tagen von nichts anderem. Annabell rang sich ein Lächeln ab. Brigitte strahlte zurück, küsste Annabell zweimal auf die Wangen und sprudelte gleich darauf los.

„Wie gut, dass ich dich hier treffe. Heute Abend um acht ist es soweit. Du bist doch dabei?"

Kein Wort zum Beziehungs-Aus mit Jan? Hatte Brigitte noch nicht davon erfahren? Gut, so blieben ihr wenigstens die mitleidigen Kommentare erspart.

„Also, weißt du ...", murmelte Annabell. „Ich habe zurzeit viel um die Ohren."

„Du musst kommen. Wirklich! Es wird bestimmt lustig und wird dich auf andere Gedanken bringen."

Annabell zuckte zusammen. Hatte es sich also doch herumgesprochen.

„Ich werde es versuchen. Versprechen kann ich es aber nicht", entgegnete sie, verabschiedete sich eilig und bahnte sich ihren Weg zur Kasse. Die Party würde ohne sie steigen. Brigitte war nur eine flüchtige Bekannte. Wer sollte Annabell schon vermissen?

Sie hatte das Bedürfnis, sich in ihren vier Wänden zu verkriechen. In der Geborgenheit ihrer Altbauwohnung konnte sie ungeniert weinen, während sie sich Liebesschnulzen ansah. In weichen Kissen und im Selbstmitleid versinken.

Jan hatte es nach Möglichkeit vermieden, zu ihr nach Hause zu kommen. Es war ihm viel zu eng, zu vollgestellt mit Dingen, die ihre besten Zeiten hinter sich hatten.

Sollte er doch glücklich werden in seinem Loft, das so steril war wie sein Arbeitsplatz im OP. Mit einer blitzeblanken Küche, in der die Töpfe kalt blieben. Annabell hatte einmal den Fehler begangen, dort für ihn zu kochen. Das dabei entstandene Chaos hatte ihm den Appetit verdorben. Eine geschlagene Stunde hatte er damit verbracht, jeden Winkel der Küche akribisch zu putzen.

Sie erinnerte sich daran, wie klein sie sich oft in seiner Gegenwart gefühlt hatte, doch es änderte nichts an ihrer Traurigkeit. Annabell war nicht gerne alleine.

Normalerweise. Heute jedoch würde sie lieber auf Gesellschaft verzichten. Dennoch war sie froh, dass sich Peppers eng an sie schmiegte. Der Katzenkörper hob und senkte sich gemächlich und Annabell widerstand der Versuchung, ihre Finger in das weiche Fell zu graben. Sie wollte die Katze nicht wecken. Eine solche Störung bestrafte Peppers gewöhnlich, indem sie sich beleidigt in eine Ecke verzog. Dann würdigte sie Annabell keines Blickes, bis der Hunger die Übermacht gewann und sie versöhnlich stimmte.

Annabell zappte gerade durch das Fernsehprogramm, um sich einen zu ihrer Stimmung passenden Film auszusuchen, da schrillte die Türglocke. Peppers huschte unters Bett, Annabell schaltete hastig den Fernseher ab. Wenn sie sich ruhig verhielt, würde der Besuch vielleicht wieder abziehen.

„Ich weiß, dass du zu Hause bist", rief eine bekannte Stimme von draußen. „Mach endlich die Tür auf!"

Annabell schlurfte zur Wohnungstür und öffnete ihrer Freundin.

„Freitagabend und du hockst hier im Pyjama herum", schimpfte Luisa beim Hereingehen. „Das kann wohl nicht dein Ernst sein!"

„Mein voller Ernst. Mich kriegen heute keine zehn Pferde aus dem Haus. Kannst du denn nicht verstehen, dass ich lieber alleine sein will?"

Luisa ließ keinen ihrer Einwände gelten. Bald hatte Annabell den energischen Überredungskünsten nichts mehr entgegenzusetzen und gab sich geschlagen.

Sie schlüpfte in ihr rotes Lieblingskleid. Der Schnitt schmeichelte ihrer Figur und sie mochte die schlichte Eleganz. Lustlos trug sie etwas Schminke auf und band ihr braunes Haar zu einem Pferdeschwanz.

„Du wirst sehen, das bringt dich auf andere Gedanken", versicherte Luisa, während sie ihre Fingernägel passend zum pinkfarbenen Top lackierte. Annabell betrachtete ihre Freundin im Spiegel. Sie waren wie ein Foto und sein Negativ, auf den ersten Blick das genaue Gegenteil, auf den zweiten hatten sie so viel gemeinsam. Annabell beneidete Luisa um die blonde Lockenmähne und ihr selbstbewusstes Auftreten. Sie selbst fühlte sich mit ihren siebenundzwanzig Jahren oft unsicher wie ein Teenager. Ob es nun ein ungeschriebenes Naturgesetz war, dass sich Gegensätze anzogen, oder ob sie es dem Zufall zu verdanken hatte: Sie wusste, was sie an Luisa hatte.

Gegen Mitternacht stürmte ein halbes Dutzend aufgekratzter Partymäuse die Tanzfläche. Der DJ spielte auf Brigittes Wunsch *Time of my life*. Umringt von ihren Freundinnen wirbelte sie herum und musste sich dabei ständig den Schleier zurechtrücken, der notdürftig in ihrem Haar festgemacht war. Annabell hätte sich gerne für sie gefreut, nur, es gelang ihr nicht und das hatte einen Grund.

Anfang Mai hatte Jan nach einem halben Jahr Beziehung verkündet, dass sie fortan getrennte Wege gehen würden. Knapp zwanzig Minuten hatten ihm genügt, um aus ihrem Leben zu verschwinden. Zahnbürste, Duschgel und die wenigen Kleidungsstücke, die er zum Wechseln in ihrer Wohnung deponiert gehabt hatte, waren schnell zusammengepackt gewesen. Eine Erklärung blieb er ihr schuldig.

Natürlich hatte sich bereits davor abgezeichnet, dass sie sich in unterschiedliche Richtungen entwickelten. Er war auf der Überholspur unterwegs, mit seinem Tempo konnte sie nicht mithalten. Er war gegangen und hatte nicht zurückgeblickt, als hätte sie ihm nie etwas bedeutet. Dieser Gedanke hämmerte unentwegt in ihrem Kopf.

Sie seufzte und ließ ihren Blick durch den überfüllten Club schweifen. Die gute Laune der feiernden Menschen konnte sie nicht anstecken. Im Gegenteil, sie bedrückte sie nur noch mehr.

Plötzlich erstarrte Annabell. Als hätte sie ihn mit ihren Gedanken herbeigerufen, lehnte ihr Ex am anderen Ende der Bar. Und er war nicht allein: Eine attraktive Brünette stand neben ihm. Die beiden wirkten vertraut – gerade fuhr sie ihm mit den Fingern zärtlich durchs

Haar. Bei näherem Hinsehen erkannte Annabell Jans Kollegin. Auf einmal konnte Annabell sich zusammenreimen, was – oder wer – den Ausschlag für die Trennung gegeben hatte.

„Dieser Scheißkerl!" Annabell kämpfte mit den Tränen. Sie löste sich aus ihrer Erstarrung, bahnte sich einen Weg durch die tanzende Menge und flüchtete auf die Toilette. Kaum hatte sie die Kabine versperrt, brach sie in Schluchzen aus. Wut über die Demütigung stieg in ihr auf, fand aber kein Ventil. Es fühlte sich an, als müsse sie innerlich zerreißen. Sie war so blind gewesen. So dumm.

Nur langsam gewann sie ihre Fassung zurück. Sie putzte sich die Nase mit dem raufaserigen Toilettenpapier, schloss die Tür auf und trat aus ihrem Versteck. Sie stellte sich vor den Spiegel und wischte die verlaufene Wimperntusche aus ihrem Gesicht. Ihre Wangen glühten, deshalb kühlte Annabell sie mit den nassen Händen. Bevor sie den Raum verließ, zupfte sie ihr Kleid zurecht. Sie wollte sich vor Jan keine Blöße geben.

Zurück an der Bar entdeckte sie ihre beste Freundin, setzte sich neben sie auf einen Barhocker und bestellte zwei Tequilas. Luisa schaute sie fragend an, woraufhin Annabell vielsagend in Jans Richtung nickte. Luisa verengte die Augen und schien Jan mit ihrem Blick aus der Ferne zu verwünschen. Sie hatte ihn nie besonders gut leiden können. Dann nahm sie Annabell eines der Schnapsgläser aus der Hand und prostete ihr zu. Annabell biss in die Zitrone, ohne das Gesicht zu verziehen. „Noch zwei!" Mit den Fingern in der Luft verlieh sie ihrer Bestellung Nachdruck.

In der Zwischenzeit hatten Brigitte und die Mädels den DJ zu einem weiteren Song überredet. *I could be so lucky, lucky, lucky, lucky* tönte Kylies Stimme durch den Club. Fassungslos schlug Annabell die Hände vors Gesicht. Luisa winkte den Barkeeper heran und bestellte eine weitere Runde.

„Hey Süße!" Luisa glitt vom Barhocker, um Annabell zu umarmen. „Sei froh, dass du ihn los bist. Echt, wer hätte geahnt, dass Jan so ein Arsch ist? Er hat dich gar nicht verdient."

Dann bemerkte Annabell, dass Jans Neue zu ihr herschaute und ihm dabei etwas ins Ohr flüsterte. Sein Gesicht konnte sie nicht sehen, weil er ihr den Rücken zuwandte. Jetzt zuckte er mit den Schultern, die Brünette kicherte. Was sollte das? Machte er sich etwa über Annabell lustig?

Gerade als sie Luisa von ihrer Beobachtung erzählen wollte, wurde sie von hinten angerempelt. Jetzt reichte es aber! Sie fuhr herum und war bereit, all den Ärger über die Ungerechtigkeit, die ihr zuteilgeworden war, an diesem Rüpel auszulassen. Doch dazu kam es nicht. Sie erwartete, ihrem Gegenüber auf Augenhöhe zu begegnen. Der Mann hatte sich jedoch gebückt, um die Scherben eines Glases aufzuheben, das bei dem Gedränge zu Bruch gegangen war. Sie sah zu ihm nach unten. Im selben Moment richtete er sich auf. Ihre Köpfe knallten mit voller Wucht aneinander. Der unerwartete Schmerz ließ sie aufstöhnen. Sie musste für einen Moment die Augen schließen, um das Schwindelgefühl zu vertreiben. Als sie sie wieder aufschlug, traf sie ein besorgter Blick. Der Mann hielt sie behutsam an den Schultern fest und sah sie eindringlich an. Seine Augen waren dunkel im Dämmerlicht der Bar und wirkten erstaunlich sanft.

„Geht es dir gut?"

Annabell fing an zu weinen.

Mit dieser Reaktion hatte ihr Gegenüber wohl nicht gerechnet. Ratlosigkeit stand ihm ins Gesicht geschrieben. Zum Glück tauchte Luisa kurz darauf mit etwas Eis wieder auf, das sie beim Barkeeper organisiert hatte. Sie drückte es dem Fremden in die Hände und nahm Annabell in den Arm. Aus dem Augenwinkel bekam diese mit, dass der Mann die Hand unschlüssig in ihre Richtung hob. Dann räusperte er sich. Annabell hob ihren Kopf von Luisas Schulter und sah ihn verständnislos an. Nun legte er die Reste der Eiswürfel auf den Tresen und trocknete sich die Hände an seiner Hose ab.

„Es tut mir wirklich leid. Es war keine Absicht", stammelte er.

Annabell wischte sich die Tränen aus dem Gesicht. „Schon gut. Ist ja nichts passiert", sagte sie nun wieder gefasster.

Als sie sich schon umdrehen wollte, erwiderte er hastig: „Ich bin übrigens Vincent. Darf ich dich zu einem Getränk einladen?"

Annabell schüttelte schwach den Kopf. „Nicht nötig", murmelte sie. Doch Vincent ließ sich nicht so schnell abwimmeln. „Ich bestehe darauf! Schließlich habe ich etwas gut zu machen."

Sie öffnete den Mund, um abzulehnen, überlegte es sich aber noch einmal anders. Auf einen Drink mehr kam es heute nun wirklich nicht mehr an, also willigte sie ein und sah, wie ein Lächeln Vincents Miene aufhellte.

Bei einem Drink blieb es nicht. Der Inhalt der Whisky-Flasche, die zwischen ihnen auf dem Tresen stand, hatte sich binnen kürzester Zeit verflüchtigt. So kam es Annabell jedenfalls vor. In Wirklichkeit war ihr jegliches Zeitgefühl verloren gegangen. Brigitte war mit ihrer Truppe längst weitergezogen und nun drängte auch Luisa zum Aufbruch. Sie half am Samstagmorgen in einem Café in der Innenstadt aus und ihr blieben nur noch wenige Stunden Schlaf. Annabell jedoch dachte nicht daran, nach Hause zu gehen.

„Ich seh dich dann morgen", rief ihr Luisa zu. Bevor sie sich zum Gehen wandte, warf sie ihrer Freundin noch einen prüfenden Blick zu. Dann ließ sie die beiden alleine.

Der Alkohol war Annabell in den Kopf gestiegen und lockerte ihre Zunge. Wie ein Häufchen Elend saß sie in sich zusammengesunken da. Geduldig hörte Vincent zu, als sie darüber erzählte, was in ihrem Leben im Moment alles schieflief. Er war wirklich erstaunlich aufmerksam, dachte Annabell benebelt, und eigentlich auch recht gutaussehend.

Die Worte flossen nur so aus ihr heraus, auch wenn sie bemerkte, dass sie etwas verschwommen klangen. Immer wieder wanderte Annabells Blick verstohlen zu Jan. Plötzlich zuckte sie zusammen. Ihr Ex machte Anstalten, mit seiner neuen Flamme den Club zu verlassen. Um zum Ausgang zu gelangen, mussten sie an ihnen vorbei. Panik stieg in Annabell auf. Sie wollte Jans selbstgefälligem Blick nicht begegnen. Aus einem

Reflex heraus drehte sie sich zu Vincent um, stellte sich auf die Zehenspitzen und zog seinen Kopf zu sich herunter. Dann küsste sie ihn.

2

Als am Montag um Punkt sechs der Wecker läutete, vergrub Annabell ihr Gesicht im Kopfkissen. Ihre Katze hatte jedoch kein Erbarmen mit ihr. Annabell tat ihr Bestes, das klagende Miauen zu ignorieren. Peppers versuchte es daraufhin mit Schnurren. Als auch das nicht den gewünschten Erfolg brachte, sprang sie aufs Bett und machte damit unmissverständlich klar, dass Madame jetzt ihr Frühstück wollte. Jeder Widerstand war zwecklos. Annabell kämpfte sich aus dem Bett. Sie stolperte in die Küche und beinahe über Peppers, die es eilig hatte, ihr zuvorzukommen. Ungeduldig streifte sie um Annabells Füße, als sie sich bückte, um den Futternapf zu füllen.

Die Bilder vom Wochenende drängten sich immer wieder in Annabells Kopf. Jan mit seiner Neuen, ihr Absturz, der Kuss mit diesem Fremden, und dann? Filmriss. So angestrengt sie auch darüber nachdachte, ihr fiel nicht mehr ein, was danach geschehen war. Der Kater am nächsten Tag war schrecklich gewesen und auch heute noch fühlte sie sich mutlos und zerschlagen.

Die Arbeit würde sie ablenken, dennoch graute ihr vor dem Tag im Büro ebenso wie vor der nächsten schlaflosen Nacht. Im Moment reichten Kleinigkeiten, um sie aus dem Konzept zu bringen. Solche Schwächen nahm ihre Kollegin Beatrice gerne zum Anlass, um die eigene Makellosigkeit zu unterstreichen. Sie genoss es regelrecht, anderen einen Fehler unter die Nase zu reiben.

Seufzend beförderte Annabell einen weiteren Löffel Zucker in ihren Kaffee, als könnte sie sich dadurch den Tag versüßen. Draußen im Treppenhaus plärrte der fünfjährige Nachbarsjunge. „Papaaa, Papaaa, tschüühüüs ... tschüss Papa, hab dich lieeeb!" Er kümmerte sich nicht darum, ob er das gesamte Haus aus dem Schlaf riss. Die Tür der gegenüberliegenden Wohnung knallte zu und Annabell musste schmunzeln.

Die rührende Szene motivierte sie dazu, dem Tag noch eine zweite Chance zu geben. Doch als sie auf die Straße trat, folgte unmittelbar die nächste Ernüchterung: Man hatte den Sattel ihres Fahrrads geklaut.

Abgehetzt, aber pünktlich erschien sie an ihrem Arbeitsplatz bei einem großen Versicherungsunternehmen, das sich auf der anderen Seite der Donau befand. Es blieb keine Zeit, um sich von dem anstrengenden Dauerlauf zu erholen, der der miserablen Busverbindung geschuldet war. Sie reichte gerade so für eine Katzenwäsche. Ein Blick in den Spiegel auf der Damentoilette bot ihr ein armseliges Bild. Die Haare klebten Annabell an der Stirn und auf ihrer hellblauen Bluse zeichneten sich Schweißränder unter den Achseln ab. Sie sprühte sich mit der Parfümprobe aus ihrer Handtasche ein, doch ihr Unbehagen ließ sich dadurch nicht vertreiben.

Der Montag zog sich in die Länge: Telefonate mit gereizten Kunden, eine Teambesprechung, die zu keinem

Ergebnis führte, und ihre Kollegin, die zu jedem ihrer Vorschläge mindestens einen Kritikpunkt äußerte. Wenn sie ehrlich war, konnte sie Beatrice keinen Vorwurf machen. Ihre Leistung war in der letzten Zeit tatsächlich abgefallen. Annabell ärgerte sich selbst am meisten darüber, dass ihr am laufenden Band Flüchtigkeitsfehler passierten. Sie zweifelte bereits an ihren Fähigkeiten. Als der Feierabend endlich gekommen war, verließ sie zerknirscht das Büro und machte sich auf den Weg in Richtung Innenstadt. Annabell kramte das Handy aus ihrer Tasche. Sie war mit Luisa zum Abendessen verabredet und wollte ihr kurz Bescheid geben, dass sie unterwegs war. Das Display zeigte die Nachricht eines unbekannten Absenders an.

Hi Annabell. Hast du am Freitag schon was vor? Vincent.

Das peinliche Erlebnis vom Wochenende drängte sich mit einem Schlag zurück in ihre Gedanken. Doch zur Scham mischte sich ein anderes Gefühl, das sie verwirrte: Sie fühlte sich geschmeichelt. Annabell zögerte kurz, dann drückte sie die Nachricht weg. Freitag war sowieso ungünstig.

Luisa wohnte in einer schmalen Gasse nahe dem Taubenmarkt in der Innenstadt von Linz. Vom Gedränge der Einkaufsstraße war hier nichts mehr zu spüren, obwohl nur ein Häuserblock dazwischenlag. Die Gebäude der gegenüberliegenden Straßenseiten standen dicht aneinander, sodass kaum Tageslicht in die Wohnung drang. Um Geld zu sparen, teilte Luisa sich Bad und

Wohnküche mit Natalie, einer redseligen Krankenschwester und einem Physikstudenten, den Annabell bei ihren Besuchen selten zu Gesicht bekam. Sie stellte sich immer vor, dass er hinter verschlossenen Türen über seinen Büchern brütete, blass und hager, vertieft in seine Formeln und Theorien über die Phänomene der Natur. Wenn sie ihm auf dem Gang begegnete, nickte er ihr nur flüchtig zu, bevor er wieder in seinem Zimmer verschwand.

An der Tür drückte Annabell den kleinen Knopf, unter dem in großen Buchstaben das Wort LOCKE zu lesen war. Das G hatte sich über die Zeit in Luft aufgelöst. Auch die Glocke selbst war in die Jahre gekommen. Das Geräusch erinnerte Annabell an ihre rostige Fahrradklingel, und sie dachte wieder an den geklauten Sattel. Sie würde ihr Fahrrad in den Keller stellen, wenn sie nach Hause kam, um zu verhindern, dass es zu einem Ersatzteillager verkam.

Die Tür wurde aufgerissen und Natalie grinste sie an. „Komm rein!" Sie trat zur Seite, um den Weg frei zu machen.

Natalie war ein gutes Stück kleiner als Annabell, hatte niedliche Grübchen, wenn sie lachte, und die blonden Haare zu einem dicken Zopf geflochten. Sie trug eine weiße Arbeitshose und einen blau-weiß gestreiften Kasack, der ihr bis zu den Knien reichte und ihre weibliche Figur verbarg. Annabell machte sich darauf gefasst, eine neue Episode aus Natalies Leben oder pikante Details über ihre Arbeit in der mobilen Pflege zu erfahren. Doch Natalie griff bereits nach ihrer Tasche.

„Ich muss in den Nachtdienst, meine Kollegin wartet schon unten. Bringt mir einen Nachtisch vom Italiener mit!“ Schon trampelte sie die Treppe hinunter.

Annabell schlüpfte aus ihren Schuhen und ging den schmalen Gang entlang geradewegs auf Luisas Zimmer zu. Der Holzboden ächzte unter jedem Schritt. Aus dem Badezimmer tönte Musik. Als sie an der Tür vorbeiging, hörte sie Luisa den Refrain mitsingen. Das Surren des Föhns verschluckte die letzten Wörter. Luisa brauchte gefühlte Stunden, um ihre Haare zu trocknen und ihre Locken zu bändigen. Annabell holte sich inzwischen ein Glas Wasser aus der Küche, die wie immer sauber und aufgeräumt war. Da stand keine ungewaschene Tasse herum, die Kissen auf der roten Couch waren dekorativ arrangiert und die Gläser und Teller im Regal passten perfekt zusammen. Ein bisschen verlegen dachte sie an das bunte Sammelsurium an Geschirr in ihren eigenen Küchenschränken.

Sie wollte die Ordnung nicht zerstören, deshalb wusch sie ihr Glas gleich ab, nachdem sie es ausgetrunken hatte. Weil sie kein Geschirrtuch fand, wischte sie es mit Küchenrolle aus und stellte es zurück in die Reihe der anderen Gläser. Sie ging in Luisas Zimmer und ließ sich auf das Bett unter der Dachschräge fallen. An der gegenüberliegenden Wand stand ein großes Bücherregal, das bis zur Decke reichte.

Ihre beste Freundin hatte in ihrem Leben schon so vieles ausprobiert, dachte Annabell und wünschte sich, sie wäre selbst ein wenig mutiger. Die Jobs wechselte Luisa ähnlich schnell wie ihre Männer. Aktuell studierte sie Sozialwirtschaft im vierten Semester, doch ihr Herz schlug für die Bühne. Schwarz-Weiß-Bilder auf ihrem Schreibtisch zeigten ihre Idole.

Annabell suchte sich aus der breiten Kommode neben Luisas Bett ein frisches Oberteil heraus. Luisa würde nichts dagegen haben und mit einer verschwitzten Bluse wollte Annabell nicht im Restaurant aufkreuzen.

Als Luisa endlich fertig war, gingen sie zu ihrem Lieblingsitaliener, der nur ein paar Meter von Annabells Wohnung entfernt lag. Es war Ende Mai und warm genug, um im lauschigen Innenhof zu sitzen. Unter dem Laubendach, das alle vier Seiten säumte, fanden nur wenige Tische Platz. Die Holzbalken wurden gestützt von einem Ziegelmauerwerk aus Sandstein. In der Mitte plätscherte das Wasser in einem kleinen Brunnen, der Lärm der Straße blieb draußen. Luisa bestellte ein Glas Rotwein zu ihrer Pasta, Annabell begnügte sich mit einem Wasser. Nach ihrem Ausrutscher vom Wochenende blieb sie wieder abstinent. Der Kellner servierte es mit einer Scheibe Zitrone und einem frischen Minzblatt, das sie mit den Fingern aus dem Glas fischte.

„Ich muss dir was erzählen", brach es aus Luisa heraus, nachdem sie eine Weile über dies und das geredet hatten. Sie nahm einen Schluck Wein und strich sich eine Locke hinter die Ohren, die sich aus ihrem Haarband gelöst hatte.

„Ich habe dir doch erzählt, dass ich mich für diesen Theater-Workshop angemeldet habe."

„Ich kann mich vage daran erinnern“, scherzte Annabell. „Ich glaube, du hast es in den letzten Wochen ein paar Mal erwähnt.“

„Am Freitag war das Vorsprechen.“

„Und?“

„Ich wurde aufgenommen!“

„Das ist ja fantastisch. Warum erzählst du das erst jetzt?“

„Na ja, du warst so niedergeschlagen. Und dann war da noch die Sache mit Jan. Am Samstag wollte ich dir schon fast davon erzählen, aber es schien mir nicht der richtige Zeitpunkt zu sein.“

Annabells schlechtes Gewissen meldete sich. Seit der Trennung war sie so mit sich selbst beschäftigt gewesen, dass es ihr nicht in den Sinn gekommen war, bei ihrer Freundin nachzufragen. Luisa war immer für sie da, jetzt wollte sie sich mit ihr über ihren Erfolg freuen.

„Ich bin unglaublich stolz auf dich.“ Annabell beugte sich über den Tisch, um ihre Freundin zu umarmen. Luisa hatte ihr erzählt, wie schwer es war, einen Platz im Workshop zu bekommen. Der Trainer, seinen Namen hatte sie vergessen, war anscheinend eine richtige Schauspiel-Koryphäe. Er hatte bereits viele Talente groß rausgebracht.

„Wann geht es denn los?“

„Schon Ende der Woche. Ich bin ja so aufgeregt. New York, der Broadway – so nah war ich meinem Traum noch nie.“

Annabell löste die Umarmung und sah ihre Freundin verdutzt an.

New York? Annabell hätte sich ohrfeigen können. Sicher hatte ihr Luisa nicht verschwiegen, dass sie für ihren Schauspielkurs ans andere Ende der Welt reisen wollte. Vermutlich hatte Annabell, wie so oft in den letzten Tagen, nicht richtig hingehört, als Luisa es erwähnt hatte. Sie versuchte, den Kloß in ihrem Hals hinunterzuschlucken. „Ähm, wie lang geht der Kurs nochmal?", fragte sie vorsichtig.

„Den ganzen Sommer über. Oh Annabell, das wird so toll"

Annabell nickte und rang sich ein Lächeln ab. Sie müsste einfach für eine Weile ohne ihre beste Freundin auskommen.

Konzentriert starrte sie auf die rot-weißen Karos der Tischdecke. Sie verschwammen vor ihren Augen. Annabell blinzelte die Tränen weg, Luisa sollte davon nichts mitbekommen. Jetzt war es an der Zeit, die eigenen Gefühle zurückzustecken. Annabell nahm Luisas Hand und drückte sie sanft. „Wehe, du vergisst mich, wenn du einmal reich und berühmt bist ... und mit einem unverschämt gutaussehenden Broadway-Star verheiratet."

Luisa prustete los.

„Pah. Da lache ich mir lieber einen Wallstreet-Banker an. Falls ich mit meiner Kunst keinen Ruhm ernte, habe ich zumindest ausgesorgt."

Die beiden Freundinnen malten sich aus, was in diesem Sommer im Big Apple alles passieren würde und schmiedeten unsinnige Pläne. Sie fanden zehn gute Gründe, warum es sich lohnen würde, in der Stadt, die niemals schlief, den ganzen Tag im Bett zu bleiben. Annabell schlug vor, dass eine Romanze mit einem Taxifahrer eine mögliche Strategie wäre, um nicht in der Weltmetropole verloren zu gehen.

„Ach, du verrücktes Huhn. Was werde ich nur ohne dich tun? Warum kommst du nicht einfach mit?", sagte Luisa mit einem Seufzer, als sie sich schließlich verabschiedeten.

Kurz vor zwölf betrat Annabell ihre Wohnung und wurde von Peppers mit einem beleidigten Murren begrüßt. Annabell setzte sich zu ihr auf den Boden, lehnte sich mit dem Rücken an die Küchenfront und streckte die Beine von sich. Sie fühlte sich leer.

Nachdenklich fragte sie sich, ob sie gerne mit Luisa tauschen würde. Oder mit Brigitte? Beide standen vor einem neuen Abenteuer in ihrem Leben. Was hielt Annabell davon ab, mit Luisa nach Amerika zu gehen? Ihr Job war es bestimmt nicht. Jeden Tag musste sie sich aufraffen, um ins Büro zu gehen.

Doch immerhin wurde ihre Arbeit gut bezahlt. Das war schon mehr, als man erwarten konnte. Davon abgesehen hatte sie auch keine Idee, was sie mit ihrem Leben sonst anfangen sollte. Besondere Talente waren ihr nicht in die Wiege gelegt worden. Alles an ihr war durchschnittlich, fand sie. Tatsächlich hatte sie nie so recht verstanden, wie sich ein Typ wie Jan in sie hatte verlieben können.

3

„Gott sei Dank bist du da. Sie ist völlig am Durchdrehen. Nicht auszuhalten." Natalie rollte theatralisch mit den Augen, konnte sich aber ein Grinsen nicht verkneifen, als sie Annabell an der Tür empfing.

Luisa stand vor zwei geöffneten Koffern in ihrem Zimmer, die sie in drei Tagen aufs Gepäckband hieven würde. Im Raum regierte das Chaos, ein ungewohntes Bild. Kleidungsstücke lagen überall verstreut. Erst bei genauerer Betrachtung erkannte Annabell ein System dahinter. Luisa hatte kleine Haufen gebildet, um sich einen besseren Überblick über die Dinge zu verschaffen, die sie mitnehmen wollte. Sie schien eine Checkliste in ihrem Kopf abzuarbeiten und sprach leise mit sich selbst. Dann stieg sie über zwei Wäscheberge, um ein Kleid vom Haufen in der hintersten Ecke des Zimmers zu holen. Erst jetzt drehte sie sich mit hängenden Schultern um und stieß einen Seufzer aus.

„Ich weiß, was dir hilft. Du brauchst eine Pause." Annabell nahm ihre Freundin an der Hand und führte sie zur Couch in der Wohnküche. Luisa folgte widerstandslos und ließ sich in die Kissen plumpsen. Während Natalie die Kaffeemaschine zum Laufen brachte, holte Annabell drei Teller aus dem Regal. Aus ihrer Tasche zerrte sie einen Pappkarton, der durch den Transport in der übervollen Straßenbahn verbeult war. Noch bevor sie sich vergewissern konnte, dass der Kuchen darin heil war, hörte sie, wie Luisa auf der Couch begeistert in ihre Hände klatschte.

„Du hast Schokokuchen mitgebracht!", jubelte sie und stürmte gleich zur Anrichte, um sich das erste Stück zu schnappen. Sie griff nach der Gabel und schaufelte gierig einen Bissen nach dem anderen in sich hinein.

„Der ist einfach so gut", schwärmte sie mit vollem Mund. Annabell schmunzelte. Ihr selbstgebackener Schokoladenkuchen hatte die Freundinnen schon aus mancher Krise gerettet. Er war ein Seelentröster, der sofort Wirkung zeigte. Man konnte förmlich zusehen, wie sich die Endorphine über Luisa hermachten. Natalie lachte erstaunt über den plötzlichen Stimmungswandel ihrer Mitbewohnerin.

„Was hast du denn in den Teig gemischt? Ich will auf der Stelle auch ein Stück."

Sie bediente sich, schwang sich auf den Küchentisch und ließ die Beine baumeln, während sie sich ihrem Kuchen widmete. Luisa hatte ihre Portion inzwischen verputzt. Die letzten Krümel und Schokoladenreste tupfte sie mit ihrem Finger vom Teller. Annabell hatte ihren Kuchen dagegen kaum angerührt. Vincents Nachricht ging ihr noch immer im Kopf herum. Da fiel ihr ein, dass sie Luisa nicht davon erzählt hatte. Annabell schämte sich für ihr unmögliches Verhalten in jener Nacht, sogar vor ihrer Freundin. Vor allem aber fragte sie sich, ob sie Vincent womöglich einen falschen Eindruck von sich vermittelt hatte. Vielleicht konnte Luisa ihr die Zweifel nehmen? Also rang Annabell sich durch und berichtete ihrer besten Freundin die Neuigkeit.

„Vincent hat sich bei mir gemeldet.“

Luisa stellte das Geschirr beiseite und starrte sie mit aufgerissenen Augen an. „Was hat er gesagt?“

„Eigentlich hat er nichts gesagt. Er hat mir eine Nachricht geschrieben.“

„Jetzt lass dir doch nicht alles aus der Nase ziehen!“

„Wer ist Vincent?“, fragte Natalie, ohne dabei von ihrem Kuchen aufzusehen.

„Annabells neueste Eroberung. Red weiter!“

„Das ist er ganz sicher nicht. Ich weiß gar nicht, woher er meine Nummer hat. Ich kann mich nicht daran erinnern, sie ihm gegeben zu haben.“

Luisa sah sie mit einem Blick an, der ihr zu verstehen gab, dass sie sich darüber nicht wundern sollte.

„Willst du uns ewig auf die Folter spannen? Was hat er denn geschrieben?“, fragte nun auch Natalie.

„Er hat gefragt, ob wir uns treffen. Also, eigentlich nicht so richtig …“

„Und? Triffst du dich mit ihm?“, unterbrach Luisa sie ungeduldig.

„Nein.“

„Nein?“

„Ich kenne ihn doch gar nicht. Ich weiß ja nicht einmal mehr genau, wie er ausgesehen hat.“ Sie erinnerte sich nur an seine dunklen, braunen Augen, die sanften Lippen und den beruhigenden Klang seiner Stimme.

Luisa konnte sie nichts vormachen. „Schreib ihm!“, forderte sie vehement.

„Das kann ich nicht“, flunkerte Annabell, um das Thema möglichst gleich wieder vom Tisch zu haben. Es behagte ihr nicht, von Luisa bedrängt zu werden. Aber, wie es zu erwarten war, ließ ihre Freundin nicht locker.

„Natürlich kannst du."

„Nein, kann ich nicht. Ich habe seine Nummer nicht mehr. Ich hab sie gelöscht."

„Annabell", Louisa seufzte. „Du machst dir das Leben unnötig schwer." Sie griff nach Annabells Tasche und holte das Handy heraus. Annabell versuchte, es ihr aus der Hand zu nehmen, doch Luisa hob es in die Höhe und drehte sich von ihr weg.

„Ha!", rief sie. „Da haben wir sie ja. Jetzt wollen wir deinem Glück ein wenig auf die Sprünge helfen."

„Luisa", bettelte Annabell. „Bitte nicht! Ich bin noch nicht so weit."

„Es verlangt ja keiner, dass du dich gleich in die nächste Beziehung stürzt. Hab einfach ein bisschen Spaß und genieß dein Leben!" Schon tippte sie flink auf dem Handy herum.

„Das wäre erledigt."

Annabell war gekränkt und fühlte sich übergangen, aber sie wollte es sich nicht anmerken lassen. Immerhin musste sie sich in ein paar Tagen von ihrer Freundin verabschieden. Tatsächlich hoffte sie, Vincent würde sich nicht ausgerechnet jetzt zurückmelden. Sie wollte schon selbst entscheiden, wie die Unterhaltung weiterverlief und nicht auch noch die passenden Worte in den Mund gelegt bekommen. Doch mit jeder Minute, die verging, ohne einen Piep von ihrem Handy, wuchs ihre Enttäuschung. Alle drei starrten wie gebannt auf das Mobiltelefon am Küchentisch. „Ich fange ja nur ungern mit dem leidigen Thema an, aber wir sollten langsam daran denken, deine Koffer fertig zu packen", unterbrach Annabell schließlich die unangenehme Stille.

Es war bereits dunkel, als sie Luisas Wohnung verließ. Sie stieg in das Taxi, das vor der Tür auf sie wartete. Aus dem Radio erklang die einschläfernde Stimme eines Moderators, der Kummerkasten-Ratschläge säuselte. Zuerst deprimierte es sie, dann fielen ihr davon die Augen zu. Rockmusik in voller Lautstärke riss sie aus dem Halbschlaf. Der Taxifahrer verzog keine Miene.

„Wir sind da."

Nachdem sie Peppers versorgt hatte, kroch sie ins Bett. Annabells Magen rumorte ein wenig, die Strafe für das zweite Stück Schokokuchen. Ihre Beine waren heiß und kribbelten unerträglich, wie immer wenn ihre Gedanken nicht zur Ruhe kamen. Aus Erfahrung wusste sie, dass eine eiskalte Dusche keine wirkliche Erleichterung brächte. Sie drehte sich um hundertachtzig Grad, sodass sie ihre Füße an die kühle Wand über dem Kopfteil von ihrem Bett drücken konnte. Als sie gerade dabei war, wegzudösen, piepste ihr Handy auf dem Nachttisch.

Vincent:
Schläfst du schon?

Vincent! Annabell setzte sich auf. Die Aufregung ließ ihr Herz schneller schlagen. Sollte sie zurückschreiben? Sie formulierte eine Nachricht und löschte sie wieder. Auch mit dem zweiten Versuch war sie nicht zufrieden. Wie konnte man diese Frage möglichst ungezwungen beantworten? Vielleicht mit *Ich würde gerne.* Das entsprach zwar der Wahrheit, aber er würde es garantiert in den falschen Hals bekommen. *Ich träume von dir.* Annabell schüttelte den Kopf. Das ging gar nicht. Ihr war immer noch schleierhaft, was in dieser Nacht alles passiert war. War es bei dem Kuss geblieben?

Annabell:
Bin noch beim Schäfchen-Zählen.

Sie drückte auf Senden. Die Antwort kam prompt und ließ Annabell grinsen.

Vincent:
Du kannst zählen?

„Na warte", sagte sie laut und tippte schnell die nächste Nachricht.

Annabell:
Wenn ich will, kann ich die Schafe sogar subtrahieren oder multiplizieren. Nur Brüche möchte ich mir keine ausrechnen: Das ist Tierquälerei!

Vincent:
Davon würde ich mich auch distanzieren. Warum bist du so spät noch wach?

Annabell:
Kann nicht schlafen.

Vincent:
Ich auch nicht. Ich glaube, das macht der Vollmond. Woran liegt es bei dir?

Annabell:
Schokoladenkuchen.

Vincent:
Lecker.

Annabell:
Mach dir keine Hoffnungen. Es ist nichts mehr davon übrig.

Vincent:
Bist du vielleicht gierig!

Annabell:
Von wegen, hab den Kuchen freundschaftlich geteilt.

Vincent:
Falls du wieder mal Lust auf ein Stück hast, würde ich dich gerne dazu einladen.

Sie schluckte. Insgeheim hatte sie gehofft, Vincent würde sich melden. Jetzt verspürte sie das Bedürfnis, ihn auf Abstand zu halten. Es war paradox. Sie wollte nicht, dass die Vorstellung, die sie von ihm hatte, zerplatzte wie eine Seifenblase.

Annabell:

*Wenn sich der Heißhunger bei mir meldet, melde ich
mich bei dir :-) gute Nacht.*

Vincent:

Gute Nacht. Träum schön.

Annabell war zufrieden, dass sie noch einmal die
Kurve gekratzt hatte. Sie hatte ihn weder abgewiesen
noch eine verbindliche Zusage gegeben. Das verschaffte ihr Zeit, sich über ihre Gefühle klarzuwerden.

4

Ein Brummen dicht an ihrem Ohr weckte Annabell am Morgen. Peppers Schnurrhaare kitzelten sie im Gesicht.

„Na, du kleiner Gauner. Schon wieder hungrig?“

Peppers ließ sich noch einige Streicheleinheiten gefallen, dann sprang sie vom Bett und marschierte schnurstracks in Richtung Küche. *Ich bin der Diener meiner Katze*, dachte Annabell bei sich.

Heute war der Tag vor Luisas Abreise, ihr letzter gemeinsamer Abend für viele Wochen. Er sollte ihr in besonderer Erinnerung bleiben. Annabell würde für sie kochen, ihre Lieblingsfilme ausleihen und den Wein kaufen, den sie so mochte. Sie hasste Abschiede. Es schien ihr, als wäre immer sie diejenige, die zurückblieb. Natürlich gönnte sie Luisa ihr Glück. Aber sie fühlte sich jetzt schon furchtbar einsam, wenn sie daran dachte, dass sie bald unendlich weit von ihrer besten Freundin entfernt sein würde.

Luisa beäugte den randvoll gefüllten Teller Pasta, den ihr Annabell vorgesetzt hatte. „Ich weiß deine Kochkünste ja wirklich zu schätzen, Süße, aber was hast du eigentlich vor? Willst du mich mästen?“

„Ich will, dass du hier bleibst!“, sagte sie nur halb im Scherz und verzog ihre Lippen zu einem Schmollmund.

„Ach Annabell!" Luisa schaute ihre Freundin mitlei-
dig an und Annabell schämte sich für diesen Anflug
von Sentimentalität. Sie wollte nicht, dass sich Luisa
Vorwürfe machte, weil sie ihrem Traum folgte.

„Ja, ja, schon gut. Ich halte meine Klappe. Du wirst mir
einfach fehlen."

Luisa lächelte wehmütig. „Du mir auch."

Annabell stand auf, um den Wein aus der Küche zu
holen. Sie ließ sich Zeit dabei und atmete einige Male
tief durch, um das beklemmende Gefühl aus ihrer Brust
zu vertreiben.

„Kommst du mich in New York besuchen?", fragte Luisa, als Annabell sich wieder gesetzt hatte.

„In New York?", fragte Annabell abwesend. Sie saß
auf der vordersten Kante ihres Stuhls und hatte die
Weinflasche zwischen die Beine geklemmt. Sie kniff
die Augen zusammen, während sie versuchte, den Kor-
ken aus der Öffnung zu ziehen. Mit einem dumpfen
Plopp löste er sich.

„Ich würde mich wirklich freuen."

„Ich weiß. Es ist nur – ich kann hier nicht so einfach
weg. Peppers nimmt es mir schon übel, wenn ich mich
um fünf Minuten verspäte. Ich wüsste auch gar nicht,
wohin mit ihr. Und so ein Flug, der kostet ja auch eine
Stange Geld ..."

„Mach dir keinen Kopf. Es war nur so eine Idee. Ich
dachte, es würde dir guttun, wenn du hier mal raus-
kommst. Raus aus deinem Museum, rein ins echte Leben."

Annabell verdrehte die Augen. Das war ein Streit-
punkt unter den Freundinnen. Luisa war der Meinung,
das *Zeug* in ihrer Wohnung hätte nichts mit Annabell

zu tun, doch darin irrte sie sich. Jedes Stück in Annabells Sammlung, egal ob Antiquität oder Flohmarkt-Rarität, hatte für sie einen ideellen Wert. Jedes davon verdiente einen Platz in ihren vier Wänden.

„Ich will nicht wieder davon anfangen", fügte Luisa versöhnlich hinzu. „Du hast mir schließlich einen Film-Marathon versprochen. Womit fangen wir an?"

„Richtig! Ich muss nur noch Popcorn machen. Mach dich auf was gefasst!"

Annabell hatte ungefähr ein Dutzend DVDs in der Stadtbibliothek ausgeliehen. Sie wollte Luisa die Nacht über wachhalten, damit sie während des langen Fluges schlafen konnte. Annabell hatte ein abwechslungsreiches Programm quer durch alle Genres zusammengestellt. Es waren Lieblingsfilme von Luisa dabei, Annabells Favoriten – die beiden hatten nicht unbedingt den gleichen Geschmack, was Filme anging – und auch einige, die sie nicht kannte. Sie hatte sich Tipps von dem schlaksigen Teenager geholt, der sich in der Bücherei sein Taschengeld aufbesserte.

Nachdem sie eine seichte Liebeskomödie geschaut hatten, stand ihnen der Sinn nach dem Kontrastprogramm. Annabell schob Psycho in den DVD-Player. Mit weit aufgerissenen Augen saßen sie eng zusammengekuschelt da, die Decke bis unters Kinn hochgezogen. Luisas Mund stand offen. Sie hatte sich gerade noch Popcorn aus der Schüssel genommen, als die weltberühmte Duschvorhang-Szene über den Bildschirm flackerte, und war mitten in der Bewegung erstarrt. Die schrillen, grellen Töne der Musik, begleitet vom gellenden Schrei des Opfers, jagten einem Schauer über den Rücken. Annabell wagte es nicht, sich zu rühren.

Bis sie es nicht mehr aushielt. Auf dem Weg zur Toilette kam es ihr vor, als fühlte sie den Atem eines Unsichtbaren im Nacken. Sie schlich durch den Gang und öffnete die Badezimmertür einen Spaltbreit. Sie schaute nicht in den dunklen Raum hinein, sondern tastete nach dem Schalter. Das Licht ging nicht an, nur ein Knistern war zu hören. Sie beruhigte sich und schob es auf die alten Leitungen. Die spielten immer wieder mal verrückt. Hundertmal hatte sie deswegen schon bei ihrem Vermieter angeklopft. Beim zweiten Versuch hatte sie mehr Glück. Die Neonröhre erhellte das Bad mit einem kalten Licht. Annabell huschte hinein. Auf der Toilette sitzend, schüttelte sie den Kopf über sich selbst. Das war ja lächerlich. Sie drückte die Spülung und öffnete die Tür. Ein spitzer Schrei entfuhr ihr und ließ auch Luisa zusammenzucken, die der Grund für Annabells Schreck war. Annabell schlug erleichtert die Hand auf die Brust, ihr Herz raste noch immer. Währenddessen trippelte Luisa von einem Fuß auf den andern und drückte dabei ihre Knie zusammen.

„Gehst du bitte zur Seite? Ich mach mir nämlich gleich in die Hose." Sie drängte sich an Annabell vorbei und schloss die Tür. Von draußen hörte Annabell einen Seufzer der Erleichterung.

„Steigen wir wieder auf leichtere Kost um? Meine Nerven machen das nicht mit", schlug Annabell vor, als Luisa zurück ins Wohnzimmer kam, und zückte einen Lieblingsfilm aus Kindertagen.

„König der Löwen!", johlte Luisa. Die beiden kannten jedes Lied aus dem Film auswendig und stimmten fröhlich schunkelnd mit Timon und Pumba ein. „Es heißt die Sorgään, bleiben dir immer feeeern. Keiner nimmt uns die ... Philosophie ... Hakuna Matata!"

Am nächsten Tag begleitete Annabell Luisa zum Flughafen. Nachdem sie sich zum Abschied noch einmal fest umarmt hatten und dabei in Tränen ausgebrochen waren, sah Annabell zu, wie Luisa durch den Sicherheitscheck geschleust wurde. Danach stand sie unschlüssig in der großen Halle. Menschen rannten wie aufgescheucht an ihr vorbei und zogen dabei ihre Trolleys ratternd hinter sich her. Andere warteten in langen Schlangen an den Schaltern, bis sie an der Reihe waren. Durch die Lautsprecher erklang die letzte Aufforderung zum Boarding für verspätete Fluggäste. Auf der Anzeigetafel verschwand Luisas Flug. Der Flieger hatte abgehoben und ihre beste Freundin war fort.

Annabells Magen knurrte. Sie hatten das Frühstück ausfallen lassen, und jetzt war es schon Zeit fürs Mittagessen. Neben der Rolltreppe gab es ein nettes Café. Sie bestellte einen kleinen Salat mit Brot und eine Cola an der Theke. Ganz hinten fand sie einen freien Platz. Sie rückte das schmutzige Geschirr auf dem Bistro-Tisch ein Stück von sich weg und machte es sich auf der Sitzbank bequem. Als sie sich zurücklehnte, raschelte etwas hinter ihrem Rücken. Sie zog es hervor und hielt einen zerknitterten, mehrseitigen Ausdruck in der Hand. Annabell legte ihn auf den Tisch und strich einige Male darüber, um das Papier zu glätten. „Versteigerung" stand dort in großen, fetten Buchstaben, darunter etwas kleiner das Datum der Auktion im Flughafen. Sie war für den heutigen Tag angesetzt.

Die übrigen Seiten enthielten eine lange Liste mit den zu versteigernden Objekten. Schmuck und Uhren bildeten die erste Rubrik des Verzeichnisses, an zweiter Stelle waren elektronische Geräte angeführt. Mobiltelefone, Laptops und verschiedene Kameramodelle standen zur Disposition. Sogar eine mobile Karaoke-Anlage entdeckte sie darunter. Annabell zweifelte nicht daran, dass sich dafür ein neuer Besitzer finden würde. Dann gab es noch die Überraschungspakete. Verschlossene Koffer, die auf ungeahnte Schätze zwischen Stinkesocken und Urlaubssouvenirs hoffen ließen.

Diese Veranstaltung war genau richtig, um sich über den Abschied von ihrer Freundin hinwegzutrösten. Auf der Rückseite des Deckblattes fand Annabell die Uhrzeit und eine Karte, auf der der Veranstaltungsraum markiert war. Sie hatte noch eine halbe Stunde Zeit. Sie ließ ein Brötchen als Wegzehrung in ihre Tasche gleiten. Das sollte genügen, um ihren Hunger zu stillen.

Als sie den Sektor des Flughafens erreicht hatte, in dem die Versteigerung laut Karte stattfinden musste, rauschte eine grauhaarige Frau an ihr vorbei. Die alte Dame eilte den Korridor entlang. Ihren Gehstock setzte sie gekonnt ein, um noch schneller voranzukommen. Annabell hatte den Eindruck, die Frau hatte das gleiche Ziel wie sie und heftete sich an ihre Fersen. Der Gang mündete in einen kleinen Saal. Beide Türflügel waren geöffnet, um die Besucher zu empfangen. Die alte Frau verschwand in der Menschenmenge und auch Annabell tauchte in das Gedränge ein. Die Luft drinnen war abgestanden, der Geruch von Schweiß mischte sich mit der Duftwolke eines penetranten After Shaves.

Annabell hätte am liebsten den Atem angehalten. Der Raum war erfüllt vom Gemurmel der Wartenden. Schließlich erklang eine Reibeisenstimme durch das Mikrofon.

„Meine geschätzten Damen und Herren, wir beginnen in Kürze mit der Versteigerung. Anmeldungen werden noch die nächsten fünf Minuten entgegengenommen."

Annabell bahnte sich einen Weg durch die Menge und kam dabei den fremden, verschwitzten Körpern näher, als ihr lieb war. Bei der Anmeldung ging dann alles schnell.

„Namen und Adresse bitte hier eintragen ... wunderbar. Und dann bekomm ich noch zwanzig Euro von dir, Schätzchen." Die Stimme aus dem Mikro gehörte einer entspannten Frau Ende fünfzig, die sie über die winzigen, ovalen Gläser ihrer Lesebrille anschaute. Annabell legte zwei zusammengefaltete Zehner auf den Tisch. Im Tausch dafür erhielt sie ein Schild aus Plastik mit der Bieternummer 236. Dann erhob sich die Frau und griff zum Mikrofon.

„Meine sehr verehrten Damen und Herren. Bitte nehmen sie ihre Plätze ein! Gleich geht es los." Augenblicklich ebbte das Stimmengewirr ab, Stühle wurden gerückt, dann kehrte Ruhe ein. Annabell ging zur Seite, wo die Teilnehmer wie aufgefädelt entlang der Wand standen.

„Ich darf sie nun um Ihre geschätzte Aufmerksamkeit bitten. Meine Damen, heute haben wir einige außergewöhnliche Schmuckstücke für Sie. Als Erstes haben wir hier bezaubernde Süßwasserperlen-Ohrringe mit der passenden Kette in bester Qualität. Meine Herren, mit diesem Geschenk machen Sie Ihrer Perle daheim eine besondere Freude. Das Mindestgebot liegt bei siebzig Euro für das Set."

Schon schossen die gelben Schilder in die Höhe und der Schmuck ging schlussendlich für knapp zweihundert Euro an den Meistbietenden. Der gleiche Herr ersteigerte im Anschluss ein mit Diamanten besetztes Collier, eine Herrenuhr und ein Goldarmband. Jetzt sollte die Karaoke-Anlage unter den Hammer kommen. Annabell hätte wirklich mit allem gerechnet, aber dass sich ausgerechnet die grauhaarige Dame von vorhin dafür begeisterte, ließ sie schmunzeln. Das kleine Persönchen wirkte zerbrechlich, doch ihr Blick war entschlossen. Mit der einen Hand stützte sie sich auf ihren Gehstock, mit der anderen riss sie das Schild hoch, sobald jemand sie überbot. Nach dem Schmuck wurden nun glänzende Hartschalenkoffer und prall gefüllte Reisetaschen auf die Präsentationsfläche verfrachtet. Ein alter, verbeulter Lederkoffer war dabei und ein Seesack mit bunten Aufnähern. Die Gepäckstücke waren so unterschiedlich wie die Menschen, die im Publikum saßen. Was hatte diese Leute dazu bewogen, den Sonntagnachmittag hier in diesem stickigen Saal zu verbringen? Was hofften sie, in den Koffern zu finden? Annabell beobachtete, wie ein Versteigerungsobjekt nach dem anderen den Besitzer wechselte, wobei einer der Tauschpartner nie davon erfahren würde. Zu gerne hätte sie gewusst, auf welche Reisen diese Koffer geschickt worden waren. Von der Neugier gepackt, streckte sie ihren rechten Arm hoch.

„Sechzig Euro. Nummer zweihundertsechsunddreißig. Höre ich noch andere Gebote? Sechzig Euro zum

Ersten. Bietet jemand mehr? Sechzig Euro zum Zweiten. Und zum Dritten. Gratulation der jungen Dame hier zu meiner Linken."

Nach der Auktion wurde Annabell die lederne Reisetasche ausgehändigt. Sie war in einem ramponierten Zustand. Auf der Seite klaffte ein Riss und der Tragegurt hatte sich an einem Ende gelöst. Das Leder wirkte ungepflegt und war an manchen Stellen aufgescheuert. Die Tasche war halbleer und wog im besten Fall fünf Kilo. Kein Wunder also, dass sich das Interesse der anderen Bieter in Grenzen gehalten hatte. Annabell klemmte ihre neueste Errungenschaft unter den Arm.

Als sie schließlich ihre Wohnung betrat, setzte sie Teewasser auf und stellte die Reisetasche auf den Küchentisch. Zuerst hatte sie es kaum erwarten können, das Rätsel um deren Inhalt zu lüften, doch jetzt wollte sie die Vorfreude solange wie möglich auskosten. Auf dem Nachhauseweg hatte es zu regnen begonnen, jetzt schüttete es wie aus Eimern. Annabell schlüpfte in ihren Bademantel, wickelte ihre nassen Haare in einem Handtuch zum Turban und zog die selbstgestrickten Schafwollsocken von ihrer Oma an. Mit einer dampfenden Tasse Tee setzte sie sich an den Tisch und musterte die Tasche von allen Seiten. Sie zog sie an sich heran und öffnete vorsichtig, fast ehrfürchtig, den Reißverschluss. Für die meisten Dinge, die sie darin fand, hatte sie keine Verwendung. Was sollte sie auch mit einer Netzstrumpfhose und einer blonden Perücke anfangen? Vielleicht das Parfum? Der Flakon sah jedenfalls sehr edel aus. Annabell sprühte einmal in die Luft und hustete. Nein, eindeutig nichts für sie – viel zu schwer und penetrant. Nur ein Kleidungsstück, ein blaues Kleid mit weißen Punkten, zog ihre Aufmerksamkeit auf sich. Es sah aus wie das Lieblingskleid ihrer Mutter. Annabell konnte sich noch lebhaft daran erinnern, wie sie damit herumgewirbelt war und sich mit Annabell im Kreis gedreht hatte, bis ihnen beiden schlecht geworden war. Die rauchige Stimme ihrer Mutter, die sich vor Übermut überschlug, wie immer, wenn sie lachte, klang in ihrem Ohr. So fröhliche Erinnerungen an ihre Kindertage gab es nur wenige.

Annabell steckte das Kleid zurück in die Ledertasche und verstaute diese in ihrem Kleiderschrank. Dann ging sie ins Wohnzimmer, um aufzuräumen. Auf dem Couchtisch fand sie eine kleine Schachtel. Luisa hatte ein Geschenk für sie dagelassen. Erwartungsvoll öffnete sie den Brief, der danebenlag.

Hi meine Süße,

es fällt mir unendlich schwer, dich hier alleine zu lassen. Aber irgendein kluger Kopf hat einmal gesagt: „Entfernungen sind ohne Bedeutung. Sich nahe zu sein, ist Sache des Herzens. „
Auch wenn ich die nächsten Wochen weit weg bin, bin ich immer für dich da. Ich hoffe, das weißt du. Du kannst mich jederzeit anrufen! Ich weiß, du machst gerade eine schwere Phase durch, deshalb habe ich für einen kleinen Zeitvertreib gesorgt. Schließlich soll dir nicht die Decke auf den Kopf fallen. Öffne jetzt die Schachtel!

Annabell zog eine kleine, herzförmige Blechdose aus der Schachtel, die sie nur zu gut kannte. Luisa hatte darin als Teenager ihre „Geheimnisse" versteckt. Jetzt waren darin lauter zusammengefaltete Zettel und anderer Krimskrams.

Solange ich weg bin, habe ich einige Aufgaben für dich. Es gibt keine bestimmte Reihenfolge, in der du sie erledigen musst. Zieh einfach eine Botschaft aus der Blechdose, wenn dir danach ist. Es gibt nur eine Bedingung: Du musst alle Aufgaben erfüllen, bis ich wieder da bin.

Das sah Luisa ähnlich. Sogar aus der Ferne zog sie noch die Strippen. Doch Annabells Ärger darüber verflog rasch, denn ihre Neugier war größer. Sie schüttelte die Dose und zog einen Zettel.

5

Erlaube dir, noch einmal Kind zu sein! Klettere auf Bäume, strecke fremden Menschen die Zunge heraus, sei albern. Betrachte die Welt mit den Augen eines Kindes.

So lautete die erste von Luisas Anweisungen. Sie hatte sie mit unterschiedlichen Buntstiften auf kariertes Papier geschrieben. Das sollte zu schaffen sein. Das Kind in sich hatte Annabell noch nicht begraben, auch wenn ihre Kindheit nicht immer nur schön gewesen war. Gestern war sie nicht mehr dazu in der Stimmung gewesen, aber gleich heute würde sie den Beweis antreten. Sie schulterte ihre Tasche, ließ die Dose hinein gleiten und machte sich auf den Weg zur Arbeit.

Nach einigen Stunden im Büro musste sie sich jedoch eingestehen, dass sie sich geirrt hatte. Es war keineswegs einfach, die Perspektive eines Kindes einzunehmen, wenn man es den ganzen Tag mit verbohrten Erwachsenen zu tun hatte. In der Gegenwart ihrer Kollegin Beatrice fühlte sich Annabell zwar klein und unsicher, aber darauf wollte Luisa bestimmt nicht hinaus. Annabell dachte an die Zeilen auf dem Zettel und musste zugeben, dass sie ihrer Arbeitskollegin tatsächlich gerne die Zunge herausgestreckt hätte. *Blöde Ziege.*

In der Mittagspause ging Annabell in den Stadtpark. Sie wollte den Kindern beim Herumtollen zusehen, um sich Inspiration für ihre Aufgabe zu holen. Doch der Spielplatz war wie ausgestorben. Annabell hockte sich an den Rand der Sandkiste, ließ die feinen Körner durch die Finger rieseln und genoss die Wärme des Frühsommertags. Wie gern würde sie den ganzen Nachmittag hier verbringen! Plötzlich fiel ihr Blick auf das Baumhaus, das etwas abseits von den Spielgeräten in einen alten Kastanienbaum gebaut war. Annabell schlenderte hinüber und zog ein paarmal ruckartig an der Strickleiter, um zu prüfen, ob sie ihr Gewicht aushalten würde. Sie warf einen Blick über die Schultern, um sich zu vergewissern, dass auch wirklich niemand in der Nähe war. Vorsichtig setzte sie einen Fuß auf die erste Sprosse. Sie stellte sich ziemlich ungeschickt an. Die Leiter drehte sich, was das Vorwärtskommen erschwerte. Doch die Mühe lohnte sich, denn oben fand sie einen vollkommen friedlichen Ort. Durch die Gucklöcher waren nur die Blätter des Baumes und das Blau des Himmels zu sehen.

Sie ließ sich auf dem Boden nieder und lehnte den Kopf an die Bretterwand. Doch der Frieden hielt nicht lange an: Aufgeregte Kinderstimmen ließen sie zusammenzucken. Sie kamen näher. Annabell hatte keine Lust auf die neugierigen Blicke und Fragen der Kinder. Sie musste hier verschwinden. Unbemerkt. Der schnellste Weg aus dem Baumhaus führte über die knallgelbe Röhrenrutsche. Augen zu und durch, dachte sie sich und stürzte sich hinab. Ihre Kleiderwahl wäre anders ausgefallen, hätte sie am Morgen schon gewusst, dass ein Besuch am Spielplatz anstand. Ihr

Lieblingsrock war für eine Rutschpartie nicht die richtige Garderobe. Ihre Haut brannte durch die Reibung, besonders, wenn sie eine der Rillen in der Rutsche passierte. Vor dem Auslauf bremste sie ihren Schwung ab und verursachte dabei ein ohrenbetäubendes Quietschen. Dann berührten ihre Füße den Boden und zwei Augenpaare starrten sie entgeistert an. Sie gehörten Vater und Sohn. Der Mann schnappte seinen Jungen an der Hand und zerrte ihn weg.

„Super Annabell, toll gemacht", sagte sie laut zu sich selbst. Sie dachte, sie wäre am Gipfel der Peinlichkeit angelangt, da fingen drei kleine Jungs hinter ihr zu kichern an. Mit hochrotem Kopf stürmte Annabell davon.

Zum Abendessen gab es die Reste vom Vortag. Sie stocherte lustlos in ihrem Curry herum. Im Hintergrund lief eine Daily Soap, die ihr zumindest das Gefühl gab, nicht alleine zu essen. Luisa war jetzt längst in New York gelandet, Annabell dagegen am Boden der Tatsachen. Voller Eifer hatte sie sich heute ihrer ersten Aufgabe gewidmet und war gleich gescheitert. Von wegen Kinderspiel! Es war frustrierend. Irgendetwas musste sie sich einfallen lassen. Sie schätzte den Aufwand, den sich Luisa für sie gemacht hatte und wollte ihre Freundin nicht enttäuschen. Vielleicht durfte sie nicht so streng mit sich sein. Was machten Kinder, wenn sie hinfielen? Sie standen auf. Und sie machten weiter. Vielleicht brachte die nächste Aufgabe mehr Spaß.

Annabell fischte die Dose aus ihrer Handtasche und las die nächste Anweisung, die auf der Rückseite der Visitenkarte eines Masseurs stand.

Annabell starrte unschlüssig darauf. Ein Wunder konnte sie wirklich gut gebrauchen. Vielleicht ließen sich durch eine Massage tatsächlich einige Blockaden lösen. Sie seufzte. Woher kam nur diese plötzliche Unzufriedenheit? Bis vor kurzem war sie mit dem, was sie erreicht hatte, eigentlich ganz zufrieden gewesen. Doch die jüngsten Ereignisse hatten sie zum Nachdenken gebracht. Alle entwickelten sich weiter oder schlugen zumindest eine neue Richtung ein. Bei Annabell dagegen herrschte Stillstand. Zuvor hatte sie kaum das Bedürfnis verspürt, ihre tägliche Routine zu durchbrechen. Es war ihr angenehm, wenn alles seinen gewohnten Lauf nahm. Doch jetzt sehnte sie sich nach einer Veränderung.

Sie hatte jedoch keine Ahnung, was sie genau verändern wollte oder wohin es sie führen sollte. Vielleicht war es also tatsächlich sinnvoll, den Kopf abzuschalten und sich einer sanften Massage hingeben, wie es ihr Luisa aufgetragen hatte.

Bereits zwei Tage später lag Annabell auf der Pritsche des jungen Masseurs, den ihr Luisa empfohlen hatte und der sich ihr gleich freundschaftlich als Ben vorgestellt hatte.

„Immer diese Kontrollfreaks", schüttelte er den Kopf, während er gerade dabei war, unter Einsatz seines ganzen Körpers Annabells Glieder zu dehnen. Vermutlich ahnte er nicht, dass ausgerechnet seine

Lockerungsübungen diese verkrampfte Haltung bei ihr hervorriefen. Die Sache hatte harmlos begonnen, mit ein paar nach Sandelholz duftenden Tropfen Öl und einer Fußreflexzonen-Massage. Danach griff er nach Annabells Knie und Knöchel und bewegte das angewinkelte Bein bis zum Rumpf. Ehe sie sich versah, hatte er es in einer weiten, ausladenden Kreisbewegung zur Seite gedrückt. Reflexartig presste sie die Schenkel zusammen. Damit hatte sie nicht gerechnet. Konnte er sie nicht vorwarnen? Schließlich machte sie im Normalfall nicht für einen völlig Fremden die Beine breit. Doch der durchtrainierte Mitt-Dreißiger machte unbeirrt weiter. Ben war ein Sonnyboy mit einem jungenhaften Wuschelkopf und einem sonnengebräunten Teint. Sie konnte sich vorstellen, dass eine Frau in einer solchen Pose keinen Seltenheitswert für ihn hatte. Mit einem Mal kam sie sich schrecklich verklemmt vor. Sie hoffte, dass bald der angenehme Teil folgen würde.

„Ganz locker, Annabell. Lass dich einfach fallen."

Der hatte gut reden. Jetzt knetete er ihre Waden. Alles, woran sie denken konnte, waren die frischen Stoppeln auf ihren Beinen. Seit es mit Jan vorbei war, achtete sie nicht mehr so penibel darauf. Endlich bat Ben sie, sich auf den Bauch zu legen und widmete sich ihrem Rücken.

„Autsch!"

„Das haben wir gleich."

Annabell hielt die Luft an. Er drückte genau an der richtigen Stelle. Sie kämpfte gegen eine Welle der Übelkeit.

„Atme! Lass den Schmerz kommen und dann lass ihn los."

„Wie soll das gehen?", presste sie hervor, immer noch um Tapferkeit bemüht.

„Wehre dich nicht. Versuch zu akzeptieren, was ist."

Das war bezahlte Körperverletzung. Sie war kurz davor, von der Liege zu springen, da merkte sie, dass der Schmerz allmählich nachließ.

„Siehst du? So ist es besser." Ben verteilte noch etwas Öl auf ihrem Rücken und ließ seine Finger wellenförmig über ihre Haut gleiten. „Durch manchen Schmerz muss man einfach durch, damit die Heilung beginnen kann."

Redete er noch von der Massage? Ein trauriger Unterton schwang in seinen Worten. Annabell versuchte, nicht darüber nachzudenken. Sie schloss die Augen und hörte Ben leise summen. Sie schwebte. Dann fiel sie. Vor Schreck darüber wachte sie auf, kaum dass sie eingeschlafen war.

„Ich würde vorschlagen, das mit dem Entspannen üben wir noch ein bisschen. Für heute sind wir fertig."

Annabell zog sich hinter dem Paravent an. Ihr Shirt klebte an ihrer Haut, die noch mit einem Ölfilm überzogen war. Bens Worte hafteten in ihrem Kopf. *Akzeptiere, was ist.* Hatte sie denn eine Wahl? Jan hatte sie vor vollendete Tatsachen gestellt, Luisa ebenfalls. Was die Geschehnisse in Annabells Kindheit anbelangte, hatte sie überhaupt kein Mitspracherecht gehabt. Den Schmerz loslassen? Das konnte sie nicht. Aber sie würde nicht zulassen, dass ihr jemals wieder jemand so weh tat.

6

Luisa war bereits zweieinhalb Wochen fort. Um sich vom Alleinsein abzulenken, hatte Annabell schon etliche Aufgaben aus der Dose gefischt. Die oft vagen Formulierungen ließen ihr viele Freiheiten. Erst gestern hatte sie sich auf ein DIY-Projekt gestürzt. Die Kräuterampel hing jetzt windschief an der Vorhangstange ihres Küchenfensters.

Ein paar Mal war ihr der Gedanke gekommen, Vincent auf ein Stück Kuchen einzuladen. Am Ende hatte sie es aber doch gelassen, weil ihr Kopf immer schnell darin war, Ausreden zu finden. Lieber ging sie allein ins Kino oder kuschelte mit Peppers.

Brigitte würde in wenigen Tagen heiraten und die Aussicht darauf, dort ohne Begleitung zu erscheinen, bereitete Annabell Magenschmerzen. Sie mochte Brigitte zwar, kannte sie aber noch nicht lange, und den Namen des Bräutigams musste sie auf der Einladung nachlesen. Philipp hieß er. Das Foto auf der Karte zeigte einen schlanken, hochgewachsenen Mann, der Brigitte auf den Schultern trug. Es schien ein Motiv aus dem letzten Urlaub zu sein, denn die beiden standen an einem Strand. Sie strahlten mit dem makellos blauen Himmel um die Wette.

Annabell tippte darauf, dass Brigitte zu der hysterischen Sorte Braut zählte, für die die Ausraster zur

Hochzeit gehörten wie das Ja vor dem Altar. Sicherlich gab es viele Bräute, die insgeheim erleichtert waren, wenn sie den schönsten Tag ihres Lebens hinter sich hatten. Annabell hatte selbst miterlebt, wie eine ehemalige Arbeitskollegin auf ihrer eigenen Hochzeit beinahe Amok gelaufen wäre, weil der Konditor die Torte mit der falschen Creme gefüllt hatte. Besorgt hatte Annabell beobachtet, wie das Messer in der Hand der Braut die Luft durchschnitten hatte. Der Bräutigam war dazwischen gegangen und dem *Bis der Tod euch scheide* gefährlich nahe gekommen. Heute lachten sie vermutlich darüber, falls sie noch zusammen waren.

Fest stand jedenfalls, dass eine Hochzeit eine Ausnahmesituation darstellte, auch für Annabell. Abgesehen von Brigitte und den Mädels vom Junggesellinnenabschied, an die sie sich kaum erinnern konnte, würden ihr dort alle fremd sein.

Ein Skypeanruf auf ihrem Laptop riss sie aus ihren trüben Gedanken. Es war Luisa.

„Endlich lässt du wieder von dir hören“, schimpfte Annabell nur halb im Scherz. „Wie läuft's?“

„Es ist der Hammer. Das ist das Beste, was ich jemals gemacht habe. Ich fühle mich total in meinem Element“, schwärmte Luisa.

„Wirklich? Was macht ihr denn in diesem Kurs?“

„Diese Woche ging es um überschäumende Gefühle. Ich sollte in Wut ausbrechen und meinen Schauspielpartner zur Schnecke machen. War gar nicht so einfach. Luis ist so ein Schnuckel, dem kann man gar nicht böse sein. Aber ich hab's nachher wieder bei ihm gut gemacht.“ Luisa grinste schelmisch in die Kamera.

„Ach ja? Wird aus Luis und Luisa ein Paar?“

„Da will ich mich zum jetzigen Zeitpunkt noch nicht festlegen. Wer weiß? Was tut sich bei dir?"

„Ich war wieder bei der Massage. Ben hat einfach magische Hände. Es tut mir wirklich gut."

„Aaah. Wird da jemand rot?" Das war geraten, denn die Bildqualität war inzwischen dermaßen schlecht, dass Annabell zweimal hinsehen musste, um ihre Freundin zu erkennen.

„Da liegst du falsch. Er ist einfach ein netter Kerl. Wolltest du mich etwa verkuppeln?"

„Immer hast du mich in Verdacht, dass ich was im Schilde führe. Ich bin unschuldig! Aber so eine kleine Romanze würde dir sicher nicht schaden. Was ist eigentlich mit diesem Vincent?"

Ja, was war mit Vincent? Er hatte sich nicht mehr bei Annabell gemeldet. Wartete er darauf, dass sie auf ihn zukam? Oder war ihm längst eine andere über den Weg gelaufen?

„Funkstille. Ich glaube, er hat es sich anders überlegt."

„Ach Süße, das tut mir leid. Aber Kopf hoch. Vielleicht triffst du deinen Traummann auf Brigittes Hochzeit."

Das bezweifelte sie. In Luisas Welt war vielleicht alles möglich. Bei Annabell hatte sich bisher jeder Prinz als Frosch herausgestellt.

„Dann werde ich ihn nicht kennenlernen, weil ich nicht hingehe. Ich habe auch gar nichts Passendes anzuziehen."

Ihr bestes Kleid hatte seit ihrem Absturz beim Junggesellinnenabschied einen unansehnlichen Fleck, der auch nach mehrmaligem Waschen nicht rausging. Sonst war nichts Vernünftiges in ihrem Kleiderschrank zu finden.

„Sei froh, dass ich nicht durch die Kamera springen kann, sonst würde ich dich jetzt schütteln. Was ist denn das für eine bescheuerte Ausrede? Du fährst zu meiner Wohnung und suchst dir eines von meinen aus. Richte Brigitte herzliche Glückwünsche von mir aus!" Luisa schickte ihr eine Kusshand und trennte die Verbindung.

Annabell seufzte und ergab sich ihrem Schicksal. Insgeheim wusste sie, Luisa hatte recht – Annabell musste raus aus ihrem Schneckenhaus.

Die Hochzeitsfeier fand auf dem Land statt. Keine Wolke trübte den Himmel. Es war der Tag der Sommersonnenwende. Brigitte hatte sich für ihren Ehrentag den längsten Tag und die kürzeste Nacht im Jahr ausgesucht. Ob sie die Entscheidung bewusst getroffen hatte? Wollte sie ihn so lang wie möglich auskosten? Zum Schlafen würde sie ohnehin nicht kommen, dachte Annabell und grinste dabei unwillkürlich. Sie war überraschend gut gelaunt. Noch vor ein paar Tagen hatte sie dem bevorstehenden Pflichttermin missmutig entgegengeblickt. Doch jetzt musste sie sich eingestehen, dass sie die Feier richtig genoss, obwohl sie noch gar nicht richtig angefangen hatte. Wie die anderen Gäste, ungefähr achtzig an der Zahl, wartete Annabell auf die Braut. Einige verrenkten schon die Köpfe, um den ersten Blick auf Brigitte zu erhaschen, andere plauderten munter und lachten miteinander.

Die Kulisse war zauberhaft. Sie hatten auf weißen Klappstühlen Platz genommen, die auf der Wiese aufgestellt waren. Der Bräutigam stand vor der kleinen Kapelle, im Schatten zweier alter Buchen. Die Bäume neigten ihre Äste über den Altar, als wollten sie Zeugnis für diese lebenslange Verbindung ablegen. Eine sanfte Brise strich über Annabells Haut. Sie schloss die Augen und sog die warme Sommerluft ein. Es duftete nach frisch geschnittenem Gras und in der Wiese zirpten die Grillen. Sie fühlte sich so frei wie lange nicht mehr.

Dann begann das Streichquartett zu spielen. Brigitte tauchte zwischen den Stuhlreihen auf und schritt über die Wiese zum Altar. Das Empirekleid mit der kurzen Schleppe ließ sie anmutig und elegant erscheinen. Sie trug eine Flechtfrisur und einen Wiesenblumenstrauß. Annabell ertappte sich dabei, wie ihre Augen vor Rührung nass wurden. Brigitte strahlte eine bewundernswerte Gelassenheit aus. Von dem aufgelösten Nervenbündel aus Annabells Vorstellung war sie Lichtjahre entfernt. Brigitte schien nicht den geringsten Zweifel daran zu haben, das Richtige zu tun.

Die Zeremonie war sehr ergreifend, vor allem als Braut und Bräutigam ihre Gelübde vortrugen, die sie selbst verfasst hatten.

In diesem Moment verdrängten schwermütige Gedanken Annabells Leichtigkeit. Ihr wurde wieder bewusst, was in ihrem Leben fehlte. Während der letzten Minuten der Trauung war sie in ihrer Melancholie gefangen. Erst als alle ringsum applaudierten, wurde sie herausgerissen.

Es hatte sich eine Menschentraube um das Paar gebildet, um den frisch Vermählten zu gratulieren. Annabell nutzte die Chance, um zu verschwinden. Sie musste etwas Abstand gewinnen. Sie zog die Riemchensandalen aus, denn es war unmöglich, sich damit auf der weichen Wiese fortzubewegen. Der Absatz blieb bei jedem

Schritt stecken und hinterließ tiefe Löcher im Boden. Sie nahm die Schuhe in die Hand und genoss es, barfuß über das Gras zu laufen.

Die friedliche Natur um sie herum tröstete sie. Brigitte war hier aufgewachsen, vielleicht war sie deshalb ein so ausgeglichener und fröhlicher Mensch. Die frische Luft und die im Wind wogenden Grashalme hatten eine beruhigende Wirkung auf Annabell. Sie kam zu einem schmalen Pfad und folgte ihm. Er führte sie geradewegs zu einem See, auf dessen Oberfläche sich die Strahlen der Nachmittagssonne brachen. Sie spazierte über einen alten Steg. Das Holz unter ihren nackten Füßen war warm. Annabell setzte sich an den Rand und tauchte die Zehenspitzen ins Wasser. Es war noch zu kühl, um darin zu schwimmen, zumindest für ihren Geschmack. Sie betrachtete eine Weile das Spiel der Lichter auf dem See, dann nahm sie die Blechdose aus der Handtasche. Sie war zu ihrem ständigen Begleiter geworden. Annabell brauchte den Rat ihrer Freundin, den Luisa glücklicherweise für sie konserviert hatte. Vorsichtig öffnete Annabell das Herz, um eine Aufgabe herauszunehmen, und schloss den Deckel gleich wieder. Sie musste aufpassen, dass der Wind die kleinen Zettel nicht davonwehte.

*Lass den grauen Alltag hinter dir und mach
eine Fahrt ins Blaue.*

„Ich hatte gehofft, dich hier zu sehen.“
Vor Schreck rutschte Annabell die Dose vom Schoß und fiel ins Wasser. Sie unterdrückte den Reflex

hinterher zu springen. Annabell hatte nicht gehört, dass sich jemand genähert hatte. Diese Stimme kannte sie doch.

„Vincent? Was machst du denn hier?"

„Cousin des Bräutigams. Aber die Frage sollte eigentlich heißen: Was machst du denn *hier?* Soweit ich weiß, ist das Essen gleich fertig." Er sah unverschämt gut aus. Er trug keine Krawatte und die ersten beiden Knöpfe seines Hemdes waren geöffnet. Die Ärmel hatte er locker über die Ellbogen nach oben gekrempelt und die Hände in seiner schwarzen Anzughose verstaut. Sie wunderte sich, dass sie ihn während der Trauung nicht unter den Hochzeitsgästen bemerkt hatte. Als ihr bewusst wurde, dass sie ihn anstarrte, stammelte sie verlegen: „Ähm – ich hab mir einfach gedacht, ich mach den Verdauungsspaziergang heute einmal vor dem Essen."

„Du überrascht mich immer wieder!"

„Und du hast mir einen Riesenschreck eingejagt. Was fällt dir eigentlich ein!", entgegnete sie mit gespielter Empörung und stemmte dabei ihre Hände in die Hüfte. Er sah ihr direkt in die Augen, ein keckes Schmunzeln umspielte seine Lippen.

„Du siehst süß aus, wenn du wütend bist", sagte er mit einem Augenzwinkern.

Normalerweise hätte Annabell bei so einem Spruch sofort das Weite gesucht, aber bei Vincent war es anders. Sie wusste, er forderte sie damit nur heraus und konterte: „Du hast mich noch nicht erlebt, wenn ich wütend bin."

Er riss amüsiert die Augen auf und lachte.

Dann bot er ihr seine Hand an. Sie zögerte kurz, bevor sie danach griff und sich hochziehen ließ. Für einen kleinen Moment kamen sie sich ganz nahe. Sie roch sein frisch gewaschenes Hemd. Sie mochte es, wenn Männer kein Aftershave verwendeten. Die meisten trugen dabei viel zu dick auf.

„Gehen wir zurück?" Noch immer hielt Vincent ihre Hand in seiner.

„Geh schon mal vor. Ich komme gleich nach."

Er blickte sie fragend an, doch dann wandte er sich um und marschierte davon. Aus einiger Entfernung rief er ihr zu: „Aber nicht, dass du wieder wegläufst!"

Annabell schmunzelte. Dann raffte sie ihr Kleid und band den Stoff seitlich des Oberschenkels zum Knoten. Sie brauchte beide Arme, um das Gleichgewicht zu halten, als sie die Böschung am Ufer hinunter tappte. Vorsichtig tauchte sie ihr rechtes Bein in den See. Das kalte Wasser reichte ihr bis über die Knie. Langsam watete sie zu der Stelle, wo die Dose in den See gefallen war. Sie konnte nicht auf den Grund sehen, denn durch ihre Schritte hatte sie den schlammigen Boden aufgewirbelt. Sie wartete eine Weile, aber das Wasser klarte nicht auf. Also tastete sie mit ihren Füßen nach dem Herz.

Plötzlich löste sich der Knoten. Annabell griff noch nach dem Stoff, schon zog sich ein Zipfel des Kleides mit Wasser voll.

„Mist, verdammter!" Annabell musste einsehen, dass die Bergungsaktion gescheitert war. Jetzt konnte sie nur noch versuchen, ans Ufer zu kommen, ohne ihr Kleid dabei komplett zu ruinieren. Sie schnappte ihre Sandalen und lief zurück zum Haus.

Alle waren schon beim Essen. Es gab gegrilltes Spanferkel, dazu verschiedene Beilagen und bunte Salate. Die Menschen an den Tischen unterhielten sich angeregt. Sie sah sich nach ihrem Platz um, doch es fiel ihr schwer, sich einen Überblick zu verschaffen. Da entdeckte sie Brigitte auf der mit Blumen geschmückten Veranda, die sich über die Vorderseite des Landhauses erstreckte. Sie hatten dort die Hochzeitstafel aufgestellt und einige weitere Tische. Die übrigen Gäste speisten im davorliegenden Garten. Annabell wurde bewusst, dass sie Brigitte und Philipp noch nicht gratuliert hatte. Um auf die Veranda zu gelangen, musste sie jedoch an der halben Hochzeitsgesellschaft vorbei. Annabell spürte die Blicke auf sich, als sie darauf zuging. Am liebsten wäre sie wieder im See abgetaucht. Doch sie nahm all ihren Mut zusammen und versuchte sich nichts anmerken zu lassen. Schnell huschte sie an den Neugierigen vorbei.

Schließlich stand sie verlegen vor Brigitte und Philipp. Wasser tropfte unaufhörlich von ihrem Kleid und hinterließ dunkle Flecken auf dem trockenen Verandaboden, während sie ihnen ihre Glückwünsche aussprach. Philipp musterte sie etwas irritiert, aber Brigitte strahlte sie davon unbeeindruckt an.

„Ich freue mich ja so, dass du gekommen bist!"

Dann drückte sie Annabell an sich. Diese war überwältigt von dieser Herzlichkeit. In diesem Augenblick erkannte Annabell, wie abweisend sie sich Brigitte gegenüber immer verhalten hatte. Natürlich war es keine Absicht gewesen. Ihr fiel es schwer, neue Menschen in ihr Leben zu lassen. Aber Brigitte hatte es nicht verdient, so behandelt zu werden. Annabell lächelte ihr dankbar zu, als sie die Umarmung gelöst hatten.

„Komm, ich bringe dich zu deinem Tisch", schlug die Braut vor und hakte sich unter. „Da sind wir schon. Mädels, ihr kennt Annabell bereits. Heute lernst du auch noch den Rest der Truppe kennen."

Einige der Gäste streckten Annabell die Hand zur Begrüßung hin, die anderen nickten oder winkten ihr freundlich zu. Sie durchforstete ihre Erinnerung nach Namen, die zu den Gesichtern gehörten, doch da war nichts. Sie fühlte sich überfordert, versuchte, zumindest jene zu behalten, die sie jetzt erfuhr. Sie war so darauf konzentriert, dass sie erst bemerkte, wem sie gegenübersaß, als sie sich setzte. Brigitte stand hinter ihr, ihre Hände ruhten auf Annabells Schultern. Dann beugte sie sich zu ihr herunter und flüsterte ihr ins Ohr. „Unterhalte dich gut!"

Aus dem Augenwinkel sah Annabell, wie Brigitte Vincent vielsagend angrinste.

Annabell hatte Mühe, dem Gespräch am Tisch zu folgen. Sie versuchte, möglichst locker zu wirken, aber in ihr drin herrschte Chaos. Das Spanferkelfleisch auf ihrem Teller war längst kalt.

Nach dem Essen kam der Hochzeitstanz. Alle erhoben sich von den Tischen, um dem Brautpaar dabei zuzusehen. Die beiden waren gute Tänzer und bewegten sich leichtfüßig über das Parkett. Einige der Gäste folgten ihrem Beispiel, die anderen gingen zurück zu ihren Tischen oder visierten die Bar an. Annabell blieb noch am Geländer der Veranda stehen und sah dem Treiben auf der Tanzfläche zu.

„Geht es dir gut? Du siehst so blass aus."

Vincent stand unmittelbar hinter ihr. Wieder war er wie aus dem Nichts aufgetaucht.

„Ja, natürlich. Alles in Ordnung.“

Sie drehte sich dabei nicht um.

Nun stellte er sich neben sie, damit er ihr ins Gesicht sehen konnte. Sie senkte den Blick.

„Komm mal mit!“

„Wohin?“

„Das siehst du, wenn wir dort sind. Komm!“

Er hatte sich schon einige Schritte von ihr entfernt und winkte sie zu sich heran.

Sie schaute ihn misstrauisch an.

„Feigling“, rief er ihr gerade so laut zu, dass nur sie es hören konnte.

Jetzt blieb Annabell nichts anderes übrig, als ihm zu folgen. Sie gingen zu einem Schuppen hinter dem Haus. Vincent rüttelte an der Tür, doch sie war verschlossen.

„Was machst du denn da? Willst du hier etwa einbrechen?“

„Quatsch. Hier müsste irgendwo ...“

Vincent durchsuchte die Blumentöpfe rund um die Holzhütte. Dann streckte er sich zum Dach der Hütte hoch. Dabei rutschte sein Hemd etwas nach oben. Wie gebannt schaute sie auf den schmalen Streifen Haut, der dadurch entblößt wurde.

„Da haben wir ihn ja“, rief er zufrieden und schwenkte einen Schlüssel in der Luft.

„Woher wusstest du das?“, fragte Annabell verblüfft.

Vincent lachte. „Ich kenne Brigitte schon seit meiner Kindheit. Philipp und ich sind nur ein paar Straßen weiter aufgewachsen und waren früher ständig hier.“

Er schloss auf und verschwand in der Dunkelheit des Schuppens. Erst hörte sie ihn poltern, dann fluchte er, als er sich an irgendetwas stieß.

„Kann ich dir helfen?", rief sie und streckte den Kopf zur Tür hinein, um nach ihm zu sehen. Ihre Augen mussten sich erst an die Dunkelheit gewöhnen. Nur ein schmaler Lichtstreifen drang durch ein Astloch in den hinteren Bereich des Schuppens. Darin sah man die Staubkörner tanzen.

„Nicht nötig. Ich hab's schon."

Dann stand er wieder vor ihr, mit einem alten Mountainbike unter dem Arm. Er stellte es auf den Boden.

„Kannst du mal halten?", bat er sie.

Annabell nahm den Lenker und er kniete sich hin, um den Reifendruck zu kontrollieren. Er griff nach der Pumpe und blies Luft hinein. Anschließend wischte er den Staub vom Sattel und setzte sich darauf.

„Was hast du eigentlich vor?", fragte Annabell.

„Wir machen einen Ausflug! Bitte aufsteigen."

Dabei wies er mit einer einladenden Handbewegung auf die Querstange des Rahmens. Annabell zögerte. Das sah wirklich unbequem aus.

„Ich versprech's dir, ich fahr vorsichtig", ermunterte er sie.

Sie setzte sich seitlich darauf und schlang ungelenk einen Arm um seinen Rücken. Mit der anderen Hand umklammerte sie die Lenkstange.

„Halt dich gut fest!", rief Vincent. Dann trat er in die Pedale. Annabell unterdrückte ein Kreischen. Sie fuhren bergab über die holprige Wiese. Dabei wurde sie so richtig durchgeschüttelt. Ihr Hintern würde morgen mit blauen Flecken übersät sein. Ob dieser Ausflug wohl bei Luisa als Fahrt ins Blaue durchging? Annabell krallte ihre Finger in seinen Rücken. Sie hatte Angst, den Halt zu verlieren. Glücklicherweise waren sie nun auf einem gesandeten Feldweg angelangt. Bis auf wenige Schlaglöcher, denen er geschickt auswich, war der Weg eben und sie begann die Tour zu genießen. Sie sprachen nicht. Sie hörte ihn gleichmäßig atmen und spürte, wie sich ihre Körper berührten. Dennoch hoffte sie, dass sie bald ihr Ziel erreichen würden. Ein Krampf machte sich in ihrem Oberschenkel bemerkbar. Sie hatte während der kompletten Fahrt die Beine leicht angezogen, damit sie nicht am Boden streiften.

Nach einer Weile wurde er langsamer. Er ließ sie absteigen und legte das Rad in den Seitengraben. Annabell sah sich um und war irritiert. Außer Wiesen und Feldern gab es hier nicht viel zu sehen. Sie hatte eine andere Überraschung erwartet. Als Vincent ihre Enttäuschung bemerkte, versicherte er ihr: „Wir sind gleich da"

Dann gingen sie den Hang hinunter zu einem breiten Fluss. An der anderen Uferseite stand eine krumme Weide, die ihre Zweige ins Wasser hängen ließ. Er ging ein Stück flussabwärts und zog Schuhe und Socken aus. Er krempelte die Hosenbeine nach oben und balancierte auf den glitschigen Steinen über den Fluss.

„Jetzt du!"

Annabell beeilte sich, auf die andere Seite zu kommen. Er führte sie zum Baum und zeigte auf eine Stelle am Stamm. In die Rinde war ein großes Herz mit den Initialen *B+P* eingeritzt.

„Brigitte und Philipp?" fragte sie.

Er grinste und nickte.

„Ich glaube, Philipp ist ihr schon als Achtjähriger nachgelaufen.“

„Tatsächlich?“

„Ja. Sie war das einzige Mädchen, das ihn beim Wettrennen schlagen konnte.“

Nachdenklich zeichnete sie den Umriss des Herzens nach. Sie fühlte sich gleichzeitig wohl und verwirrt, wenn sie in Vincents Nähe war. Er strich mit den Fingerspitzen über ihre nackte Schulter.

„Ich glaube, wir sollten langsam wieder zurück“, sagte sie. „Die anderen suchen vielleicht schon nach uns.“

Auf dem Rückweg schob Vincent das Fahrrad neben sich her. „Verrätst du mir, was da heute am See los war?“, fragte er. „Dein Kleid war nass und du sahst ziemlich fertig aus, als du zurückgekommen bist.“

„Vielen Dank auch. Es ist mir peinlich, ich will nicht drüber reden.“

„Wie du meinst.“

„Ich hab etwas im See verloren. Ich wollte es mir wieder holen“, gab sie schließlich zu.

„Ist dir deine goldene Kugel hineingefallen?“

„Haha, sehr witzig.“

„Es muss dir ziemlich wichtig gewesen sein“, sagte Vincent mit einem Seitenblick auf sie.

„Es war ein Geschenk von meiner Freundin Luisa. Aber reden wir nicht mehr davon.“

Als sie zurückkamen, brannte auf der Wiese ein großes Feuer, wie es zur Sonnenwende Brauch war. Man sah es schon von weitem. Einige Hochzeitsgäste hatten sich an den Händen genommen und tanzten um die Flammen. Als sie näherkamen, schnappte Brigitte sich

Annabell und zog sie in den Kreis. Annabell schloss sich dem Reigen an und es dauerte nicht lange, da sang sie lauthals mit und jubelte mit den anderen im Chor. Sie war ausgelassen wie ein kleines Kind. Sie genoss die Hitze des Feuers auf ihrer Haut, denn mittlerweile hatte die Luft schon abgekühlt. Die Musik wurde immer schneller und sie drehte sich im Kreis, bis sie nicht mehr konnte und atemlos ins weiche Gras fiel. Über ihr rotierten die Wolken wie im Karussell.

Schließlich fand die berauschende Nacht ein jähes Ende. Brigitte hatte für Annabell eine Mitfahrgelegenheit organisiert. Das junge Paar, das sich bereit erklärt hatte, sie nach Hause zu bringen, drängte darauf, in die Stadt zurückzufahren. Sie hatten zwei kleine Töchter und konnten nicht mehr länger warten. Der Babysitter musste selbst um zwölf Uhr zu Hause sein. Annabell fand es schade, sie hatte sich lange nicht mehr so gut amüsiert. Aber sie konnte das Angebot nicht ausschlagen. Sie verabschiedete sich bei Brigitte und Philipp und folgte den beiden. Sie hoffte, sie würde auf dem Weg zum Auto auch Vincent über den Weg laufen. Annabell wollte nicht gehen, ohne ein Wort zu sagen, aber sie konnte ihn nirgendwo entdecken. Am liebsten hätte sie nach ihm gesucht, nur wollte sie die Geduld der beiden nicht länger strapazieren. Die Frau war auch so schon angespannt genug. Während der Fahrt schaute sie alle zwei Minuten auf ihr Handy, als erwartete sie jeden Augenblick einen verzweifelten Notruf. Sie schien mit ihren Gedanken schon bei den Kindern zu sein und die Konzentration ihres Mannes galt der Straße. Annabell war das nur recht. Nach Smalltalk stand ihr ohnehin nicht der Sinn. Sie lehnte ihren Kopf

an die kühle Scheibe und ließ die Welt an sich vorbei-
rauschen. Sie wusste, sie hatte heute ihr Herz verloren.

7

Fast eine Woche verging ohne eine Nachricht von Vincent. Dabei hatte sie am Morgen nach der Hochzeit eine an ihn geschickt, um sich für den schönen Abend zu bedanken. Sie befürchtete schon, sie wäre zu aufdringlich gewesen, da fand sie das Blechherz vor ihrer Wohnungstür, als sie den Müll hinunterbringen wollte. Vorhin war es noch nicht dagelegen. Sie schaute sich im Flur um, doch es war niemand zu sehen. Seltsam, vermutlich hatte sie die Glocke beim Saugen überhört. Annabell bedauerte es, denn nur einer konnte die Dose vom Grund des Sees gefischt haben: Vincent.

Annabell war froh, das Blechherz wiederzuhaben. In der vergangenen Woche war sie dem Alltagstrott verfallen. Das Spannendste, das die Tage zu bieten hatten, war die abendliche Krimi-Serie im Fernsehen. Jetzt hatte sie wieder einen Grund, um sich aufzuraffen.

Allerdings gelang es ihr nicht gleich, denn ihr Kopf forschte nach Gründen, warum Vincent nicht auf ihre Nachricht reagiert hatte. Immerhin hatte er ihr das Herz zurückgebracht. Das musste doch etwas zu bedeuten haben, dachte Annabell.

Später würde sie sich bei ihm bedanken – vielleicht wäre sogar eine kleine Aufmerksamkeit angebracht -, aber zuerst wollte sie eine neue Botschaft von Luisa lesen. Sie brauchte jetzt die Stimme ihrer Freundin, auch wenn sie nur auf dem Papier war.

Annabell nahm den Deckel von der Dose und stellte erleichtert fest, dass der Inhalt trocken geblieben war. Dann holte sie den nächsten Zettel heraus.

Sei mutig und spontan! Hör auf dein Bauchgefühl –
diese Frau zeigt dir, wie.

Darunter klebte ein Papierstreifen, er sah aus wie ein Abriss von einem Aushang auf dem schwarzen Brett. Darauf stand eine Folge von Zahlen. Eine Telefonnummer. Annabell zögerte. Luisa machte es richtig spannend. Sollte Annabell dort wirklich anrufen? Doch dann wählte sie. Sie biss sich auf die Lippen, während sie darauf wartete, dass die Unbekannte abhob. Das Freizeichen ertönte bereits zum fünften Mal. Die Mobilbox würde sich bald einschalten und sie wäre aus dem Schneider. Plötzlich meldete sich eine Frauenstimme.

Vor Schreck brachte Annabell kein Wort über die Lippen.

„Hallo? ... Hallo? Wer ist denn dran?"

Annabell blieb stumm. Die Frau murmelte etwas Unverständliches und beendete das Gespräch.

Annabell sank auf den Boden. Die Stimme hatte sie viele Jahre lang nicht mehr gehört, sie aus ihrem Gedächtnis verbannt. Doch eine Verwechslung war ausgeschlossen. Annabell würde sie unter hunderten wiedererkennen. Die Frau am anderen Ende der Leitung war ihre Mutter.

Wie war das möglich? Woher hatte Luisa die Nummer? Sie kannte Ingrid doch gar nicht. Und warum in aller Welt setzte sie Annabell so einer Situation aus? Ein Blick auf die Uhr verriet, dass es in New York mitten in der Nacht war. Jetzt konnte sie ihre Freundin nicht einmal zur Rede stellen. Auf der Suche nach Ablenkung streifte Annabell durch die Wohnung. Sie begann die Wäsche zu falten. Nach drei Shirts stellte sie den Korb zur Seite und griff zur Fernbedienung. Sie zappte sich durch, ohne das Programm zu registrieren. Was sollte sie jetzt tun? Die Sache auf sich beruhen lassen? Schließlich hatte ihre Mutter keine Ahnung, wer der stumme Anrufer gewesen war.

Es war das erste Lebenszeichen von Ingrid, seit sie fortgegangen war. Ihrem Vater gegenüber hatte Annabell kein Sterbenswörtchen über sie verloren. Die Fragen, die sie quälten, waren unausgesprochen geblieben. Jetzt hatte sie die Chance, mehr über die Beweggründe ihrer Mutter zu erfahren.

Und Annabell verdiente eine Erklärung! Doch würde sich ihre Mutter auf ein Treffen einlassen und sich ihrem Verhör stellen? Vielleicht, wenn Ingrid nicht wusste, dass sie ihre Tochter war. Annabell musste sich unter einem Vorwand mit ihr treffen. Dann bliebe ihr die Option, einen Rückzieher zu machen, wenn sie sich nicht traute, ihre Mutter mit der Vergangenheit zu konfrontieren. Doch wie sollte Annabell Ingrid dazu bringen, ohne ihr Misstrauen zu wecken? Annabell fiel nur eine Möglichkeit ein. Die meisten Menschen, die sie kannte, schoben jegliche Skepsis beiseite, wenn ihnen ein Gewinn in Aussicht gestellt wurde, und gaben bereitwillig sämtliche Daten zu ihrer Person bekannt.

Annabell setzte sich mit einem Glas Wasser an den Küchentisch und legte sich ein paar Worte zurecht, mit denen sie ihre Mutter ködern wollte.

„Hallo?“, meldete sich Ingrid.

„Guten Tag! Hier spricht Greta Graf. Herzlichen Glückwunsch. Sie haben bestimmt nicht damit gerechnet, dass Ihr Los einen Treffer landet!“

„Ich weiß nicht, wovon Sie sprechen! Sie sind falsch verbunden.“ Annabell befürchtete, Ingrid würde das Gespräch jeden Moment abbrechen und griff zu einem Trick.

„Ist Ihr Vorname Ingrid? Und Ihr Geburtsdatum der vierzehnte Juni?“ Annabell wusste nicht, ob ihre Mutter nach der Trennung ihren Mädchennamen angenommen oder wieder geheiratet hatte.

„Ja, das ist richtig. Aber ich habe an keinem Gewinnspiel teilgenommen.“

„Vielleicht hat jemand aus Ihrer Familie oder Ihrem Bekanntenkreis ein Los für Sie ausgefüllt. Sie Glückspilz!“

Annabell merkte, wie unwohl ihr bei der Lüge war. Ihre Freundlichkeit war gespielt, überspitzt. Die Stimme klang zuckersüß und überschlug sich. So hatte ihre Mutter mit ihr gesprochen, wenn sie ihre Ausrutscher bereute. Bei dem Gedanken daran, wurde Annabell schlecht.

„Was habe ich denn gewonnen?“

Annabell schaute sich in ihrer Wohnung nach einem brauchbaren Preis um. Sie suchte die Regale ab. Mit ihren Habseligkeiten konnte sie nicht punkten. Ihr Blick fiel auf den Fernseher. Jan hatte ihn ihr zum Geburtstag geschenkt.

„Einen Full HD Flachbildfernseher mit 55 Zoll Bildschirmdiagonale. Geben Sie mir Ihre Anschrift, damit wir den Gewinn zustellen können?"

Sie hoffte, ihr Schwindel würde nicht auffliegen, denn mit den technischen Details kannte sie sich überhaupt nicht aus.

„Steht die denn nicht auf dem Los?"

„Die Handschrift ist nicht besonders leserlich."

Ingrid fand die Begründung wohl plausibel und diktierte ihr die Wohnadresse. Den Namen der Straße buchstabierte sie.

„Vielen Dank. Die Lieferung wird voraussichtlich am Freitagnachmittag bei Ihnen eintreffen. Ist Ihnen das recht?"

„Ich bin zu Hause. Vielen Dank. Auf Wiedersehen."

„Wiedersehen."

Der Köder war gelegt, doch der schwierigste Teil stand Annabell noch bevor. Die Konsequenzen ihres Handelns wurden ihr erst nach und nach bewusst. Erschlagen von der Situation, ließ sie den Kopf auf den Tisch sinken. Peppers sprang auf die Tischplatte und stupste mit der kalten Nase an Annabells Schläfe.

„Hunger?", fragte Annabell, ohne den Kopf zu heben. Die Antwort war ein Schnurren. Ein Aufmunterungsversuch.

Auf einmal ertönte das Nachrichtensignal ihres Handys. Annabell rappelte sich widerstrebend auf. Kurz machte sich ein warmes Gefühl in ihr breit, als sie sah, wer ihr geschrieben hatte.

Vincent:
Mission erfüllt! Ich habe dir dein Herz unbeschadet

*zurückgebracht. Falls du es noch nicht entdeckt hast,
es liegt auf deiner Fußmatte. Leider hast du mich nicht
gehört. Sorry übrigens, dass ich mich erst jetzt melde,
aber bei mir war diese Woche einiges los.*
Ich hoffe, wir sehen uns bald.
LG Vincent

Vincents Nachricht ließ Annabell für einen Moment den Schlamassel vergessen, den sie sich mit der dummen Telefonaktion eingebrockt hatte.

Sie erinnerte sich gerne an den schönen Tag mit ihm zurück und hätte nichts dagegen gehabt, ihn zu wiederholen. Allerdings wollte sie erst das Treffen mit ihrer Mutter hinter sich bringen. Der Gedanke daran bereitete ihr Bauchschmerzen.

Wenn sie sich mit Vincent traf, wollte sie sich frei fühlen und keinen emotionalen Ballast mit zum Date schleppen.

Als sie gerade dabei war, eine Nachricht an ihn zu formulieren, meldete sich Luisa. Deshalb tippte sie nur schnell ein Danke mit einem Herzchen und schickte es ihm. Das war zwar ein wenig dürftig, aber schließlich wollte sie sich schon bald bei ihm erkenntlich zeigen – wie genau, musste sie sich noch überlegen.

Jetzt musste sie erst einmal wissen, woher Luisa Ingrids Kontakt hatte. Aber ihre Freundin zeigte sich ahnungslos. „Ich schwöre bei allem, was mir heilig ist. Ich hatte keinen Schimmer, dass es die Nummer deiner Mutter ist. Das musst du mir glauben!"

„Woher hast du sie dann?"

„Vom schwarzen Brett im Supermarkt. Da war ein Plakat zu einem Bauchtanz-Kurs. Ich dachte, das wäre eine super Aktion für die Dose und habe einen Streifen abgerissen."

„Du willst mir also erzählen, das alles ist reiner Zufall?"

„Es sieht mir eher nach einem Wink des Schicksals aus. Solche Dinge passieren nicht ohne Grund."

Annabell rollte mit den Augen. Merkwürdig war es schon. Allerdings hatte ihre Mutter schon früher manchmal Tanzstunden gegeben und war auch sehr experimentierfreudig gewesen. Bauchtanz, das war exotisch, aber so abwegig war es nicht.

„Triffst du dich mit ihr?", fragte Luisa schließlich, nachdem sie beide eine Weile geschwiegen hatten.

„Ich weiß noch nicht genau. Ich habe Angst davor."

„Annabell, Schatz, bitte lass diese Gelegenheit nicht verstreichen. Wie oft hast du dich in den letzten Jahren gefragt, was aus ihr geworden ist?"

„Ich weiß – es ist nur, ich hätte nie gedacht, dass ich sie jemals in meinem Leben wieder zu Gesicht bekommen würde."

„Ich kann verstehen, wie dir zumute ist, aber geh hin. Triff dich mit ihr!", riet Luisa.

„Du hast ja recht!" Annabell seufzte. „Aber können wir jetzt bitte über etwas anderes reden? Wie läuft's mit Luis?"

„Frag nicht! Luis steht auf Paul."

„Ohh."

„Ja, du sagst es. Ich hätte es eigentlich gleich merken müssen. Aber man sieht eben nur das, was man sehen will. Und im Moment will ich Brian."

Beide brachen in Gelächter aus.

„Da hast du dich ja schnell getröstet“, stellte Annabell amüsiert fest.

„Du kennst mich. Ich war noch nie ein Kind von Traurigkeit. Da muss ich mir um dich schon eher Sorgen machen. Oder vielleicht auch nicht. Wie geht es Vincent?“

Annabell verdrehte die Augen. „Ich hätte wetten können, dass du das Thema noch anschneidest.“

„Darauf kannst du dich verlassen. Ein Vögelchen hat mir gezwitschert, dass ihr auf Brigittes Hochzeit einfach mal für einige Zeit verschwunden seid.“

„Nicht, was du denkst. Es war ein harmloser Ausflug.“

„Ganz bestimmt. Brigitte hat gesagt, dass du danach wie ausgewechselt warst. Irgendwie befreit“, erwiderte Luisa.

Annabell dachte an den Abend zurück, an den Tanz ums Feuer. Sie hatte sich beinahe schwerelos gefühlt. Die Erinnerung daran zauberte ihr ein Lächeln ins Gesicht.

„Ist dir nicht in den Sinn gekommen, dass ich mich einfach für das Brautpaar gefreut habe?“

„Du immer mit deinen Ausflüchten. Ich verfolge jedenfalls mit Spannung das Geschehen. Und bilde dir nicht ein, nur weil ich in Amerika bin, bekomme ich davon nichts mit. Ich habe da so meine Quellen.“

„So, so. Konzentriere dich lieber auf deine Bühnenkarriere. Ich komme hier schon sehr gut alleine zurecht.“

Das war eine Lüge. Oder zumindest war es nur die halbe Wahrheit.

Luisa lachte. „Das höre ich gerne. Na ja, mach’s gut. Ich meld mich bald wieder.“

„Bis bald."

Luisa war unmöglich, dachte Annabell. Sie hatte ihre Augen und Ohren überall. Wenn es mit der Schauspielerei nicht klappte, gäbe sie eine fabelhafte Spionin ab.

Aber jetzt war es Zeit, ihre eigene verdeckte Ermittlung voranzutreiben. Sie bereitete sich auf die erste Begegnung mit ihrer Mutter vor.

„Was habe ich mir nur dabei gedacht?", schalt sich Annabell selbst, als sie am darauffolgenden Freitag den Flachbildfernseher aus dem Kofferraum des Taxis hievte. Der Fahrer war ihr keine Hilfe, sondern schien das Spektakel zu genießen. Sie hatte ihr bestes Kostüm rausgesucht. Eine Fehlentscheidung. Genau wie die Idee, das Taxi eine Ecke früher halten zu lassen, damit Ingrid nichts von dem Betrug merkte. Sie hatte den Fernseher in der Originalschachtel verpackt, die seit ihrem Geburtstag im Februar in ihrem Abstellraum darauf gewartet hatte, entsorgt zu werden. Dummerweise hatte sie nicht bedacht, wie schwierig sich der Transport gestalten würde. Sie musste beide Arme weit ausstrecken, um den Karton zu umfassen. Der Stoff des Blazers spannte unter ihren Achseln und die Anstrengung trieb ihr die Schweißperlen auf die Stirn. Der Taxifahrer rauschte davon und veranstaltete ein Hupkonzert zu ihren Ehren.

Wäre sie nicht selbst der Trottel gewesen, hätte sie die Szene vermutlich auch belächelt. Sicher gab es ein amüsantes Bild ab, wie sie versuchte, die unhandliche Lieferung den Gehweg hinunter zu befördern. Ihre Arme konnten die Last des Fernsehers kaum noch tragen. Alle paar Schritte musste sie pausieren und den

Karton auf den Knien abstellen, um zu verhindern, dass ihr das Ungetüm entglitt. Die Abschnitte dazwischen absolvierte sie in halbgebückter Haltung. Hätte sie ihrer Mutter doch reinen Wein eingeschenkt! Doch gleich darauf überlegte sie es sich anders. Nein, selbst jetzt war sie nicht bereit, ihre Tarnung aufzugeben. Sie musste es durchziehen, zumal der Rücktransport des Fernsehers in ihre Wohnung definitiv nicht in Frage kam. Bei dem kleinen Reihenhaus angekommen, lehnte sie den Karton gegen die Wand, drückte ihren Rücken durch und wartete darauf, wieder zu Atem zu kommen. Vor ihren Augen flimmerte es wie bei einer Bildstörung. Sie hielt sich am Türrahmen fest, denn sie war nicht sicher, ob ihre wackligen Beine sie noch länger tragen würden. Plötzlich riss jemand ungestüm die Tür auf. Annabell fuhr zusammen. Sie schnappte nach Luft und wollte etwas sagen, aber Ingrid kam ihr zuvor.

„Ja, bitte?" Ingrid musterte Annabell misstrauisch.

Annabell streckte ihr die Hand zur Begrüßung hin. „Greta Graf. Wir haben telefoniert."

„Sie sind wirklich gekommen! Ich hatte schon Angst, ich wäre einem Telefonstreich aufgesessen. Mein Mann hat geschimpft, weil ich unsere Adresse einer Wildfremden gegeben habe." Ingrid machte eine kurze Pause und musterte sie ein zweites Mal. Annabells Herz klopfte bis zum Hals. Hatte ihre Mutter sie etwa erkannt? Doch dann fuhr Ingrid fort. „Sie machen aber einen recht ordentlichen Eindruck und sehen nicht danach aus, als hätten Sie mit irgendwelchen Gaunereien zu tun. Kommen Sie doch herein."

„Gerne. Einen kleinen Augenblick noch bitte." Ihr war noch immer etwas mulmig zumute.

„Aber warum lassen Sie sich bei so einer schweren Lieferung nicht von einem starken Mann unter die Arme greifen?“

„Es war gerade keiner zur Stelle.“

„Sie hätten doch auch einen Lieferdienst schicken können“, wunderte sich Ingrid.

„Wissen Sie, Hauptpreise stellen wir immer persönlich zu. Das ist vielleicht ein wenig ungewöhnlich, aber ich lasse mir nur ungern die freudigen Gesichter entgehen.“

„Na ja, wie Sie meinen. Ich würde Ihnen ja gerne helfen, aber ich hab’s im Kreuz.“

Annabell schleppte sich und den Fernseher ins Wohnzimmer, wo ihr ihre Mutter glücklicherweise einen Platz auf der Couch anbot. Der Raum war lichtdurchflutet und modern eingerichtet. Auf dem Sideboard erstreckte sich ein Flat Screen, der Annabells Mitbringsel ziemlich mickrig aussehen ließ. Auf das Äußere hatte ihre Mutter immer Wert gelegt.

Sie selbst war eine Erscheinung, schön und elegant. Die gut zwanzig Jahre, die hinter ihnen lagen, merkte man Ingrid nicht an. Und auch der Alkohol hatte keine erkennbaren Spuren hinterlassen. Hatte sie den Absprung geschafft? Wie aus einem Reflex heraus schaute sich Annabell nach versteckten Flaschen um. Ihre Mutter war sehr einfallsreich dabei gewesen, ihren Vorrat zu verbergen. Selbst Annabells Puppenhaus hatte dafür herhalten müssen. *Das ist unser kleines Geheimnis,* hatte Ingrid ihr verschwörerisch ins Ohr geflüstert und ihr einen feuchten Kuss auf die Stirn gedrückt. Noch heute nahm Annabell beim Gedanken daran den Geruch von Alkohol in der Nase wahr. Es widerte sie an.

Als Kind war sie jedoch froh gewesen über die Nähe, die ihre Mutter sonst kaum zugelassen hatte. Ingrid weinte weniger, wenn sie trank, und sah Annabell beim Puppenspielen zu, auch wenn sie dabei im Suff gelegentlich einschlief.

„Ich möchte mich nicht aufdrängen, aber dürfte ich Sie vielleicht um ein Glas Wasser bitten?"

Es hatte fast den Anschein, als überlegte Ingrid, ob man diese Bitte ausschlagen konnte. Zumindest traute ihr Annabell eine solche Überlegung zu. Doch dann verschwand sie in der Küche und kehrte wenig später mit einem voll beladenen Tablett wieder. Kaffeegeschirr und Keksteller fanden kaum auf dem winzigen Wohnzimmertisch Platz. Zuckerdose und Milchkanne wurden zuerst herumgereicht und dann auf die Kommode mit den vielen Bilderrahmen verbannt, die Annabell schon eine Weile im Visier hatte. Leider blieb nicht genug Zeit, um die Fotos aus der Nähe zu betrachten.

„Ihre Familie wird sicher viel Freude mit diesem High End-Gerät haben", startete Annabell den Versuch, mehr über das Leben ihrer Mutter zu erfahren. Die Heimkino-Anlage vor ihrer Nase ignorierte sie dabei geflissentlich.

„Mein Mann ist kaum zu Hause und mein Sohn erwachsen. Er ist vor zwei Monaten in seine erste eigene Wohnung gezogen."

„Tatsächlich?" Annabell stockte der Atem. Sie hatte also noch einen Halbbruder!

„Ja, das Haus fühlt sich so leer an, seit er nicht mehr da ist. Ich vermisse ihn furchtbar." Ingrids Gesicht nahm einen seligen Ausdruck an.

Annabells Magen krampfte sich zusammen. Eine Flut von Gefühlen stürzte über sie herein: In ihr überschlugen sich Eifersucht, Wut und Empörung. Ihre Maske bröckelte. Diese Frau hatte kein Problem damit gehabt, sie und ihren Vater alleine zurückzulassen und jetzt weinte sie ihrem kleinen Muttersöhnchen nach?

„Timo genießt das Leben in seiner Junggesellenbude in vollen Zügen. Den Fernseher bekommt er als verspätetes Geschenk zum Einzug."

Annabell musste hier raus. Sie hielt es keine Minute länger aus.

„Ja, schön. Dann noch einmal herzlichen Glückwunsch. Ich muss jetzt leider wieder los."

„Aber Sie sind doch gerade erst ..."

Die Haustüre fiel ins Schloss. Annabell stürmte blind vor Tränen die Treppe hinunter. Aus dem Nachbargarten hörte sie Stimmen. Sie wechselte die Straßenseite, damit niemand den Gefühlsausbruch mitbekam. Sie bog um eine Hausecke und fand sich auf einem verlassenen Grundstück hinter einer baufälligen Lagerhalle wieder. Es passte nicht in diese ordentliche Wohngegend, sondern glich einer Sperrmülldeponie. Zwischen ausrangierten Möbeln und alten Autoreifen kauerte sie sich hin und all der Schmerz brach aus ihr heraus. Ihr Körper bebte und ihr Schluchzen verlor sich in der trostlosen Öde des Schrottplatzes.

Nur langsam versiegten die Tränen und ein Gefühl von Leere blieb zurück. Was hatte sie erwartet? Annabell wischte sich mit dem Handrücken über die Augen, befeuchtete ihre salzigen Lippen. Sie suchte nach einem Taschentuch, doch ihre Hand tastete ins Leere. Ihre Tasche war weg!

Die Entdeckung versetzte ihr einen Stich. Sie musste sie in Ingrids Haus vergessen haben. Wie viel schlimmer konnte dieser Tag noch werden? Annabell falsches Spiel würde auffliegen, der schützende Deckmantel fallen. Der Inhalt der Handtasche würde ihre wahre Identität offenbaren. Ausweis, Wohnungsschlüssel, Handy … alles war in dieser verdammten Tasche.

Als ihre Mutter sie damals im Stich gelassen hatte, war ihr Dasein in den Grundfesten erschüttert worden. Mit dem Treffen heute hatte Annabell wieder aufbauen wollen, was zerstört war. Erreicht hatte sie das Gegenteil. Ihr Leben glich einem einzigen Trümmerfeld. Sie hatte keinen Menschen. Niemanden, der ihr helfen konnte. Sie hatte nicht einmal das nötige Kleingeld für ein Busticket nach Hause.

Annabell wusste, wenn sie jetzt zu ihrer Mutter zurückging, bestand die Chance, dass ihr die vergessene Tasche noch nicht aufgefallen war. Aber sie schaffte es einfach nicht, umzukehren und ihr gegenüberzutreten.

Nie zuvor war sie per Anhalter gefahren. Jetzt stand sie an der Straße und hob ihren Daumen, aber erst, wenn sie erkennen konnte, wer am Steuer saß. Sie hatte Schiss. Ein Auto um das andere ließ sie vorbeifahren. So verging eine gute halbe Stunde, bis sie zum ersten Mal an diesem Tag Glück hatte. Eine quirlige Floristin Anfang zwanzig erbarmte sich ihrer. Sie war unterwegs, um Kränze für eine Beerdigung zu liefern.

„Da kommt es nicht auf die Minute an", stellte sie unbekümmert fest und brachte Annabell bis vor die Haustür.

Annabell läutete bei ihren Nachbarn. Jetzt war sie froh, dass sie dort einen Ersatzschlüssel für Notfälle hinterlegt hatte.

Der Nachbarsjunge öffnete.

„Hallo Basti. Sind deine Eltern zu Hause?"

Der Kleine grinste schelmisch übers ganze Gesicht und schüttelte den Kopf. Offensichtlich hatte er geflunkert, denn schon hörte man die Stimme seiner Mama, die sich näherte.

„Basti, wer ist denn das?"

Kichernd drehte er sich um und schlug die Tür hinter sich zu. Kurz darauf wurde sie wieder geöffnet.

„Annabell, du bist es. Basti, sag Hallo zu unserer Nachbarin."

Keine Reaktion. Der kleine Wirbelwind sauste im Zickzack, Sirenengeräusche nachahmend, durch den engen Flur. Diese Frau musste Nerven wie Stahlseile haben, dachte Annabell. Vielleicht war es auch ein innerer Schutzmechanismus, mit dem Mütter ausgerüstet waren, um den Herausforderungen des Alltags mit Kindern gelassener zu begegnen.

„Hallo Doris. Ich hab mich ausgesperrt. Du hast doch noch meinen Ersatzschlüssel?"

„Na klar." Sie ging zur Garderobe und kramte in einer Schublade. „Da haben wir ihn schon."

„Prima."

„Warum bleibst du nicht noch auf eine Tasse Kaffee? Ich habe gerade Kuchen gebacken."

„Normalerweise liebend gern, aber ich habe einen echt harten Tag hinter mir. Ich brauch jetzt ein wenig Ruhe."

Doris sah mit einem wissenden Blick zu ihrem Sohnemann, der nun auf dem Boden lag, alle viere von sich und die Zunge aus dem Mund streckte und so tat, als ob er tot wäre. Die letzten Zuckungen durchfuhren gerade seinen schmächtigen Körper.

Kurz bevor Doris die Tür schloss, flüsterte sie Annabell durch den Spalt zu: „Komm um halb acht wieder. Dann ist der kleine Quälgeist im Bett."

Annabell war dankbar, dass sie den Abend nicht alleine verbringen musste. Es war schon verrückt. Vier Jahre lang lebte sie nun schon mit den Habermanns Tür an Tür und wusste im Grunde nichts über sie. Basti war fast noch ein Baby gewesen, als die Familie eingezogen war. Der Kontakt untereinander beschränkte sich auf höflichen Smalltalk und auf die üblichen Gefälligkeiten unter Nachbarn, wie den kurzfristigen Ausgleich von Zucker-Engpässen oder das Entgegennehmen von Paketen. Annabell war nicht der Typ, der seine Nase in fremde Angelegenheiten steckte. Sie respektierte die Privatsphäre anderer Menschen, so wie sie sich das auch wünschte. Als kleines Mädchen hatte sie immer auf der Hut vor ihrer Nachbarin sein müssen. Ihre Oma hatte ihr eingebläut, diese wäre ein arglistiges Weib, das nur an der schmutzigen Wäsche anderer Leute interessiert wäre. Bald war Annabell geübt darin, lästigen Fragen über den Gesundheitszustand ihrer Mutter auszuweichen. Viel hätte sie ohnehin nicht darüber berichten können, darüber sprachen die Erwachsenen nur hinter vorgehaltener Hand. Doch die boshaften Bemerkungen über ihren Vater, den *Nichtsnutz*, den *Schmarotzer*, der wieder mal keine Arbeit hatte, trafen Annabell mitten ins Herz. Es gab kaum einen Hausbewohner, der nicht schon den Lästereien der alten Frau zum Opfer gefallen war. Dabei schien zu gelten: je geringer der Wahrheitsgehalt, desto höher der Sensationswert. Diese nette Nachbarschaft hatte Misstrauen gesät und bewirkt, dass Annabell sehr bedacht auswählte, was sie anderen erzählte. Im Zweifel schwieg sie lieber.

Sie wusste, die Habermanns waren mit dieser alten Nachbarin ihrer Kindheit nicht zu vergleichen. Sie waren angenehme Zeitgenossen und schienen nicht an Tratsch interessiert. Aber Annabell hatte sich an die Zurückhaltung gegenüber ihren Nachbarn gewöhnt und lebte ihr Leben hinter verschlossenen Türen. Nun tat sich eine auf.

Am Abend gab Annabell sich einen Ruck, obwohl sie von der Dusche und dem aufwühlenden Tag müde war. Sie drehte ihre noch feuchten Haare zu einem unordentlichen Knoten, schlüpfte in einen gemütlichen Jogginganzug und klopfte – mit einer großen Tafel Schokolade als Dankeschön – bei ihrer Nachbarin an. In den folgenden Stunden erfuhr sie mehr über die liebenswerte Familie von nebenan, als in all den Jahren davor. Annabell konnte sich nicht erinnern, dass sie sich jemals zuvor einem anderen Menschen gegenüber so schnell geöffnet hatte. Es war, als hätte sich etwas in ihrem Inneren gelöst. Sie wog nicht jedes Wort dreimal ab, bevor sie es aussprach. Sie vertraute sich ihrer Nachbarin an und Doris erwies sich als aufmerksame und einfühlsame Zuhörerin. Sie erteilte ihr keine klugen Ratschläge, sondern zeigte aufrichtiges

Verständnis. Das war genau, was Annabell jetzt brauchte. Keine gut gemeinten Aufmunterungsversuche, keine überflüssigen Worte, kein geheucheltes Mitleid. Es tat so gut, mit jemandem darüber zu reden. Es änderte zwar nichts an der Situation, aber als Annabell kurz nach Mitternacht zurück in ihre Wohnung schlich, fühlte sie sich schon weniger vom Leben verstoßen.

8

Am nächsten Morgen wachte sie benommen auf. Hatte sie alles nur geträumt? Die Ereignisse des vergangenen Tages kamen ihr jetzt so surreal vor. Die Sonnenstrahlen brachen sich an dem kleinen Kristall in ihrem Fenster und verwandelten den Raum in ein Kaleidoskop der Lichter, die an den Zimmerwänden tanzten. Peppers saß am Fußende des Bettes und verfolgte wie gebannt das magische Schauspiel. Dabei legte sie den Kopf zur Seite, als überlege sie, wie man am besten Jagd auf diese seltsamen Lichtpunkte machen konnte. Annabell richtete sich auf. Sie wollte das gestrige Erlebnis so schnell wie möglich wieder vergessen, aber das ging nicht. Sie musste entweder die Tasche zurückholen oder sich um Ersatz für den Inhalt kümmern. Zumindest das Bargeld war vorläufig kein Problem, auch wenn ihr Sparschwein dran glauben musste. Doch zuerst schwang sie ihre Beine aus dem Bett und griff nach dem Dosenherz auf ihrem Nachttisch. Sie war einigermaßen zuversichtlich, dass der heutige Tag Besseres für sie bereithielt. Viel schlimmer konnte es jedenfalls nicht werden.

Schokoladenkuchen. Mein gut gemeinter Rat für den heutigen Tag.

Annabell musste unwillkürlich lächeln. Ein Schokokuchen wäre ideal, um sich bei Vincent für die Rettungsaktion zu bedanken, was längst überfällig war. Bei der Aufregung um das Treffen mit ihrer Mutter hatte sie es zu ihrer Schande völlig vergessen. Doch jetzt stand Annabell vor einem neuen Problem: Sie hatte keine Ahnung, wie sie ihn erreichen sollte. Ihr Handy war weg und somit auch seine Nummer. Weder wusste sie, wo er wohnte, noch was er beruflich machte. Sie kannte keine Details aus seinem Leben. Wie sollte sie ihn aufspüren? Luisa wollte sie jetzt noch nicht anrufen. Wenn sie ihre Freundin um diese Uhrzeit wecken würde, würde sie ihr an die Gurgel gehen. Also hieß es, die Zeit anderweitig totzuschlagen.

Annabell ließ sich von dem schönen Wetter zu einem Ausflug in den benachbarten Park verleiten. Die frische Luft tat ihr gut. Die Vögel zwitscherten in den Bäumen und ein Pärchen hatte es sich auf der großen Wiese gemütlich gemacht. Den prall gefüllten Picknickkorb hatten sie kaum angerührt, dafür konnten sie voneinander nicht die Finger lassen. In der Nähe gab es eine Brücke, die über ein dünnes, verwachsenes Rinnsal führte. Am Geländer hatte Annabell mit Jan zum Valentinstag ein Schloss befestigt, auf dem ihre Namen standen. Er hatte ihre Hände umschlossen und hineingeblasen, um sie zu wärmen. Dann hatte er sie an sich gezogen und geküsst.

Annabell ging über die Brücke und suchte nach dem Schloss. Es war noch da. Wie viele Paare, die hier ihre Liebe verewigen hatten wollen, waren tatsächlich noch glücklich miteinander? Wie viele von ihnen gingen

längst getrennte Wege, während das Symbol ihrer
Liebe am Geländer vor sich hin rostete?

Der Park war eine kleine Wildnis mitten in der Stadt.
Der Rasen war niemals perfekt getrimmt, heute reichten Annabell die Halme bis über die Knöchel. Verschlungene Pfade führten durch ihn hindurch. Die
Laubbäume waren alt und ragten in den Himmel. Zwischen den knorrigen Wurzeln konnte man sich auf
dem weichen Moos niederlassen und ungestört träumen. Sie lehnte sich an einen der dicken Stämme und
blickte in die weit verzweigte Baumkrone hinauf. Die
Sonne brachte die grünen Blätter zum Leuchten und
der Wind ließ sie leise rascheln. Hier fühlte sich das Leben so unglaublich leicht an. Für den Moment.

Schließlich schüttelte Annabell sich und beschloss, es
wäre an der Zeit, sich wieder der Realität zu stellen. Sie
musste weiter. Für den Kuchen fehlte ihr die wichtigste
Zutat überhaupt. Ihr Schokovorrat hatte sich in den
letzten Tagen in Luft aufgelöst.

Annabell sah gerade nach dem duftenden Kuchen im
Ofen, da klingelte es an der Tür. Sie warf einen Blick in
den Spiegel. Ihre Haare waren zerzaust und ihr Top
war weiß vom Mehl. Backen bedeutete bei ihr ganzen
Körpereinsatz. Sie spähte durch den Spion, um zu sehen, wer in den Genuss dieses Anblicks und vielleicht
auch eines Stücks vom Kuchen kommen würde.

Der Fluchtinstinkt setzte sofort ein, aber sie musste
sich ihrer Angst stellen. Sie schluckte und löste die Vorhängekette, um die Tür zu öffnen. Ihr gegenüber stand
Ingrid mit hängenden Armen. Sie rang nach Worten.

Annabells Tasche baumelte ein paar Zentimeter über dem Boden.

„Annabell." Jetzt schaute Ingrid ihr direkt in die Augen. Da war er wieder, dieser flehende Blick. Ingrid streckte die Hand nach ihr aus. Annabell wich instinktiv zurück. Was zwischen ihnen vorgefallen war, war für Annabell auf einmal wieder präsent und ließ sich nicht durch eine einfache Geste wegwischen. Annabells Hand ruhte auf dem Türknauf. Was hielt sie ab, diese einfach hinter sich zu schließen?

„Ich kann verstehen, wenn du nicht mit mir reden willst", sagte Ingrid nun.

Annabells Augen füllten sich mit Tränen, ihre Lippen begannen zu zittern. Sie drehte ihr Gesicht zur Seite. Ingrid stellte die Tasche auf den Boden.

„Ich erwarte nicht, dass du mir verzeihst, aber bitte gib mir eine Chance. Ich bin nicht mehr der Mensch, der ich damals war."

Ihre Mutter schien noch einen Moment auf eine Reaktion zu warten. Als sie ausblieb, drehte sie sich mit hängenden Schultern um und ging.

Annabell versetzte der Tasche einen Tritt, der sie in die Ecke schleuderte. Sie war wütend auf sich selbst und auf ihre Mutter auch. Sie machte es sich zu leicht.

Doch immerhin hatte Annabell nun ihr Handy wieder und konnte sich endlich in gebührender Form bei Vincent bedanken. Sie hob die Tasche vom Boden auf und angelte nach dem Smartphone. Da fiel ihr ein Brief in die Hände.

Annabell,

ich will versuchen, dir zu beschreiben, welche Gefühle dein unerwarteter Besuch nach all den Jahren bei mir ausgelöst hat – verzweifelte Liebe und abgrundtiefe Reue über die Fehler, die ich nie mehr wiedergutmachen kann. Ich habe dich nicht vergessen. Aber ich wollte alle Erinnerungen an meine Vergangenheit auslöschen, die Schuldgefühle hinter mir lassen. Es tut mir leid, meine Kleine, das hast du nicht verdient. Ich würde dir gerne erklären, wie es so weit kommen konnte, doch ich fürchte, die Antwort wird dich nicht zufriedenstellen. Wenn ich zurückdenke, verschwimmen die Geschehnisse. Ich weiß, welchen Schmerz ich dir zugefügt habe, und ich würde alles dafür geben, um ihn zu lindern. Ich kann ihn nicht ungeschehen machen.

Da hatte Ingrid recht. Nie würde Annabell die unberechenbaren Launen ihrer Mutter vergessen, denen sie als Kind schutzlos ausgeliefert gewesen war, weil niemand da war, um ihr zu helfen. Nicht immer war sie schnell genug gewesen, um sich in einem Versteck in Sicherheit zu bringen, bis Ingrids Wut wieder abgeflaut war. Wenn sie Annabell übers Knie gelegt hatte, schien sie nicht daran zu denken, dass es ein wehrloses Kind war, das sich unter ihren Schlägen krümmte. Das Bewusstsein war erst gekommen, wenn sie sich abreagiert hatte. Dann hatte Ingrid alles immer furchtbar leidgetan und sie hatte geweint und sich überschwänglich entschuldigt. Annabell hatte ihre Mutter dann meist in die Arme genommen und versucht sie zu trösten, indem sie ihr die Tränen von den Wangen wischte, während ihre eigenen noch nicht getrocknet waren.

Heute wusste Annabell es besser. Mit dieser Masche würde Ingrid nicht mehr durchkommen. Annabell zwang sich, die letzten Zeilen des Briefes zu lesen. Dabei kam ihr fast die Galle hoch.

Ich hatte nicht erwartet, dich jemals wiederzusehen. Zu wissen, dass du zu einer wunderbaren Frau herangewachsen bist, ist das schönste Geschenk, das man mir machen konnte. Aus tiefstem Herzen hoffe ich, dass es nicht bei dieser flüchtigen Begegnung bleibt. Auch wenn es vermessen ist, darauf zu hoffen, so wünsche ich mir doch, wieder ein Teil deines Lebens zu sein, mein Schatz.

In Annabell brodelte es. Sie wusste, sie war nicht bereit, Ingrid zu vergeben, und würde es vielleicht auch nie sein. Sie zerriss den Brief, da stieg ihr der Geruch von Verbranntem in die Nase. Sie stürzte in die Küche und riss die Ofentür auf. „Verdammt!", schimpfte sie unter Tränen, holte den Kuchen heraus und warf ihn, gefolgt von den Resten des Briefes, in den Mülleimer.

9

Für Annabell gab es nur einen Grund, der gut genug war, um am Wochenende früh aus den Federn zu steigen: Flohmarkt. Es war ein Ereignis, das sie herbeisehnte. Sie hatte es rot in ihrem Kalender eingekreist und es zum Fixtermin erklärt. Oft traf sie schon am Hauptplatz ein, bevor die Stände fertig aufgebaut waren. Nach dem Treffen mit ihrer Mutter brauchte sie diese Ablenkung mehr denn je. Selbst eine Woche später ließ Annabell diese Begegnung nicht los.

Einige der Verkäufer, die sie immer wieder am Flohmarkt antraf, waren ihr ans Herz gewachsen. Da war Lotti mit den kupferroten Haaren und den Pausbacken. Mit einem Rahmen um den Kopf hätte sie selbst ausgesehen wie eines ihrer zahlreichen Engelbilder, die sie verkaufte. Die dicke Berta, die eigentlich Bert hieß und nur so genannt wurde, weil er eine sehr hohe Stimme und außerdem eine Vorliebe für antikes Teegeschirr hatte, war der Erste, der Annabell von weitem zuwinkte. Marie, die immer eine besondere Rarität für Annabell bereithielt, bückte sich gerade, um einen Kronleuchter aus dem Karton zu holen. Die enge Jeans spannte um ihren Po. Da riskierte sogar Fred einen Blick. Jetzt konnte Annabell nicht nur seine Glatze hinter dem Berg von gestapelten Büchern hervorlugen sehen, sondern auch seine knollige Nasenspitze.

„Morgen, Annabell. Wieder auf Schatzsuche?“, rief Bert.

„Ich hab ihn schon gefunden“, sagte Annabell mit einem Augenzwinkern und brachte ihn damit zum Erröten.

Marie rannte ihr entgegen, nahm sie am Arm und zog sie zu ihrem Stand.

„Ich hab etwas, das ich dir zeigen möchte.“

Annabell fühlte, wie ihr Herz schneller klopfte. „Ich kaufe heute nichts“, erwiderte sie dennoch abwehrend.

„Warte, bis du es gesehen hast.“

Marie lehnte sich in den Kofferraum ihres Fiats, wobei die pinke Spitze ihres Slips hervorblitzte. Nachdem sie diverse Taschen durchwühlt hatte, fand sie, wonach sie gesucht hatte. Geheimnistuerisch versteckte sie es hinter ihrem Rücken.

„Rate, was es ist.“

Marie genoss es sichtlich, Annabell im Dunkeln tappen zu lassen. Zuletzt hatte sie für Annabell einen Globus auf einem staubigen Dachboden aufgestöbert. Das Besondere daran war sein Innenleben. Darin befanden sich Liebesbriefe, die ein junger Mann, Gilbert, aus dem Krankenlager in Russland an seine Verlobte geschrieben hatte.

Annabell beschloss, mitzuspielen. Der Gegenstand konnte nicht besonders groß sein, da Marie ihn hinter ihrem Rücken versteckte. Was bereits auf ihrem Tisch lag, gab ihr keinen Anhaltspunkt: verzierte Pillendosen, Pulverbehälter, ein Kelch aus Rauchglas, ein altes Bügeleisen, ein goldener Vogelkäfig.

„Kleiner Tipp. Es passt in meine Hand“, verriet Marie.

Ihr Mund kräuselte sich amüsiert, kurz darauf kicherte sie. „Du kommst ja doch nicht drauf!" Maries Geduld war wie üblich schnell an ihre Grenzen gelangt. Sie legte eine feingliedrige Silberkette mit Anhänger auf den Tisch. Annabell nahm ihn in die Hand und fuhr mit dem Daumen über die Gravur auf dem Deckel. *Was wir suchen, finden wir in uns.* Sie öffnete ihn. Ein Kompass kam zum Vorschein. Die Nadel zitterte ein wenig, um kurz darauf wieder entschlossen nach Norden zu zeigen. Aus dem trüben Spiegel, der im Deckel eingearbeitet war, blickte Annabell ihr Gesicht entgegen.

„Wunderschön", hauchte sie ehrfurchtsvoll.

„Ich musste dabei gleich an dich denken." Man sah Marie die Freude darüber an, dass sie mit dem silbernen Kompass bei Annabell goldrichtig lag.

Annabell drehte den Anhänger in der Hand. Noch mehr als die schöne Verarbeitung faszinierte sie der Spruch.

Marie stemmte die Arme in ihre Hüften, als hätte sie den Kompass eigenhändig aus einem Erdloch gehoben.

„Na?" Es klang nicht wie eine Frage, sondern wie eine Aufforderung.

„Na gut", murmelte Annabell verlegen. Nun hatte sie sich doch viel zu leicht von ihrem Vorhaben, nichts zu kaufen, abbringen lassen.

Marie klatschte in die Hände. „Ich hab gewusst, dazu kannst du nicht Nein sagen. Es ist ein besonderes Stück."

Das war es wirklich. Annabell gab ihr den Großteil des Geldes, das sie bei sich hatte. Sie hatte absichtlich nicht so viel mitgenommen, um nicht in Versuchung zu kommen. Marie beschwerte sich nicht, Annabell war eine gute Kundin. Sie legte sich die Kette um den Hals und ging, nachdem sie sich von allen verabschiedet hatte. Sie versuchte, der Nadel zu folgen. Es war ein wenig mühsam. Zuerst versperrten ihr die Flohmarktstände den Weg, dann kamen ihr die Passanten in die Quere. Sie beendete die Expedition und beschloss, dass es Zeit für ein spätes Frühstück wäre.

In der Nähe gab es einen chinesischen Teesalon, den sie gerne besuchte. Schon beim Eingang ließen einen die Aromen in eine andere Welt eintauchen. Annabell wählte an der Theke ihren Lieblingstee mit getrockneten Ananasraspeln und weißen Rosenknospen aus, bezahlte und suchte sich dann einen Platz in der Fensternische. Am Wochenende war es immer sehr voll. Die bunten Kissen an den kleinen Tischen, die kaum über den Boden reichten, waren fast alle belegt. Ein letzter Platz war frei und Annabell machte es sich im Schneidersitz gemütlich. Sie begutachtete den Kompass und beschloss, dass er ein Willkommensgeschenk für Luisa sein würde. Ihr Tee wurde serviert und die Bedienung verbeugte sich, also erwiderte Annabell die Geste. Dann zog sie ihre Dose aus der Tasche.

Das Papierknäuel war größer als gewöhnlich. Es handelte sich um einen Zeitungsausschnitt, bei dem die meisten Textpassagen geschwärzt waren. Nur einzelne Wörter waren nicht dem Edding zum Opfer gefallen.

der – held – d – einer – ge – Schicht – e – b – ist –du

Die Botschaft war etwas kryptisch, doch sie hatte eine Ahnung, worauf Luisa damit abzielte. Annabell musste ihr Leben selbst in die Hand nehmen. Wenn sie nur herumsaß und darauf wartete, dass das Glück an ihre Tür klopfte, würde sie vergeblich warten.

10

Luisas Botschaften waren kleine Lichtblicke am Horizont. Annabell konnte sich darauf freuen, wenn im Büro ein Tag dem anderen glich. Es gab Spannenderes als die Arbeit bei einer Versicherung, und es genügte schon etwas Banales, um alle Mitarbeiter aus dem Häuschen zu bringen. Wie der Stromausfall an diesem Montagnachmittag. Annabell mochte die Ausnahmesituationen, die aus einem solch harmlosen Zwischenfall entstanden. Das Raunen, das durch die Abteilung ging, erinnerte sie ein bisschen an die Klassenfahrt mit fünfzehn, als plötzlich das Licht weg war.

Manche Kollegen jubelten und hofften auf einen frühen Feierabend. Die anderen fluchten, weil sie die Daten, an denen sie arbeiteten, nicht gespeichert hatten. Das konnte Annabell nicht passieren. Die Tastenkombination *Strg+S* führte sie wie automatisiert in jeder Denkpause aus. Es war eine Strategie, um in ihrem Arbeitsalltag nicht im Chaos zu versinken.

Leider gab es keinen Shortcut, der bewirkte, dass Beatrice Sendepause hatte. Ihre Kollegin erhob sich gerade von ihrem Platz, strich den Rock glatt und stöckelte erhobenen Hauptes ins Büro des Chefs. Aus dem Augenwinkel bekam Annabell mit, wie die Kollegen in der Kaffeeküche tuschelten. Dazu brauchte es, wie sie aus Erfahrung wusste, nicht viel. Wurden zusammenhanglose Worte von der richtigen Person aufgeschnappt, ließen sich daraus die abenteuerlichsten Storys zusammenreimen. Mimik und Gestik wurden aus der Ferne frei interpretiert, sodass die Neuigkeit garantiert für Aufsehen sorgen würde. Wer konnte es ihnen verdenken? Der Büroalltag war alles andere als abwechslungsreich. Doch für Annabell überwog der fade Beigeschmack dieser Kaffeeküchen-Gespräche, deshalb beteiligte sie sich daran kaum.

Plötzlich öffnete sich die Tür wieder und Beatrice kam heraus. Die Leute kehrten eilig zu ihren Schreibtischen zurück und taten furchtbar beschäftigt. Die Praktikantin begann wie verrückt in die Tasten zu klopfen, obwohl der Strom immer noch nicht wieder da war. Doch Annabell ging ein Licht auf. Reichlich spät. Vermutlich war sie die Letzte, die checkte, dass sich ihre engagierte Kollegin den Chef geangelt hatte.

Die Wahrheit war, dass Annabell sich einfach nicht für Gerüchte interessierte. Wo andere die Fühler ausstreckten, um die neuesten Informationen aufzusaugen, verzog sie sich in ihr Schneckenhaus und machte die Schotten dicht. Sie fühlte sich davon abgestoßen, welche Eigendynamik achtlos ausgesprochene Behauptungen entwickeln konnten, wenn sie mit Begeisterung weitererzählt wurden. Wie bei der Stillen Post blieben am Ende nur Fetzen des ursprünglichen Inhalts übrig, als wäre er vom Aktenvernichter geschreddert worden.

„Ich mache heute früher Schluss", verabschiedete sich Beatrice von Annabell, ohne ihr große Beachtung zu schenken. Sie verließ den Raum, gefolgt von den Blicken der Kollegen. Keine zehn Minuten vergingen, da schloss auch Herr Peters die Tür zu seinem Büro ab. Annabell war noch erschlagen von ihrer neuen Erkenntnis, da kam Ina auf sie zu und setzte sich auf ihren Schreibtisch.

„Hast du schon gehört? Es heißt, es soll wieder zu Personalkürzungen kommen."

„Ach ja? Bist du dir da sicher?"

Bisher hatte Annabell noch keinen Gedanken an dieses Gerede verschwendet. Seit sie bei der Versicherung arbeitete, machte die Nachricht immer wieder mal die Runde. Benedikt war Ina hinterher gekommen und mischte sich ins Gespräch.

„Hat Beatrice nichts erwähnt?", fragte er Annabell.

„Beatrice? Warum sollte sie?"

„Na ja, ich meine ja nur. Wenn etwas dran wäre, wüsste sie es wahrscheinlich. Immerhin hat sie einen besonders guten Draht zum Chef."

Ina kicherte. Annabell fand es gar nicht zum Lachen. Nie hatte sie die Gerüchte als Bedrohung wahrgenommen. Aber jetzt beschlich sie das Gefühl, dass es diesmal wirklich ernst war. Offensichtlich wollte Beatrice ihren Hintern retten. Alexander Peters war als Schürzenjäger bekannt. Dass er hübschen Mitarbeiterinnen schöne Augen machte, war kein Geheimnis.

„Das würde jedenfalls erklären, warum sie auf so einem hohen Ross sitzt", wetterte Ina. „Die soll mal lieber aufpassen, dass sie sich nicht das Genick bricht bei ihrem Manöver. Sie wäre nicht die Erste, die der Peters einfach fallen lässt."

Damit hatte sie nicht unrecht. Annabell konnte sich noch gut an die letzte Weihnachtsfeier erinnern. Beatrice hatte verächtlich geschnaubt, als die

Geschichte einer Kollegin aus dem zweiten Stock diskutiert worden war, die sich allzu leicht von ihm um den Finger wickeln lassen hatte. Doch Beatrice war alles andere als naiv. Sie hatte ein Talent dafür, prekäre Situationen zu ihrem Vorteil zu wenden.

„Ich sag dir, die weiß schon, was sie tut. Dahinter steckt Berechnung, eiskaltes Kalkül." Benedikt ließ kein gutes Haar an Beatrice. „Da muss sich eher der Peters warm anziehen."

„Wie lange ist der Strom jetzt schon weg?", erkundigte sich Annabell.

Sie hatte keine Lust mehr auf das Getratsche der beiden. Wieso sollte sie noch länger auf die Rückkehr der Elektrizität warten, wo doch sogar der Chef nach Hause gegangen war? Sie hatte noch einige Plusstunden auf ihrem Zeitkonto, die wollte sie ausnutzen.

„Keine Ahnung. Eine halbe Stunde. Ich weiß auch nicht, warum das heute so lange dauert. Normalerweise ist das eine Sache von wenigen Minuten", antwortete Benedikt.

„Ich denke, ich werde dann mal etwas eher Feierabend machen. Es hat ja keinen Sinn, länger als notwendig hier zu sitzen." Oder sich noch länger diese Lästereien anzuhören, fügte Annabell im Stillen hinzu. Sie schnappte sich ihre Tasche und verabschiedete sich knapp von ihren Kollegen.

Draußen kramte sie ihr Handy hervor. Das Mobilfunknetz schien zu funktionieren. Die freie Zeit, die sie durch den Stromausfall gewonnen hatte, schien ihr plötzlich wie ein Wink des Schicksals. Jetzt würde sie endlich nachholen, was längst überfällig war. Mehr als zwei Wochen waren vergangen, seit Vincent die Dose vor ihrer Türe abgelegt hatte. Sie hatte oft an ihn denken müssen, aber das Treffen mit Ingrid hatte ihr mehr zugesetzt, als sie sich eingestehen wollte. Doch jetzt hatte sie ihre Wunden eindeutig lange genug geleckt.

Annabell:

Danke nochmal, dass du für mich ins kalte Wasser gesprungen bist. :-) Ich werde mich revanchieren.
LG A.

Die Antwort kam prompt.

Vincent:

Da nehm ich dich beim Wort. Nimm dir morgen
Abend nichts vor. Ich hol dich um 17 Uhr ab. Bis dann.

Der Mann war voller Rätsel. Was hatte er nun wieder vor? Als sie nach Hause kam, loggte sie sich bei Skype ein und wartete darauf, dass Luisa ihren Anruf entgegennahm.

„Hi Süße, wie geht's dir?" Annabell winkte in die Webcam. „Endlich erreiche ich dich. Du hast wohl viel zu tun."

Luisa räusperte sich und kämmte mit ihren Fingern durch das zerzauste Haar.

„Tja, was soll ich sagen. Kann es einem schlecht gehen, wenn man den Vormittag mit einem schnuckeligen Kerl im Bett verbringt? Sorry, dass ich mich nicht gemeldet habe."

„Störe ich etwa?"

„Ach was. Phil wollte ohnehin gerade gehen."

„Ist Brian schon wieder abgeschrieben?"

„Na ja, wie soll ich es ausdrücken?“ Luisa kicherte. „New York ist eben eine Stadt voller Versuchungen!“

„Tsss ... du bist unmöglich.“

„Ich weiß. Aber ich sag dir ganz ehrlich, ich weiß nicht, wann ich mich in meinem Leben je so gut amüsiert habe. Hier in New York sind die Menschen so offen. Das ist einfach atemberaubend. Und ansteckend.“

„Du passt aber schon auf, dass du dich mit nichts anderem als Lebensfreude ansteckst?“

„Logisch. Das versteht sich von selbst. Wie geht es dir?“

„Ich bin okay“, erwiderte Annabell ausweichend. „Was macht deine Schauspielkarriere?“

„Es ist echt hart. Daniel verlangt viel von uns, aber er ist genial. Jähzornig und genial. Er brüllt uns dauernd an, aber er ist ein Genie. Du hast keine Ahnung, wie diszipliniert plötzlich alle arbeiten, wenn er den Raum betritt. Im Moment bereiten wir gerade ein Stück vor. Nichts Großes. Off-Broadway. Aber wir werden immerhin vor einem richtigen Publikum spielen. Stell dir vor, ich habe die weibliche Hauptrolle ergattert! Ich spiele ein lesbisches Collegegirl, das sich von der Brücke stürzt, weil ihre Familie ihre Beziehung nicht duldet. Sie stirbt nicht, aber fällt ins Koma. Ihre Geliebte ist daraufhin so mit der Welt fertig, dass sie sich eine tödliche Überdosis verpasst. Wenn du so willst, ist es eine ziemlich moderne Version von Romeo und Julia.“

„Klingt nach einer großen Herausforderung.“

„Oh ja, auf jeden Fall. Sag mal, ist bei dir wirklich alles okay?“

„Na ja, es geht. Ich hab meine Mutter nach mehr als zwanzig Jahren wieder getroffen und bereue es. Im

Moment kommen all meine Gefühle wieder hoch. Ach Luisa, es ist alles so verkorkst!"

„Süße, das tut mir leid. Hat sie sich denn kein bisschen geändert?"

„Ich weiß auch nicht. Es macht den Anschein, aber ich traue ihr nicht über den Weg. Und überhaupt, was hätte es für einen Sinn? Sie hat schon mein ganzes Leben verpasst."

„Dein ganzes Leben liegt noch vor dir. Du darfst das Glas nicht immer nur halbleer sehen."

„Woher nimmst du nur immer diese Weisheiten?", grummelte Annabell.

„Die gibt's hier im Sonderangebot. An jeder Ecke steht ein selbsternannter Prophet."

„Danke jedenfalls, dass du so ein Klugscheißer bist und mir immer aus der Patsche hilfst."

„Stets zu Diensten. Was machst du heute noch?", fragte ihre Freundin sanft.

„Es ist schon spät. Ich glaube, ich hau mich aufs Ohr. Vorausgesetzt, Peppers ist so gnädig und überlässt mir mein Kopfkissen."

„Na dann viel Glück!"

„Und dir Hals- und Beinbruch, das sagt man doch so bei Schauspielern, oder? Halt mich auf dem Laufenden!"

„Mach ich. Schlaf gut!"

11

Annabell hatte sich bereits viermal umgezogen. Vincent würde sie in wenigen Minuten abholen und sie konnte sich nicht für ein Outfit entscheiden. Sie kaute an ihrem eingerissenen Fingernagel, während sie sich im Spiegel betrachtete. Schließlich fiel die Wahl auf ihre gute Jeans und ein rotes Top. Sie packte noch eine Weste in die Tasche und schlüpfte in ihre Sneakers. Da klingelte es schon. Sie flog fast die Treppen hinunter. Bevor sie die Haustür öffnete, strich sie über ihre Haare und atmete tief durch. Draußen blendete sie die Sonne, dann stand er vor ihr. Er trug eine zerschlissene Jeans, ein weißes T-Shirt und eine Sonnenbrille.

„Hi!" Sie wusste nicht, ob sie ihn zur Begrüßung kumpelhaft umarmen sollte, ob ein Küsschen links und rechts angebracht oder peinlich wäre. Stattdessen streckte sie ihm steif die Hand entgegen. Er nahm sie nicht. Er schüttelte nur lachend den Kopf, legte seinen Arm um ihre Schulter und führte sie die Straße hinunter.

„Ich parke um die Ecke", erklärte er.

„Wo fahren wir denn hin?"

„Das erfährst du früh genug."

Vor einem weißen Kleintransporter, auf dem die rote Silhouette eines Hasen zu sehen war, machte er Halt und öffnete die Beifahrertür. Sie kletterte hinein und sah durch das Sichtfenster in den Laderaum. Der Wagen war bis zur Decke mit Umzugskartons vollgestopft. Vincent setzte sich hinters Steuer. Auf ihren fragenden Blick reagierte er mit einem breiten Grinsen.

„Du hast gesagt, ich hab bei dir was gut.“

„Wenn man dir den kleinen Finger reicht ...“

Er sah sie verschmitzt an und boxte sie sanft in die Seite. „Ich brauche beide Hände. Ich hoffe, du kannst ordentlich anpacken.“

„Du ziehst also um?“, fragte Annabell neugierig.

„Ja, es war Zeit für einen Tapetenwechsel. Ein Kumpel von mir geht beruflich für unbestimmte Zeit ins Ausland. Er hat mir seine Wohnung angeboten und ich hab zugeschlagen.“

Annabell fragte sich, was für einen ungewöhnlichen Mann sie sich da angelacht hatte. Wer sonst käme wohl auf die Idee, sein Date als Umzugshilfe einzuspannen? Oder war es etwa gar keins?

Verstohlen sah sie ihn von der Seite an. Er schmunzelte immerzu, aber so richtig schlau wurde sie daraus nicht. Sie waren schon ein gutes Stück gefahren, als Vincent das Tempo drosselte und den Blinker setzte. Irritiert schaute Annabell aus dem Fenster. Hatte er sich den Deal mit der Wohnung wirklich gut überlegt?, schoss es ihr durch den Kopf. Die Gegend war berüchtigt. Die schmucken Fassaden der Jahrhundertwendehäuser ließen die einstige Bedeutung des Stadtteils als gehobenes Wohnviertel erahnen, auch wenn man angesichts ihres heruntergekommenen Zustands seine Fantasie anstrengen musste.

„Bist du dir sicher, dass wir hier richtig sind?“, fragte sie verunsichert. Sie kannte den Menschen neben sich kaum. Vielleicht waren ihm das Viertel und die fragwürdigen Machenschaften, die darin passierten, gar nicht fremd. Vincent schien ihre Gedanken zu lesen.

„Keine Sorge, Annabell. Ich habe nicht vor, dich zu entführen und ich bin auch kein Drogenkurier."

„Aber was in aller Welt willst du dann hier?"

„Du ziehst voreilige Schlüsse. Wir sind noch gar nicht da. Entspann dich!", beruhigte er sie.

„Ich bin entspannt", murmelte Annabell wenig überzeugend.

Vincent zwinkerte ihr zu und hielt an der Zapfsäule einer Tankstelle. Aus dem Shop brachte er ihr einen Schokoriegel mit. Sie setzten ihre Fahrt fort. An der nächsten Ampel drehte er das Radio lauter und sang aus voller Brust mit. Annabell prustete los. Katy Perry's *I kissed a girl* aus seinem Mund klang einfach zu komisch.

Er schielte sie über seine Sonnenbrille hinweg gespielt vorwurfsvoll an. „Warum lachst du?"

„Du singst falsch."

„Wie bitte? Ich bin ein begnadeter Sänger."

„Du triffst keinen Ton!" Annabell lachte.

Er hob grinsend die Augenbrauen. „Und du hast wohl das absolute Gehör, was?"

„Es gibt Momente, da wäre ich lieber taub."

„Was soll das jetzt bitte wieder heißen. Du bist ganz schön frech!"

„Ich sage nur die Wahrheit", legte sie noch eine Schippe drauf. Vincent lachte, doch dann wurde er wieder ernst.

„Du sagst also nur die Wahrheit. Dann verrate mir doch mal, wovor du davonläufst?"

„Wie meinst du das?“ Ihr Blick verfinsterte sich. Worauf wollte er hinaus?

„Ich meine – ach was, vergiss es.“

Den Rest der Strecke legten sie schweigend zurück. Ihr Magen knurrte. Sie hatte heute seit dem Frühstück noch nichts Vernünftiges zwischen die Zähne bekommen. Der Schokoriegel half nur wenig. Insgeheim hatte Annabell gehofft, Vincent würde sie zum Essen ausführen.

„Wir sind da.“

Er lenkte den Wagen in den Innenhof einer ehemaligen Tuchfabrik, der ins Licht der Abendsonne getaucht war. Große Töpfe mit Palmen, blühenden Sträuchern und Zitronenbäumchen säumten die Wände. In einer Ecke plätscherte Wasser aus einem Steinbrunnen. Daneben standen zwei Klappstühle mit dicken, roten Sitzauflagen und ein Eichenfass, das als Tisch diente.

Jeder von den beiden schnappte sich einen Karton. Vincent knipste das Licht in der Wohnung an. Annabell kam sich vor wie in einem Atelier. Die Industriefenster verliehen dem Raum einen unverwechselbaren Charme. Die Arbeitsfläche der Küche war aus einer alten Werkbank entstanden. Der Schraubstock ließ keinen Zweifel daran und war gewiss das ideale Werkzeug, wenn es darum ging, widerspenstige Einmachgläser zu öffnen. Über eine Leiter erreichte man die zweite Ebene. Dort oben musste sich das Schlafzimmer befinden.

„Gefällt es dir?“, fragte Vincent.

„Und ob. Die Wohnung ist fantastisch. Ich ...“

Ein Donnergrollen ließ sie stocken. Sie hatten nicht bemerkt, dass ein Gewitter herannahte.

„Ich glaube, wir sollten uns beeilen, damit wir deine Sachen ins Trockene bekommen.“

Im Laufschritt holten sie nun einen Karton nach dem anderen aus dem Transporter. Kaum waren sie fertig, begann es zu gießen. Der Regen lief in feinen Rinnsalen über die Scheiben. Annabell setzte sich in eine Fensternische und verfolgte ihren Lauf mit der Fingerspitze.

„Hast du Hunger?“, rief Vincent und steckte dabei seinen Kopf in den Kühlschrank.

„Und wie!“

„Hmm, ich fürchte, satt werden wir davon nicht. Aber für eine kleine Stärkung sollte es reichen.“

Vincent holte drei Eier heraus. Statt sie in die Pfanne zu hauen, begann er damit zu jonglieren. Annabell verabschiedete sich gedanklich schon von ihrem Abendessen. Da beendete Vincent seine kleine Vorführung mit einer tiefen Verbeugung. Annabell dankte es ihm mit Applaus.

Gemeinsam durchstöberten sie die Küchenschränke nach weiteren Zutaten, die sich dazu kombinieren ließen. Sie fanden ein paar schrumpelige Kartoffeln, die schon kleine Triebe hatten, eine Zwiebel und eine Konservendose Mais. Während Annabell Kartoffeln und Zwiebeln für eine Tortilla schnippelte, verschwand Vincent im Keller. Nach einigen Minuten kehrte er mit einer Flasche Rotwein zurück, die er triumphierend in die Luft hielt. In diesem Moment piepste sein Handy. Er las die Nachricht, steckte es wieder zurück in die Hosentasche und holte zwei Gläser aus dem Schrank.

„Ich glaube die Kiste mit dem Korkenzieher ist noch im Bus.“

„Nein, ich bin sicher, dass wir den leergeräumt haben. Aber die Küche hier ist so gut ausgestattet, da wird doch bestimmt irgendwo ein Korkenzieher zu finden sein?"

Vincent begann, die Schubladen aufzuziehen, aber schüttelte schließlich den Kopf. „Nichts zu finden, mein Freund muss ihn mitgenommen haben. Ich geh nochmal schnell zum Auto und schaue da." Annabell nickte und ließ sich in der Zwischenzeit etwas Leitungswasser in ihr Glas laufen.

Es regnete in Strömen. Vincent würde klatschnass werden. Die Vorstellung, wie sein von der Nässe durchsichtiges T-Shirt an seinem definierten Oberkörper kleben würde, brachte sie zum Schmunzeln.

Die Tortilla war fertig, aber Vincent war noch nicht zurück. Annabell schnappte sich einen leeren Topf und hielt ihn sich über den Kopf, um nicht nass zu werden. Gerade als sie um die Ecke biegen wollte, hinter der Vincents Wagen parkte, hörte sie ihn mit jemandem reden. Sie erstarrte und blieb, wo er sie nicht sehen konnte. Der Regenguss hörte so plötzlich auf, wie er gekommen war. Jetzt verstand sie jedes Wort. Er klang aufgebracht. Verzweiflung und Wut schwangen in seiner Stimme.

„Was in aller Welt habe ich verbrochen? Warum tust du das? Du kannst doch nicht ..."

Stille. Er hörte zu. Annabell spähte um die Ecke. Mit der freien Hand fuhr er sich erst durchs Haar und rieb sich dann die Augen. Er sah furchtbar erschöpft aus.

„Das Beste für alle? Weißt du eigentlich, was du da sagst? Das kann ja nicht dein Ernst sein!"

Schweigen. Kopfschütteln.

„Was sagt er dazu? Hast du ihn nach seiner Meinung gefragt?"

Seufzen. Ein flehender Blick zum Himmel.

„Versprich mir, dass du es dir nochmal überlegst! Lass uns noch einmal darüber reden! Bitte, Alex."

Die Person am anderen Ende der Leitung sagte noch etwas, dann war das Gespräch beendet.

Ein fester Schlag ließ das Blech des Lieferwagens wummern. Annabell zuckte zusammen. Vincents Kopf sank auf seine Faust und er schloss die Augen. So hatte sie ihn noch nicht erlebt. Sie war erschrocken, dennoch hätte sie ihn am liebsten in die Arme genommen.

Unbemerkt schlich sie zur Wohnung zurück und ging ins Bad. Sie trocknete ihre Hände und wärmte ihre Finger am Heizkörper. Im kühlen Licht des Badezimmers wirkte sie blass. Dann hörte sie, wie die Wohnungstür ins Schloss fiel, und kehrte zurück in die Küche. „Gut, dass du da bist. Das Essen ist fertig!" Sie bemühte sich um ein Lächeln, aber es fühlte sich aufgesetzt an. Sie hatte ein schlechtes Gewissen, weil sie gelauscht hatte. Vincent nickte nur, nahm seinen Teller und setzte sich mit ihr an den Küchentisch. Annabell rutschte auf dem Stuhl hin und her und wusste nicht so recht, was sie sagen sollte. Vincent jedoch lobte das Essen und zwinkerte ihr zu. Wie schaffte er es nur, zu tun, als ob nichts gewesen wäre? Sie bemühte sich, es ihm gleich zu tun, aber ihre Unbeschwertheit war dahin. Wieder einmal wurde ihr bewusst, wie wenig sie im Grunde über Vincent wusste.

Nervös schaute sie auf die Uhr. „Ach, du meine Güte. Ich habe ja gar nicht gemerkt, wie spät es schon ist. Ich muss dringend los."

„Ich fahr dich.“

„Das ist nicht nötig. Ich nehm mir ein Taxi. Du hast hier noch genug zu tun.“

Vincent schien kurz verwirrt über ihren plötzlichen Aufbruch, aber man merkte, er war gedanklich mit etwas anderem beschäftigt. „Danke für deine Hilfe“, sagte er nur und verabschiedete sie mit einem flüchtigen Kuss auf die Wange.

„Keine Ursache. Mach's gut“, antwortete Annabell hastig und war schon zur Tür hinaus.

12

„Das war merkwürdig, Luisa. Oder findest du, dass ich übertreibe?“, fragte Annabell am nächsten Abend via *Skype*, nachdem sie ihrer Freundin alles erzählt hatte.

„Na ja. Ich würde das alles nicht so eng sehen. Er hat impulsiv reagiert und ist eben ein bisschen ausgerastet. Er hat sich doch schnell wieder gefangen.“

„Mmh ...“

Annabell war noch nicht überzeugt. Seine Reaktion hatte ihr Angst gemacht.

Luisa wechselte das Thema. „Du musst mir übrigens einen Gefallen tun. Brigitte feiert nächste Woche Samstag ihren Geburtstag und du sollst für mich einspringen. Ich habe schon zugesagt, dass du kommst.“

Annabell wollte sich herausreden, aber Luisa schnitt ihr das Wort ab.

„Bevor du etwas sagst: Sie hat nach dir gefragt und würde sich wahnsinnig freuen, dich wiederzusehen.“

Dann winkte sie in die Kamera und weg war sie.

Annabell holte die Herzdose vom Nachttisch und ließ sich damit aufs Bett plumpsen.

Wirf Ballast ab. Befreie dich von den Altlasten deiner Vergangenheit und den Staubfängern in deiner Wohnung. Schaff Platz für Neues.

Das Treffen mit Ingrid hatte genug Staub aufgewirbelt. Wie sollte Annabell sich von ihren Altlasten befreien? Sollte sie sich etwa ihrer Mutter entledigen?, dachte sie grimmig. Und was die „Staubfänger" in ihrer Wohnung anging: Der letzte Wohnungsputz lag zwar schon eine Weile zurück, aber dafür fehlte ihr eindeutig die Motivation. Vielleicht wäre der Hinweis auf dem nächsten Zettel ein wenig hilfreicher.

Geh zum Yoga mit Natalie. Sag ihr liebe Grüße.

Damit konnte sie schon mehr anfangen, auch wenn sie von alleine nie auf die Idee gekommen wäre, einen Yoga-Kurs zu besuchen. Auf dem Zettel stand Natalies Nummer.

„Hallo?"

„Hi Natalie, hier spricht Annabell!"

„Oh, hi! Wie schön, von dir zu hören. Wie geht es dir? Es ist ja unglaublich, wie lange wir uns nicht mehr gesehen haben. Ich wollte dich schon anrufen, aber dann ist mir eingefallen, dass ich deine Nummer gar nicht habe. Luisa ist immer so schwer zu erreichen. Und wenn sie mal Zeit hätte, hab ich Dienst. Du kannst dir gar nicht vorstellen, was bei uns hier los ist. In Luisas Zimmer ist so eine Gothic-Tusse eingezogen. Sie hört furchtbare Musik. Die muss auf Drogen sein. Und das Schlimmste überhaupt: Sie hat sich gleich am ersten Tag an Fabi rangemacht!"

„Wer ist Fabi?"

„Du kennst doch unseren Mitbewohner!"

„Der Physikstudent?"

„Sie sagt, er wäre so einfühlsam. Dass ich nicht lache! Die einzige Gefühlsregung, die ich von Fabi jemals gesehen habe, war sein knallrotes Gesicht, als er mich nackt im Bad erwischt hat! Ich glaube, die nutzt ihn nur aus."

„Hört sich so an, als ob du Luisa vermisst."

„Hätte ich das gewusst, hätte ich sie nie gehen lassen!"

„Ich vermisse sie auch. Dich würde ich auch gerne wieder mal sehen! Gehst du noch zu diesem Yoga-Kurs?"

„Nein, im Moment nicht. Es lässt sich so schwer mit meinen Arbeitszeiten vereinbaren. Aber ich kann dir gerne die Adresse geben."

„Ja das wäre nett. Meldest du dich, wenn du Zeit für einen Kaffee hast?"

Das Fitnessstudio lag in der Nähe ihrer Wohnung. Als Annabell dort angekommen war, warf sie einen Blick auf das Kursprogramm, denn für Yoga war sie absolut nicht in der Stimmung.

An diesem Donnerstagabend stand Schattenboxen auf dem Plan. Ideal zum Dampf ablassen. Die Fitnesstrainerin war erst nicht begeistert, dass Annabell dort unangemeldet aufkreuzte. Trotzdem ließ sie sie eine Stunde kostenlos schnuppern.

Schattenboxen war anstrengend. Es sah aus, als kämpfte man mit den eigenen Dämonen. Annabells Großmutter hatte diese Formulierung oft benutzt, wenn sie von Ingrid sprach. Als Kind war das eine Horrorvorstellung für Annabell gewesen. Sie hatte nicht gewusst, dass es nur so eine Redensart war.

Wieder und wieder boxte sie in die Luft und hatte Mühe, mit den anderen mitzuhalten. Nach einer halben Stunde war sie schweißgebadet. An die Stelle der Dämonen trat der innere Schweinehund. Sie konnte nicht mehr, aber die Einheit dauerte weitere zwanzig Minuten. Endlich waren die Lockerungsübungen an der Reihe. Annabell bewegte ihren Kopf in Kreisen, schüttelte die Arme aus und beeilte sich, in die Dusche zu kommen, bevor es dort voll wurde. Sie schloss die Augen und ließ das heiße Wasser über ihr Gesicht laufen, bis es brannte.

Sie dachte an Vincent. Seit dem Umzug hatte sie nichts von ihm gehört. Sie wollte abwarten, denn sie hatte das Gefühl, er musste zuerst etwas klären. Worum war es in dem Telefonat gegangen? Vielleicht konnte sie Brigitte bei ihrem Geburtstag ein wenig über ihn ausfragen. Annabell schnappte sich ein Handtuch, stakste auf Zehenspitzen in den Umkleideraum und öffnete den Spind. Ihr Handy blinkte. Sechs Anrufe in Abwesenheit, keiner davon von Vincent. Erstaunt sah Annabell den Namen ihrer Nachbarin und rief sie zurück.

„Doris?"

„Annabell, Gott sei Dank. Du musst schnell nach Hause kommen." Sie klang völlig aufgelöst.

„Beruhige dich. Was ist denn passiert?", fragte Annabell.

Doris schluchzte.

„In deiner Wohnung hat es gebrannt."

Annabell musste sich festhalten. Ihr war plötzlich schwindelig. „Ich bin auf dem Weg", flüsterte sie ins Telefon und legte auf.

Das Flackern des Blaulichts sah sie schon, bevor sie um die Ecke bog. Es wurde von den hohen Mauern der Häuser reflektiert. Sie wusste nicht, ob sie die letzten Meter rennen sollte, oder am besten gleich wieder umkehren. Der Geruch von Rauch stieg ihr in die Nase. Bildete sie sich das nur ein? Als sie sich der Haustüre näherte, kam ihr Doris entgegen und schloss sie in die Arme. „Ich bin froh, dass dir nichts passiert ist."

Jetzt hielt sie Annabell ein Stück von sich entfernt und schaute sie von oben bis unten an, als müsste sie sich noch einmal vergewissern.

„Wie geht es euch? Wie schlimm ist es?", fragte Annabell.

„Uns geht es gut. Ich habe keine Ahnung, wie weit der Brand um sich gegriffen hat. Die Feuerwehr hat dazu noch nichts gesagt. Sie haben das Haus evakuiert. Es sieht so aus, als wären alle unverletzt."

„Was ist mit Peppers?" Annabell merkte, wie ihre Augen feucht wurden.

„Ich habe sie noch nicht gesehen, aber Peppers ist schlau. Sie hat sich bestimmt in Sicherheit gebracht."

Annabell nickte, aber sie glaubte nicht daran. In ihrer Wohnung hatte es gebrannt und ihre Katze hatte keine Chance gehabt zu entkommen. Die Tränen kitzelten, als sie über ihre Wangen krochen, aber sie wischte sie nicht ab. Sie starrte zu den Fenstern im dritten Stock, wo ihre Wohnung lag. Es war nichts zu erkennen. In ihrem Kopf ratterte es. Sie versuchte, sich zu erinnern, ob sie den Ofen abgestellt hatte.

Basti und sein Vater Bernd traten nun zu ihnen. Die Angst stand dem Jungen ins Gesicht geschrieben. Als ein Feuerwehrmann sich näherte, versteckte er sich hinter Doris und klammerte sich an ihre Beine.

„Sind Sie Annabell Weber?"

„Ja", antwortete sie kleinlaut.

Der Mann war in ihrem Alter. Er hatte das Visier des Helms hochgeklappt und man konnte sehen, wie ihm der Schweiß von der Stirn perlte. Er wischte sich mit der Rückseite des Handschuhs über das Gesicht und verteilte dabei Ruß auf seiner Wange.

„Ich kann Sie beruhigen, es wurde niemand verletzt. Bedanken Sie sich bei Ihrem Nachbarn. Er hat schnell auf die Rauchmelder im Haus reagiert und verhindert, dass sich das Feuer weiter ausbreitet."

Annabell warf Bernd einen dankbaren Blick zu.

„Die Brandursache muss noch abschließend geklärt werden. Fremdverschulden können wir zum jetzigen Zeitpunkt bereits ausschließen."

Annabell schluckte. Konnten sie auch ihr Verschulden ausschließen?

„Haben Sie da drinnen eine Katze gesehen?", fragte sie leise.

„Nein, tut mir leid."

Die Tränen brannten in ihren Augen. „Wann kann ich in die Wohnung?"

„Wir müssen erst unsere Untersuchungen abschließen. Haben Sie jemanden, zu dem Sie heute Nacht gehen können?"

„Danke, ich komme zurecht."

Er nahm ihre Personalien auf und kurz darauf fuhr der Löschzug ab, nur ein kleiner Trupp blieb zurück, um die Brandstelle zu überwachen. Doris sah sie besorgt an.

„Wir fahren zu Bernds Schwester. Dort können wir die Nacht über bleiben. Wenn du keinen Platz zum Schlafen hast – sie hat bestimmt nichts dagegen und nimmt dich gerne auf."

„Danke, das ist lieb von euch. Aber du brauchst dir um mich keine Sorgen machen. Es tut mir schrecklich leid, was ihr wegen mir durchmachen musstet."

„Du kannst doch nichts dafür."

„Hast du was von den anderen Nachbarn gehört?"

„Die haben davon nichts mitbekommen. Sie sind auf Urlaub. Es sieht mir nicht danach aus, als hätte das Feuer so weit um sich geschlagen. Mach dir keine Gedanken deswegen."

„Danke", erwiderte Annabell erschöpft, auch wenn sie wusste, dass sie diesen Ratschlag nicht würde befolgen können.

Doris umarmte sie noch einmal fest. „Wir sehen uns morgen."

Die Habermanns stiegen in ihr Auto. Annabell blickte ihnen nach, bis der Wagen in der Nacht verschwand. Sie blieb wie angewurzelt stehen. Ihr Zuhause war abgebrannt. Was würde davon übrig sein? Wo sollte sie jetzt hin? Sie wollte nicht alleine sein.

Natalie hob nicht ab. Es war ja auch schon spät, vermutlich schlief sie schon. Sie nahm ihren ganzen Mut zusammen und wählte Vincents Nummer.

13

Annabell taten alle Glieder weh. Sie wusste nicht, ob es vom Schattenboxen kam oder von der schlechten Matratze im Hotel. Dort war sie über Nacht untergekommen, nachdem sie sonst niemanden erreicht hatte. Auch Vincent war nicht ans Telefon gegangen.

Der Geruch von Verbranntem haftete an ihr, obwohl sie schon zweimal geduscht hatte. In der Arbeit hatte sie Bescheid gegeben, dass sie heute nicht kommen würde. Sie hatte sich vorgenommen, so lange wie möglich in ihrem Hotelzimmer zu bleiben und abzuwarten, ob sie Nachricht von der Feuerwehr erhielt. Doch als sie um zehn Uhr auschecken musste, hatte sich noch niemand bei ihr gemeldet. Der Rezeptionist bot ihr an, ihre Sporttasche im Gepäckraum zu verstauen, bis sie wiederkam.

Sie bestellte sich einen Kaffee an der Hotelbar und schrieb eine Nachricht an Luisa, um sie zu informieren. Dann steuerte sie auf den Park zu. Ein Spaziergang würde ihr guttun, dachte sie. Nach dem ersten Schock war sie nun erstaunlich gefasst. Als wäre das Unglück nicht ihr, sondern einer Fremden passiert. Nur an Peppers durfte sie nicht denken. Immer wenn sie es tat, brannten Tränen in ihren Augen.

Unter der Brücke mit den Vorhängeschlössern schlief ein Teenager auf einer fleckigen Matratze neben seinem Hund. Annabell kam in den Sinn, wie glücklich sie sich im Grunde schätzen konnte. Auch wenn sie im Moment kein Dach über dem Kopf hatte, konnte sie sich wenigstens ein Hotelzimmer leisten.

Sie schaute auf ihr Handy. Kein Anruf von der Feuerwehr. Kein Anruf von Luisa. Kein Lebenszeichen von Vincent. Als sie gestern versucht hatte, ihn zu erreichen, hatte sich gleich die Mobilbox gemeldet. Sie hatte keine Nachricht hinterlassen.

Annabell verließ den Park, überquerte die Nibelungenbrücke und marschierte in Richtung Stadtzentrum. In der Altstadt gab es einen Trödelladen. Sie liebte es, in den alten Sachen zu stöbern, vor allem dann, wenn neue alte Sachen dazukamen. Die Besitzerin war, entgegen allen Vorurteilen, der modernen Technik gegenüber sehr aufgeschlossen. Regelmäßig erhielt Annabell Newsletter mit detaillierten Informationen zu den Sammlerstücken. Viele stammten aus einem Nachlass. Die Besitzerin des Trödelladens hatte dazu ihre eigene Theorie. „Sobald ein Mensch stirbt, beginnt das Vergessen", hatte sie einmal zu Annabell gesagt. „Wenn die Erinnerung verblasst ist, fällt es den Menschen leichter, sich von den Andenken zu trennen." Annabell konnte sich so genau an ihre Worte erinnern, weil es auf sie selbst überhaupt nicht zutraf. Die Zuckerdose ihrer Oma hatte sie wie einen Schatz gehütet. Sie erinnerte sie an die vielen Stunden, die sie mit ihrer Großmutter in der Küche verbracht hatte. Annabell hatte ihre Leidenschaft fürs Kochen und außerdem dutzende Rezepte geerbt. Die meisten davon kannte sie im Schlaf.

Jetzt war die Zuckerdose vielleicht nur noch Staub und Asche. Überraschenderweise traf Annabell der

Verlust weniger als angenommen. Die schönen Momente mit ihrer Oma waren für die Ewigkeit, sie lebten in ihrer Erinnerung und in ihrem Herzen. Sie brauchte kein Andenken dafür.

Luisa hatte recht gehabt mit ihrem Rat, Annabell solle sich von einigen Staubfängern in ihrem Zuhause befreien. Jetzt musste sie es wahrscheinlich auch. Das Ausmaß der Zerstörung war ihr zwar noch nicht bekannt, aber sie rechnete mit dem Schlimmsten.

Noch bevor Annabel an dem Antiquitätenladen angekommen war, läutete ihr Handy. Eine Frau benachrichtigte sie am Telefon, dass ihre Wohnung freigegeben worden war und gefahrlos betreten werden konnte. Die Untersuchung wäre abgeschlossen. Der Brandsachverständige hatte ermittelt, dass ein Schwelbrand aufgrund defekter Elektroinstallationen der Auslöser für das Feuer gewesen war. Annabell war erleichtert. Selbst an der Katastrophe schuld gewesen zu sein, hätte sie nicht verkraftet.

Als sie bei der Wohnung ankam, wartete schon ihr Vermieter auf sie. Er wirkte angespannt. Sein Händedruck war feucht und er räusperte sich nervös. Hatte er ein schlechtes Gewissen, weil er seinen Pflichten nicht nachgekommen war? Sie hatte ihn mehr als einmal auf die Mängel bei der Elektrik hingewiesen. Jedoch hatte sie diese als harmlos eingestuft. Als lästig, nicht gefährlich.

Rupert, ihr Vermieter, war kein Mann vieler Worte. Annabell machte sich darauf gefasst, ihm jegliche Information mühsam aus der Nase ziehen zu müssen. Doch jetzt versicherte er ihr, noch bevor er die Wohnungstür aufschloss, dass er alles Nötige in die Wege leiten würde, um die Wohnung möglichst schnell wieder in einen bewohnbaren Zustand zu versetzen. Trotz der Vorwarnung traf sie fast der Schlag, als sie durch die Tür trat. Sie hustete, um das Kratzen in ihrem Hals zu vertreiben. Obwohl die Fenster weit offen standen, lag ein beißender Geruch in der Luft. Die Wände von Küche und Wohnzimmer waren geschwärzt vom Ruß. Am Boden lagen Scherben – die Reste der Tiffany-Lampe, die sie damals für die Wohnung ihres Vaters gekauft hatte. Von der alten Truhe, in der sie ihre Lieblingsbücher und Dokumente aufbewahrt hatte, waren nur die Riemen aus Metall, ein paar verkohlte Holzlatten und ein Haufen Asche übrig. Auf der Kommode mit den vielen Schubladen hatte ein Schachbrett mit Figuren aus der chinesischen Mythologie gestanden, ein Geschenk von Jan. Er hatte sie stets besiegt, nur das letzte Spiel hatten sie nicht beendet. Jetzt war das Match für beide verloren. Sie legte die Hände über den Mund, als müsste sie sich davon abhalten, loszuschreien. Doch alles, was sie herausbrachte, war ein erstickter Schluchzer. Sie suchte den Boden und das metallene Regal nach Gegenständen ab, die von den Flammen verschont geblieben waren. Egal, wohin sie schaute, jeder Blick verriet ihr nur, was sie alles verloren hatte. Nur ins Schlafzimmer hatte sich das Feuer nicht durchgeschlagen. Es war noch genau so, wie sie es zurückgelassen hatte: die Laken zerwühlt und der Kleiderschrank unaufgeräumt. Sie holte ihren großen Koffer unter dem Bett hervor und packte ein, was an Kleidung darin Platz fand. Auf dem Nachttisch lag Luisas Herz. Es glänzte wie ein kleiner Hoffnungsschimmer. So, als würde ihr ihre Freundin zuflüstern: *Kopf hoch. Alles wird wieder gut.*

Annabell wollte es glauben. Wirklich.

„Wann kann ich wieder zurück in die Wohnung?"

„Na ja ... das kommt drauf an ...", druckste Rupert herum.

„Worauf?"

„Wir wissen nicht, was jetzt noch alles zum Vorschein kommt."

Alles was Annabell sah, war schon zerstört. Das Feuer musste auch unter der Oberfläche gewütet haben.

„Sie meinen die Leitungen?"

„Die sind hinüber."

Das wusste er also bereits.

„Lässt sich denn gar nicht abschätzen, wann ich wieder einziehen kann?"

„Zwei Monate wird es schon dauern. Da kann man nichts machen." Rupert zuckte mit den Schultern. Es war schwer festzustellen, ob er es wirklich so locker wegsteckte.

Nach der Besichtigung des Trümmerhaufens, der einmal ihre Wohnung gewesen war, klopfte sie bei den Habermanns an.

Ein zerknautschtes Gesicht blickte ihr entgegen. Bernd war noch im Bademantel, obwohl es schon Nachmittag war. Annabell tat es leid, sie gestört zu haben. Bestimmt wollten sie noch etwas Schlaf nachholen.

„Tüdü, Tüdü, Tüdü. Feuer, Feuer", lärmte Basti durch die Wohnung. Als Doris Annabell im Türrahmen sah, war sie gleich alarmiert.

„Pscht. Basti. Ab in dein Zimmer."

Bernd bat sie herein und folgte seinem Sohn, als traue er dem Frieden nicht.

Doris kam auf sie zu und nahm sie in den Arm.

„Wie geht es dir?"

Annabell war zu keinem Wort fähig und fing wieder an zu weinen. Sie ließ sich von Doris trösten wie ein kleines Kind, aber die Tränen wollten nicht versiegen. Eine Weile verging, ehe sie sich wieder gefangen hatte. Dann erzählte sie Doris über die Brandursache und die Verwüstung ihrer Wohnung.

„Was willst du jetzt machen?"

„Keine Ahnung. Viel kann ich ja nicht tun."

Annabell wusste, sie sollte überglücklich sein, dass sie gesund und am Leben war. Nur hatte sie keinen Plan, wie es weitergehen sollte.

Doris verwandelte die Couch kurzerhand in ein Schlaflager.

„Hier kannst du bleiben, solange du willst. Fühl dich wie zuhause. Wir wollen übrigens gleich in den Zoo. Auf andere Gedanken kommen. Falls du mitkommen möchtest ..."

„Ich ruhe mich lieber noch ein wenig aus. Danke für alles." Luisa hatte inzwischen mehrmals versucht, Annabell zu erreichen. Da die Tasche draußen im Flur lag, hatte sie die Anrufe nicht gehört.

„Luisa?"

„Endlich meldest du dich. Ich bin schon krank vor Sorge. Wie geht es dir? Ich kann morgen Früh bei dir sein, wenn ich mich jetzt in den Flieger setze."

„Das wirst du schön bleiben lassen!", widersprach Annabell.

„Ich kann dich doch jetzt nicht alleine lassen."

„Du bist doch für mich da. Und ich bin auch nicht alleine."

Annabell lächelte Doris zu, die ihr gegenüber auf der Couch saß und ihren Tee pustete.

„Da bin ich froh. Wie schlimm ist es?"

„Neun, auf einer Skala von eins bis zehn. Bis auf ein paar Klamotten ist mir nichts geblieben. Es sind alle unverletzt bis auf eine. Ich glaube, Peppers hat es nicht geschafft."

Annabell schnürte der Gedanke daran die Kehle zu. Hoffentlich hatte sie nicht leiden müssen.

„Das ist ja schrecklich", rief Luisa entsetzt. „Ich wäre so gerne bei dir. Was willst du jetzt machen?"

Diese Frage stellten ihr alle, aber sie wusste keine Antwort.

„Für den Moment kann ich bei Doris bleiben, bis ich eine andere Lösung habe."

Annabell wachte auf, weil das Bettlaken nass war. Sie schlug die Decke zurück und nahm den beißenden Uringeruch wahr. Die Haut auf der Innenseite ihrer Oberschenkel brannte. Angst brach über sie herein. Sie fürchtete sich vor der Reaktion ihrer Mutter und weinte stille Tränen in der Dunkelheit, während sie darauf wartete, dass sie ins Zimmer kam. Diesmal gab es keine Schläge, keine Demütigungen. Sie strafte Annabell mit Schweigen und drehte sich dann weg, um fortzugehen. Annabell rannte zur Tür und sah in einen endlos wirkenden, weißen Raum. Das gleißende Licht blendete sie. Sie schirmte ihre Augen ab und erkannte ihre Mutter, die auf ihren Vater Thomas zuging.

Wartet auf mich! Annabell schrie die Worte, aber kein Laut kam über ihre Lippen. Verzweiflung machte sich in ihr breit. Ihr Vater trug ihre Mutter auf den Armen. Er war ihr starker Retter. Ingrid schmiegte sich an seine Brust. Er blickte noch einmal zu Annabell, bevor die beiden im Nichts verschwanden.

Geht nicht! Papa, bitte komm zurück! Lasst mich nicht allein!

Etwas zog Annabell zurück in ihr Kinderzimmer. Der Raum hatte sich verändert. Sie saß jetzt auf dem Fußboden ihrer Altbauwohnung, umringt von den Gegenständen ihrer Sammlung. Was für ein Chaos, hörte sie Jan sagen. Sie schaute sich nach ihm um, konnte ihn aber nicht entdecken. Plötzlich ging alles um sie herum in Flammen auf. Annabell spürte die Hitze auf ihrer Haut. Der Kreis, der sie umgab, wurde enger. Das Feuer kam näher.

„Alles in Ordnung?"

Annabell schreckte schweißgebadet aus dem Schlaf auf. Doris' besorgtes Gesicht blickte ihr entgegen.

„Du hast geträumt", beruhigte sie Annabell mit sanfter Stimme. „Möchtest du einen Kakao? Ich hätte jetzt Lust darauf."

Annabell nickte stumm.

„Gehen wir in die Küche. Da können wir reden und wecken die Männer nicht auf. Basti schläft zwar wie ein Stein, aber Bernd hat einen leichten Schlaf."

Annabell setzte sich an den winzigen Tisch und zog die Beine an. Doris wärmte die Milch am Herd auf und rührte das Pulver mit dem Schneebesen hinein.

„Mit ganz viel Zucker bitte", sagte Annabell.

„So mag ich ihn auch am liebsten. Davon darf Basti aber nie erfahren." Doris legte den Zeigefinger an die Lippen und grinste.

Schließlich kam sie mit zwei dampfenden Tassen zum Tisch und stellte auch noch eine Packung Kekse in die Mitte.

„Magst du drüber reden?"

Annabell dachte nach. Sollte sie Doris wieder mit ihren Sorgen belasten?

„Es ist mitten in der Nacht. Du bist doch sicher müde."

„Also, ich habe hier einen Eimer voll mit Kakao. Solange habe ich bestimmt Zeit, dir zuzuhören." Doris lächelte sie an und machte eine kurze Pause. „Du hast im Traum nach deinem Vater gerufen. Was ist passiert?"

„Er hat mich allein gelassen."

„Mit deiner Mutter?"

„Nein, bei meiner Oma. Mein Vater war eines Tages früher von der Arbeit nach Hause gekommen. Da hat er Ingrid – meine Mutter – dabei erwischt, wie sie mich geschlagen hat. Sie hat mit mir geschimpft und ich habe geweint. Wir haben ihn nicht hereinkommen hören. Er hat mich geschnappt und ist mit mir zu meiner Großmutter. Dort bin ich geblieben und sie hat mich aufgezogen." Annabell entfuhr ein tiefes Seufzen. „Aber mein Vater hat meine Mama abgöttisch geliebt und ist zu ihr zurück, um sie bei ihrem Entzug zu unterstützen."

„Du hast ihn vermisst."

„Sehr." Annabell traten Tränen in die Augen. „Meine Oma hat alles für mich getan, aber sie konnte meinen Papa nicht ersetzen. Ich habe nicht verstanden, warum er bei Mama blieb und mich alleine gelassen hat."

Doris reichte ihr ein Taschentuch, mit dem sie sich leise die Nase putzte, um niemanden zu wecken. „Sie hat ihn mit sich in den Abgrund gezogen. Bei ihrem letzten Entzug hat sie dann einen anderen kennengelernt und ist mit ihm durchgebrannt. Mein Papa war danach ein gebrochener Mann."

„Bist du dann wieder zu ihm gekommen?"

„Ja, aber er hatte sich verändert. Er war wie gelähmt. Hat kaum mehr gelächelt. Ich habe alles versucht."

„Wie alt warst du da?"

„Als ich zu ihm zurück gezogen bin, war ich fünfzehn. Wir waren uns fremd. Ich hatte zu dem Zeitpunkt schon zehn Jahre bei meiner Oma gelebt. Bis sie starb."

„Hat er dich nicht vorher zu sich geholt?"

„Das hätte das Jugendamt nicht erlaubt. Er war selbst in einer Abwärtsspirale gefangen, ohne Job. Es hat Jahre gedauert, bis er da rausgekommen ist."

„Wie ist es euch dann ergangen?"

„Es war schwierig. Er konnte sich nicht vergeben, dass er mich zurückgelassen hatte. Aber diese Schuldgefühle haben einen Schatten auf unser Zusammenleben geworfen. Ich hab versucht, es ihm leichter zu machen. Ich wollte etwas Freude und Leichtigkeit zurück in unser Leben bringen."

Damals hatte Annabell begonnen, die Wohnung mit Dingen zu schmücken, mit denen sie glückliche Momente verband. Sie wollte wieder zur Normalität zurückzukehren, sich wieder mit ihrem Vater verbunden fühlen. Entdeckte sie beim Stöbern auf Flohmärkten oder in Pfandhäusern schöne oder skurrile Dinge, brachte sie sie in die gemeinsame Wohnung. Damit konnte sie ihrem Vater oft ein Lächeln entlocken.

„Was du immer für verrückte Sachen findest", hatte
er zu ihr gesagt und gelacht. Dann hatten sie sich gemeinsam die fantastischsten Geschichten darüber ausgedacht, woher die Stücke kamen. Für sie waren es
nicht nur Dinge, die im Regal verstaubten. Es waren
Habseligkeiten von unermesslichem Wert.

„Ist es dir gelungen?", fragte sie Doris.

„Manchmal. Aber es hat ihm immer etwas gefehlt.
Später fand er es bei einer anderen Frau. Er ist für sie
nach Spanien ausgewandert. Damals bin ich hierher
gezogen."

Und Annabells „Wertsachen" waren mit ihr übersie-
delt.

14

Annabell umklammerte das Geländer. Unter ihr ging es drei Stockwerke in die Tiefe. Sie schluckte. Der kalte Nachtwind fuhr ihr unbarmherzig ins Gesicht und trieb ihr Tränen in die Augen. Sie trug das blaue Kleid mit den weißen Punkten. Es war das einzige, das ihr dem Anlass würdig erschien. Sie hatte sich von Doris roten Lippenstift geborgt und ihre Haare zu Locken gedreht.

Annabell hatte Gänsehaut, aber was machte das schon aus? Wie gebannt starrte sie in die Tiefe. Die Lichter der Straßen verschwammen vor ihren Augen und den Lärm der Stadt hatte sie vollkommen ausgeblendet. Sie blinzelte und ihr Blick klarte auf. Die Terrasse des *Skygardens*, einer angesagten Bar über den Dächern der Stadt, bot eine fantastische Aussicht auf den Dom und hinauf zum Pöstlingberg, der – wie Annabells Wohnung – auf der anderen Seite der Donau lag. Das Schlössl, das darauf thronte, erstrahlte in einem hellen Licht. Seine beiden Türme ragten spitz in den Himmel und grüßten aus der Ferne.

„Annabell, kommst du?" Brigitte wartete mit den anderen beim Ausgang der Terrasse. „Eine Bloody Mary unter den Sternen" war der erste Stopp ihrer Geburtstags-Kneipentour durch die Innenstadt gewesen. Doch die Truppe hatte sich noch mehr vorgenommen.

Erklärtes Ziel war es, Brigitte einen Abend zu bereiten, den sie auf jeden Fall vergessen würde. Annabell zweifelte nicht im Geringsten daran, dass die Mädels es mit dieser Absicht ernst meinten. Ein „The Killer Tequila" im *Hot Shots* stand als Nächstes auf der Liste, die Brigitte von ihren Freundinnen erhalten hatte. Hoffentlich handelte es sich dabei um kein Pflichtprogramm, das alle absolvieren mussten, schoss es Annabell durch den Kopf.

Das Lokal war gerammelt voll, deshalb blieben sie nur für den einen Drink. Danach ging es weiter in den Club, wo die Mädels die Tanzfläche eroberten. Dass Brigittes Freundinnen richtige Partymäuse waren, wusste Annabell ja schon vom Junggesellinnenabschied. Sie hoffte inständig, es würde sich heute Abend nicht um dessen zweite Auflage handeln.

Im *Ladies & Gentlemen* genehmigten sich die Freundinnen einen Cognac und qualmten zusammen eine Zigarre. Sie erregten einiges an Aufsehen. Mit einer so wilden Bande hatte es die Gesellschaft wohl noch nicht zu tun gehabt. Nachdem sie ausgetrunken hatten, wurden sie freundlich ersucht, sie möchten doch das Lokal verlassen.

Draußen bei der Tür prustete die Meute los und Brigitte suchte mit dem Zeigefinger das nächste Ziel auf der Liste. Dabei kniff sie ein Auge zu. Das Lesen war nach diesem Pensum wohl nicht mehr die leichteste Übung. „Yay, da freu ich mich. Auf ins Red Rabbit."

Das Lokal versteckte sich in einer schmalen Bummelgasse, in der Annabell noch nie zuvor gewesen war, obwohl die Fußgängerzone gleich ums Eck lag. Es hatte bereits geschlossen, aber drinnen brannte Licht.

Brigitte hämmerte gegen die Scheiben der Eingangstür. Annabell wäre am liebsten irgendwo abgetaucht. Der Peinlichkeitsfaktor hatte für sie inzwischen ein Level erreicht, das sie nur noch unter Qualen ertragen konnte. Hoffentlich kam niemand vorbei, den sie aus der Arbeit kannte.

Sie sah, wie sich ein Schatten näherte und dann hörte sie, wie sich der Schlüssel im Schloss drehte. Die Tür ging auf und Brigitte fiel einem Mann, den Annabell nicht genau sehen konnte, um den Hals. Ging das nicht ein wenig zu weit? Brigitte war doch frisch verheiratet. Nach und nach verschwanden alle Frauen im Lokal. Annabell zögerte. Jetzt hatte sie die Gelegenheit abzuhauen. Andererseits mangelte es ihr an guten Alternativen. Ein Zuhause hatte sie nicht mehr. Doris wollte sie um diese Zeit nicht aus den Federn reißen. Außerdem hatte ihr Larissa, eine von Brigittes Freundinnen, zugesagt, dass sie bei ihr bleiben konnte, auch wenn ihr dieser Schlafplatz im Moment eher ungewiss erschien. Wer wusste schon, ob Larissa auf ihrem Streifzug nicht doch noch Beute in die Fänge gehen würde.

Kurz entschlossen stieg Annabell die Stufe zum Eingang empor. Das Lokal strahlte eine Wärme aus, bei der man sich gleich wohlfühlte. Dunkle Holzmöbel sorgten für Gemütlichkeit. Der alte Dielenboden knarrte kaum hörbar, wenn man darüber lief. An den Wänden hingen Sepia-Fotografien in Rahmen unterschiedlicher Größe und in den Vasen auf den Tischen steckte je eine rote Gerbera. Den Platz in der Ecke neben ihrem Tisch nahm eine mächtige Pendeluhr ein. Es war kurz vor zwölf und die meisten der Frauen waren schon so betrunken, dass sie kaum noch geradeaus laufen konnten. Sie stießen sich beim Vorbeigehen an den Tischen, eine blieb mit ihrer Handtasche am Stuhl hängen und Larissa stolperte beinahe über ihre eigenen Füße. Annabell hatte dagegen keine Probleme, den Parcours fehlerfrei zu meistern. Und auch Brigitte wirkte auf einmal seltsam nüchtern. War sie wirklich so beschwipst, wie es zuvor den Anschein gehabt hatte? Sie ließen sich auf die Stühle fallen. Brigitte hatte die Bestellung schon aufgegeben. Ein Schlehenlikör sollte es sein, die Spezialität des Hauses. Annabell saß mit dem Rücken zur Theke und drehte sich reflexartig um, als sie hörte, wie jemand näherkam.

Das Lächeln gefror ihr im Gesicht. Vincent hier zu sehen, hatte sie nicht erwartet. Sie wurde verlegen, wusste nicht, was sie sagen sollte. Er hatte sie gesehen und auch er wirkte unsicher. Doch er fing sich schnell wieder. Er verteilte die Schnapsgläser und prostete Brigitte zu.

Annabell beobachtete beide. Irgendetwas ging da vor sich. Es kam ihr vor, als hätten die beiden ein Geheimnis, nur sie kam einfach nicht drauf.

„Auf dich, alles Gute!", sagte Vincent und erhob das Glas.

Dann sangen sie ein Geburtstagsständchen. Annabell brachte keinen Ton heraus. Vincent summte leise mit. Da musste sie schmunzeln, weil es sie an die Nummer mit Katy Perry erinnerte.

Es galt noch einige Punkte auf Brigittes Liste abzuhaken, deshalb brachen sie schon bald wieder auf. Vincent gab Brigitte zum Abschied einen Kuss auf die Wange. Als Annabell als Letzte das Lokal verlassen wollte, hielt er sie am Arm zurück. Die Wirkung der

Berührung schien sie beide zu überraschen, denn er hielt inne und sah sie mit seinen dunklen Augen eindringlich an. Ihr Herz schlug schneller. Sein Blick verriet ihr, was gleich geschehen würde. Er sperrte zu und drückte sie an die Tür. In ihrem Körper kribbelte es, besonders dort, wo sie seine Haut auf der ihren spürte. Seine Finger streiften über ihren Hals. Sie schloss die Augen und fühlte, wie er seine Hände um ihren Hinterkopf legte. Dann senkte er seinen Kopf und küsste sie. Sie wollte die Augen gar nicht wieder öffnen. Was, wenn sie träumte?

Das Klingeln ihres Handys riss sie zurück in die Realität. Sie versuchte, sich aus seinen Armen zu winden, aber er zog sie noch fester an sich. Sie gab den Widerstand auf und ließ sich ganz in seinen Kuss fallen. Doch der Anrufer blieb hartnäckig. Wieder hörte sie ihren Klingelton. Vincent ächzte frustriert und gab sie schließlich frei. Benommen kramte Annabell ihr Handy aus der Tasche und warf einen Blick auf das Display. Es war Doris, die anrief. Hoffentlich hatte sie nicht wieder schlechte Nachrichten.

Annabell hatte kaum abgenommen, da platzte es schon aus Doris heraus: „Peppers ist wieder da. Sie lebt!“

Annabell zuckte zusammen. Konnte das möglich sein? Sie war den Tränen nahe. Und dann kam die Erleichterung.

„Sie sitzt vor deiner Wohnung und will hinein“, fügte ihre Nachbarin aufgeregt hinzu.

„Ich muss nach Hause.“ Annabell fragte sich, wie sie Vincents Blick zu deuten hatte. „Es tut mir leid. Ich erkläre es dir ein anderes Mal.“

Sie rannte zum nächsten Taxistand. Eine halbe Stunde später lag sie bei Doris auf der Couch unter einer Decke mit Peppers, der das Feuer kein Haar gekrümmt hatte.

15

Annabell wusste, sie musste sich nach einer neuen Bleibe umsehen. Die Habermanns hatten sie und Peppers in ihrer Wohnung aufgenommen, aber spätestens jetzt war klar, es wäre keine dauerhafte Lösung. Der arme Bernd hatte eine schlimme Katzenhaar-Allergie und war am Morgen mit rot verschwollenen Augen und Schnupfen aufgewacht. Annabell brachte es nicht übers Herz, Peppers in eine Tierpension zu geben, wo sie die Katze doch gerade erst wieder zurückhatte. Und ohnehin belagerte Annabell die Couch ihrer Nachbarn schon viel zu lange. Sie fühlte sich bereits fast als Teil der Familie, aber sie wollte die Hilfsbereitschaft der Habermanns nicht überstrapazieren. Zehn Tage waren wirklich genug!

Annabell seufzte und wandte sich wieder einmal der herzförmigen Dose zu, die so oft in den letzten Wochen ihr Anker gewesen war. Vielleicht würde sie in ihr ja die Lösung finden oder wenigstens einen kleinen Anhaltspunkt? Sie zog einen roten Luftballon heraus, dessen Gummi schrumpelig war. Sie blies hinein. Da sah sie, dass darauf etwas geschrieben stand. Die Wörter dehnten sich aus, immer weiter, bis der Text groß genug war, um ihn zu lesen.

Sie ließ das Mundstück los und die Luft entwich zischend aus dem Ballon. Luisa stellte sie vor unlösbare Aufgaben. Momentan waren Annabell so simple Dinge wie ein Dach über dem Kopf viel wichtiger als irgendwelche Träume.

Dennoch, als sie so dasaß, den schlaffen Luftballon in der Hand, begann sich langsam ein Plan in ihr zu formen. Es war eigentlich nur eine Idee, die ihr außerdem Bauchschmerzen bereitete, aber es war die einzige Idee, die sie hatte.

Sie fuhr in die Stadt, um Vincent einen Besuch abzustatten. Ihre Notsituation erforderte, dass sie ihren Stolz hinunterschluckte und eine Frage stellte, die ihr sonst nie über die Lippen gekommen wäre. Sie wollte ihn um Asyl bitten für sich und ihre Katze. Aufgrund der Größe seiner Wohnung wären sie sich bestimmt nicht im Weg. Dennoch sah sie der Unterhaltung mit gemischten Gefühlen entgegen. Was würde er von ihr halten? Erst ließ sie ihn ohne Erklärung zurück und als Nächstes wollte sie bei ihm einziehen.

Vor der Eingangstür zum Red Rabbit hielt sie noch einmal inne, doch dann fasste sie sich ein Herz und ging hinein. Niemand war da. Sie schaute auf die Tafel an der Tür. Es war noch früh und das Lokal hatte eben erst aufgesperrt. Zögerlich ging sie auf die Theke zu und reckte den Kopf, um zu sehen, ob sie in den Räumen dahinter jemanden entdecken konnte. Da bog eine Frau um die Ecke. Sie hatte helles Haar, in dem schon einige graue Strähnen glänzten, und das sie zu einem lässigen Pferdeschwanz zurückgebunden hatte.

„Gut, dass Sie da sind."

Wurde sie erwartet? Warum das denn? Die Frau schnappte sich einen Schlüsselbund und ihre Jeansjacke. „Max ist hinten. Er kommt gleich und wird Ihnen alles erklären", sagte sie, während sie in Richtung Tür ging. Dann war sie weg.

Annabell schaute sich verdutzt um. Was passierte hier und wo war Vincent? In diesem Moment schlurfte ein Mann in Annabells Alter mit wuscheligem Haar und einem Piercing an der Unterlippe hinter der Theke hervor und streckte ihr die Hand hin.

„Hi, ich bin Max. Echt stark, dass du so kurzfristig Zeit hast."

Zeit wofür? Sie hatte keine Zeit. Sie hatte alle Hände voll damit zu tun, sich um einen Unterschlupf zu kümmern.

„Hast du Erfahrung als Kellnerin?", fragte Max.

„Ich glaube, ich bin nicht die richtige ..."

„Hast du Bammel? Brauchst du nicht. Der Laden ist nie arg voll. Alles ganz chillig."

Sie startete noch einen Versuch, das Missverständnis aufzuklären, der erfolglos blieb. Egal. Da sie sowieso noch mit Vincent sprechen wollte, konnte sie hier genauso gut die Aushilfe spielen, solange sie auf ihn wartete. Irgendwann würde sicher auch die Person auftauchen, die sich für die Stelle beworben hatte.

Max zeigte Annabell, wie sie die Bestellungen erfassen sollte, wo es Getränkenachschub gab und warnte sie vor einem Gast, der regelmäßig kam, aber nie bezahlen wollte.

„Wenn du sonst noch etwas brauchst, ich bin in der Küche."

Jetzt stand sie allein in dem leeren Lokal. Am Morgen hatte sie noch im Büro angerufen und sich für weitere zwei Wochen freistellen lassen, um sich übergangsmäßig eine Unterkunft zu besorgen und einige Behördengänge zu erledigen, da sämtliche Dokumente im Feuer verbrannt waren.

Aber nun war sie hier und hatte keine Zeit mehr zu überlegen. Der erste Gast spazierte zur Tür herein. Er zog seinen Hut zur Begrüßung und warf ihn schwungvoll auf den Kleiderständer in der Ecke. Er wartete kurz ab, ob er treffen würde, und zog dann die Faust triumphierend nach unten, als würde er eine Zugbremse bedienen. Seine Weste hängte er über die Lehne eines Stuhls. Während Annabell an den Tisch ging, um die Bestellung aufzunehmen, konnte sie ihn näher betrachten. Es war ein älterer Herr, der sie charmant anlächelte. Er war klein und hatte ein rundliches Gesicht. Seine Nase schmückte eine Brille mit dicken Gläsern und er hatte einen kurz geschnittenen Schnurrbart, der genau wie sein Haar grau war. Der Mann faltete seine Hände über seinem Bäuchlein und sagte:

„Guten Morgen, meine Teure! Ich sehe Sie hier zum ersten Mal."

Annabell lächelte und hielt den Stift gezückt.

„Was darf ich Ihnen bringen?"

„Ich hätte gerne einen schwarzen Tee mit Milch. Mit wem habe ich das Vergnügen?"

„Mein Name ist Annabell."

„Annabell. Wie schön. Es freut mich, Sie kennenzulernen."

„Ebenso. Ich bringe Ihnen dann Ihren Tee."

Sie ging in die Küche und fragte nach der Teekanne. „Heißes Wasser gibt es auch beim Vollautomaten. Aber klar, es geht auch anders."

Max bückte sich, um in einem Küchenschrank danach zu suchen. Der Raum war nicht besonders groß. Sie hatte eine moderne Industrieküche erwartet, aber das war nicht der Fall. In der Mitte stand ein gemauerter Küchenblock. Auf der einen Hälfte befand sich der Gasherd, auf der anderen eine bunt gefliese Arbeitsfläche. Darauf lag ein Holzbrett, auf dem Max gerade Zwiebeln geschnitten hatte. Darüber baumelten verschiedene Töpfe und Küchenhelfer wie Pfannenwender und Schöpflöffel. Am anderen Ende des Raumes entdeckte sie einen Holzofen. Max stellte die Teekanne auf den Gasherd.

„Wenn das Wasser fertig ist, hörst du es ja."

Annabell ging zurück zur Theke und durchsuchte die Schubladen nach Teebeuteln. Sie musste wieder an Vincent denken und hatte plötzlich das Gefühl, ihn auszuschnüffeln. Sie nahm sich vor, Max später nach ihm zu fragen.

Der Herr mit dem Schnurrbart saß am Tisch und widmete sich der Morgenzeitung. Dann hörte sie wieder das Glöckchen der Eingangstür und machte sich bereit für den nächsten Gast.

Er ging am Stock. Ohne sie zu beachten, steuerte er den Tisch an, an dem bereits der andere Herr saß und setzte sich zu ihm. Die Teekanne pfiff ihr Lied. Zuerst nur leise, dann laut, als würde man eine Blockflöte bis zum Anschlag ausreizen. Annabell nahm die

Bestellung des neuen Gastes auf, der unaufhörlich nickte, während er mit ihr sprach.

Wieder zurück an der Theke, goss sie den Tee auf und brachte ihn zum Tisch. Die zwei Männer unterhielten sich lautstark und Annabell kam nicht umhin, zuzuhören.

„Das sagst du immer und wie immer liegst du falsch", sagte der Mann mit dem Schnurrbart.

„Ich bin mir aber sicher. Zwölf Jahre ist es jetzt schon her."

„Elf. Es sind elf Jahre."

„Was sagst du, elf Jahre?"

„Ja!" Der Brillenträger nahm kurz die Hände vom Bauch, um mit der Faust auf den Tisch zu hauen.

„Das habe ich dir schon hundertmal erklärt."

Der Mann mit dem Stock nickte, aber antwortete: „Das kann nicht sein."

„Wenn ich's doch sage."

Annabell fragte sich, wovon die beiden da sprachen.

„Du hast ja keine Ahnung. Ich komme schon länger hierher als du." Man merkte die Aufregung in seiner Stimme. Er klang eingeschnappt.

„Das ändert aber nichts an der Tatsache, dass du falsch liegst."

Annabell unterbrach die Streithähne. „Darf ich Ihnen noch etwas bringen?"

„Bringen Sie mir doch noch eine Tasse, meine Liebe."

„Kaffee." Der Mann mit dem Stock schaute sie gar nicht an. Er schien noch immer fassungslos, dass ihm sein Gegenüber einfach nicht glauben wollte.

So ging es den restlichen Vormittag weiter. Um halb zwölf bestellten sie ihr Mittagessen. Als sie in die Küche ging, um die Bestellung aufzugeben, richtete Max gerade zwei Teller an. „Die beiden bestellen immer das Gleiche. Seit ich hier bin jeden Tag. Bohneneintopf für Herrn Konicki und gebackenen Fisch mit Kartoffeln für Herrn Ehling."

Annabell brachte die beiden Teller hinaus. „Das sieht ausgezeichnet aus, meine Liebe. Vielen Dank", sagte Herr Ehling, während Herr Konicki seinen Kopf tief über den Teller beugte und übervolle Löffel in sich hinein schaufelte.

Zur Mittagszeit kamen einige Gäste in das Red Rabbit. Sie blieben nicht lange, alle hatten es eilig, wieder zur Arbeit zu kommen. Die meisten saßen einsam an ihren Tischen, nur eine Truppe von Schülern hatte sich im hinteren Teil des Lokals verschanzt, das vom Eingangsbereich nicht mehr einsehbar war. Am Nachmittag leerte es sich und schon bald war Annabell wieder mit den betagten Herren alleine. Gelegentlich schaute Max bei ihr vorbei, tippte abwechselnd auf seinem Handy herum und unterhielt sich mit ihr. Gegen achtzehn Uhr fragte er, ob Annabell ihn noch bräuchte.

„Der größte Ansturm ist jetzt vorbei. Heute haben wir nur bis zwanzig Uhr geöffnet. Macht es dir was aus, wenn ich jetzt die Biege mache? In der Küche habe ich schon klar Schiff gemacht. Morgen bin ich um acht da. Wir öffnen um neun."

Er schob ihr den Schlüsselbund über den Tresen zu und spielte mit seinem Piercing, als er darauf wartete, dass sie ihn gehen ließ. Was sollte sie tun?

„Wann kommt Vincent wieder?"

„Keine Ahnung. Er hat gemeint, er hätte was zu erledigen und wäre für ein paar Tage weg."

Sie konnte also nicht darauf hoffen, ihm heute noch zu begegnen.

„Na gut."

Er grinste und klopfte ihr auf die Schultern. „Bis morgen in alter Frische."

Es kamen kaum Gäste und die Zeit tröpfelte langsam dahin, bis Herr Konicki unter energischem Stockeinsatz das Lokal verließ. Anscheinend war ihm gerade wieder eine Laus über die Leber gelaufen. Herr Ehling nahm seinen Hut und winkte ihr im Gehen.

Nachdem sie abgesperrt hatte, schaute sie sich in aller Ruhe im hinteren Bereich des Restaurants um. Sie ging durch die Küche und gelangte in einen dunklen Gang. Eine Tür führte hinaus in den Hinterhof. Er war von hohen Mauern umgeben. An einer davon reihten sich Mülltonnen aneinander, auf der anderen Seite gab es eine winzige Rasenfläche mit ein paar Sträuchern. Der Hof war von keinem der umliegenden Häuser zugänglich. Es gab nur ein Tor, das die Zufahrt von der Straße her für Lieferanten ermöglichte. Sie ging wieder hinein und entdeckte eine Tür auf der *Privat* stand. Annabell spielte mit dem Schlüssel. Sollte sie diese Grenze überschreiten? Sie sperrte auf und gelangte in ein kleines Büro. In der Mitte stand ein aufgeräumter Schreibtisch, dahinter ein Regal, auf dem Bücher und Ordner, nach Größe und Farbe sortiert, standen. Unter dem einzigen Fenster gab es eine Couch. Annabell kam ein Gedanke. Aber es wäre wirklich dreist, so etwas zu tun. Andererseits hatte sie keine Wahl. Und wenn sie vorsichtig war, würde Vincent es gar nicht bemerken.

Annabell fühlte sich wie ein Einbrecher, als sie mitten in der Nacht über den Hintereingang ins Red Rabbit einstieg. Peppers hatte sie in einem Karton mit Luftlöchern im Taxi hierher transportiert. Sie war ziemlich beleidigt über diese Behandlung. Als Annabell die Katze im Büro freiließ, erkundete sie neugierig die Umgebung und machte sie sich gleich zu eigen. Sie streifte um die Tischfüße und rieb ihren Kopf an allen Möbeln. Dann sprang sie auf den Schreibtischstuhl und putzte ihr Fell.

Annabell breitete die Decke, die sie mitgebracht hatte, auf der Couch aus und kuschelte sich ein. Erst starrte sie an die Wand, dann drehte sie sich auf die eine Seite, kurz darauf zur Lehne hin. Ein Seufzer entfuhr ihr.

Plötzlich hörte sie ein metallenes Schlagen. Sie tapste hinaus in den Gang. Da war es wieder. Annabell bekam es mit der Angst zu tun. Sie sah durch den Türspalt in die Küche, doch dort war es still. Metall auf Metall. Woher kam das Geräusch? War sie nicht der einzige Einbrecher hier? Sie machte Licht in der Küche. Auf der Arbeitsplatte stand der Messerblock. Doch Annabell bewaffnete sich lieber mit dem Nudelholz, damit fühlte sie sich wohler. Sie zog sich Jacke und Schuhe an und trat hinaus auf den Hof. Das Tor stand offen. Bestimmt hatte sie vergessen, es zu schließen. Beim nächsten Windstoß schwang es zu und erzeugte einen dumpfen Klang, als es an die Metallsäule schlug. Nachdem sie das Tor zugemacht hatte, versuchte sie wieder zu schlafen. Doch obwohl die Störquelle behoben war, lag sie lange wach im Dunkeln, bis sie irgendwann doch die Müdigkeit übermannte.

Am nächsten Tag klingelte ihr Wecker extra früh. Sie ging in die Tierhandlung und kaufte ein Katzenklo, Futter und Streu und stellte alles in das Büro. Peppers hatte inzwischen die Couch erobert. Am Abend, wenn alle weg waren, würde Annabell ihre vierbeinige Freundin in den Hof lassen, damit sie etwas Auslauf und Abwechslung bekam. Als Wohnungskatze war sie es ohnehin gewohnt, in abgeschlossenen Räumen zu bleiben.

Annabell nahm die Stühle von den Tischen und brachte die Kisten mit den leeren Getränkeflaschen in den Keller, um sie gegen volle auszutauschen. In dem Steinkeller roch es modrig und das Licht war schwach. An der Glühbirne hingen Spinnweben. Düstere Räume hatte sie noch nie gemocht, deshalb beeilte sie sich damit, die Getränke zu holen. Als sie mit ihren Aufgaben fertig war, war es erst acht Uhr. Um sich die Zeit zu vertreiben, holte sie die Dose heraus und las die nächste Anweisung.

16

Durchbrich das Muster. Erfinde dich selbst neu.

Ach du lieber Gott. Alles, was ihr dazu einfiel, war, dass sie gestern ins Red Rabbit eingebrochen war, was ganz und gar nicht ihren Prinzipien entsprach. Gut, sie hatte einen Schlüssel und nichts beschädigt, aber dennoch hatte sie ihren Ehrenkodex verletzt. Sie war zu einer Lügnerin geworden, die hinten im Büro ihre Katze versteckte. Sie musste sich schleunigst eine bessere Lösung überlegen, denn das könnte sie auf Dauer nicht mit ihrem Gewissen vereinbaren. Sie würde heute reinen Tisch machen und Max erklären, dass es sich um eine Verwechslung handelte und sie nicht die Aushilfskraft war, die er erwartet hatte. Max hatte ihr vertraut und Annabell hatte es einfach ausgenutzt. Doch sie bekam nicht gleich die Gelegenheit dazu, mit ihm zu sprechen, denn unter Herrn Ehling und Herrn Konicki war eine lebhafte Diskussion ausgebrochen. Annabell ging dazwischen und versuchte, die Stimmung etwas aufzulockern. Plötzlich erhob Konicki seine Stimme, riss seinen Stock in die Höhe und zeigte damit in Richtung der Standuhr.

„Ahh. Schwarze Katze. Das bringt Pech.“

Annabell fuhr herum und sah Peppers oben auf der Uhr thronen.

„Peppers! Kommst du wohl da runter.“

Annabell war in wenigen Schritten bei der Uhr. Gerade noch rechtzeitig, um Herrn Konicki davon abzuhalten, mit dem Stock auf Peppers loszugehen.

Die Katze sprang mit einem Satz herunter und es begann eine wilde Verfolgungsjagd durch das Lokal.

Herr Ehling lockte Peppers mit einem Keks. Aber dafür war sich Madame natürlich viel zu fein. Sie versteckte sich unter einem Tisch in der Ecke. Annabell krabbelte darunter, konnte sie aber nicht schnappen. Peppers entwischte geradewegs durch die Beine von Konicki und rannte quer durch den Raum. Max kam gerade mit einem Sack Kartoffeln aus dem Keller. Die Katze nutzte die Tür, die sich ihr öffnete, und sauste die Kellertreppe hinunter.

„Mach die Tür zu!“ Annabell war es lieber, da unten nach Peppers zu suchen, als dass sie nach draußen auf die Straße ausbüxte.

„Wo kommt die denn her?“ Max lehnte an der Tür und kratzte sich den Kopf. Annabell nahm ihn am Arm und ging mit ihm in die Küche, wo sie niemand hören konnte.

„Das ist meine.“

„Warum nimmst du deine Katze mit zur Arbeit?“

„Ich wusste nicht, wohin mit ihr.“

Tränen stiegen ihr in die Augen und sie rieb sich die Stirn. Max sah sie an, als wollte er ihre Gedanken lesen. „Komm, wir setzen uns hin.“

Er rückte einen Stuhl für sie zurecht und setzte sich selbst auf den kleinen Tisch, der danebenstand.

„Erzähl mal! Was ist denn los bei dir?“

„Oh Gott, wo fange ich nur an?“ Annabell seufzte.

„Kein Stress. Lass dir Zeit. Die beiden alten Käuze da draußen laufen uns schon nicht davon.“

Das brachte sie zum Lachen. Max schnappte sich einen Apfel, schälte ihn, schnitt ihn in Spalten und bot ihr eine an.

„Meine Wohnung ist vor ein paar Tagen abgebrannt. Ich bin obdachlos“, erklärte sie schließlich.

„Ohne Scheiß?“

„Letzte Nacht hab ich hier geschlafen. Bevor du was sagst: Ich such mir gleich heute was anderes. Das kommt nicht wieder vor.“

„Das ist ziemlich schräg“, erwiderte Max.

„Stimmt. Eigentlich war ich gestern Morgen nur hier, um Vincent zu besuchen. Dann wurde ich gleich zur Arbeit eingespannt.“

Sie lächelte ihn entschuldigend an.

„Tatsache? Na ja, wenn du nicht weißt, wo du hin sollst, kannst du auch bei mir in meiner Bude pennen. Ist nicht weit von hier. Ich glaub, du bist ganz okay und gegen Katzen hab ich nix.“

Annabell sah ihn unschlüssig an. Sollte sie sich wirklich bei einem Fremden einquartieren? Andererseits machte Max einen ehrlichen Eindruck. Er war durch und durch freundlich.

„Wirklich? Damit würdest du mir echt helfen. Es wäre nur vorübergehend, nur solange, bis ich eine neue Bleibe habe“, erwiderte sie dankbar.

„Logisch. Ich hab genug Platz. Aber es wäre echt ein feiner Zug von dir, wenn du die Tage noch aushelfen könntest. Für morgen hat sich nachmittags eine Gruppe angekündigt, da wäre ich ohne dich aufgeschmissen.“

„Das mach ich gern!" So konnte sie sich gleich für Max' Gastfreundschaft revanchieren.

Annabell staunte, wie sich eins ins andere fügte. Es funktionierte, das Leben ging weiter. Man musste nur von einem Schritt zum nächsten denken.

Annabell ließ sich von Max eine Taschenlampe geben und machte sich auf die Suche nach Peppers. Sie stieg die Stufen hinab in den Keller und leuchtete alle Winkel aus. Noch hatte sie die freche Katze nicht entdeckt. Sie verließ den Treppenabsatz und sah in der Nische unterhalb der Stiege nach. Dort lag Peppers seelenruhig auf einer verstaubten Kommode.

Annabell sah näher hin. Es war eine alte Apothekerkommode, wunderschön und sicher antik. Auf den zahlreichen Laden waren Schilder in schnörkeliger Schrift angebracht. Neugierig zog sie eine davon auf. Peppers steckte erst ihre Nase hinein und angelte dann mit einer Pfote nach den Schrauben, die dort aufbewahrt wurden. Daneben lag ein ausgeblichenes Schulheft. Annabell steckte es in den Hosenbund, denn einem solchen Fund konnte sie einfach nicht widerstehen. Sie nahm die Katze auf den Arm, um sie erst in Sicherheit zu bringen und dann wieder zurückzukehren.

Die Wohnung von Max war nicht die Junggesellenbude, die sie sich vorgestellt hatte. Es lagen weder dreckige Socken auf dem Boden, noch stapelte sich ungewaschenes Geschirr in der Spüle. Neben der schwarzen Kunstleder-Couch stand ein Gitarrenständer mit einem Bass, davor ein Glastisch. Sie fand nicht einen Krümel oder einen klebrigen Rand darauf.

Max holte ein großes Kissen aus seinem Schlafzimmer und legte es in einen Wäschekorb, um Peppers ein provisorisches Bett zu bauen. Doch die hatte ihren eigenen Kopf. Sie war durch den Türspalt ins Schlafzimmer gehuscht und hatte sich schon dort eingenistet. Man konnte sie auf der schwarzen Zudecke kaum sehen. Max kümmerte sich nicht groß darum und holte zwei Flaschen Cola aus dem Kühlschrank.

„Lass sie ruhig", sagte er zu Annabell und lud sie mit einer Handbewegung ein, auf der Couch Platz zu nehmen.

Er legte zwei Untersetzer auf den Tisch und stellte die Getränke dort ab. Alle Achtung, dachte Annabell und nahm sich vor, in Zukunft weniger auf Klischees zu geben.

Max erzählte ihr, dass er noch nicht lange im Red Rabbit arbeitete. Vincent hatte es erst vor einigen Monaten wiedereröffnet. „Es war früher einmal das Lokal seines Vaters", erklärte Max. „Leo ist vor elf Jahren an einem Gehirntumor gestorben. Da mussten sie das Red Rabbit schließen. Danach haben andere ihr Glück damit versucht, aber an die glorreichen Zeiten hat keiner anschließen können und über kurz oder lang hat jeder aufgegeben. Aber Vincent hat sein Ziel nie aus den Augen verloren." Max kratzte am Etikett der Colaflasche und wirkte in sich gekehrt. „Er wollte das Lokal zum Andenken an seinen Vater wiedereröffnen. Dafür hat er hart geschuftet", ergänzte Max voller Bewunderung.

„Woher kennst du ihn denn?", fragte Annabell neugierig. Sie war fasziniert von dem, was sie nun über Vincent erfuhr.

Max erzählte, er hätte ihn vor einigen Jahren in einer Bar kennengelernt. Sie waren sich auf Anhieb sympathisch gewesen und hatten sich angefreundet. Als Vincent ihn kürzlich gebeten hatte, ihn in der Küche zu unterstützen, hatte Max gerne angenommen.

„Vincent hat nie geglaubt, dass es leicht werden würde. Aber so wie es jetzt läuft, ist es echt scheiße. Das Mieseste ist aber, dass ihn seine Freundin mit einem anderen beschissen hat.“

„Was?“

„Sie hat ihn verlassen für so einen gestopften Banker. Jetzt will sie ihm auch noch den Kleinen wegnehmen.“

Vincent hatte einen Sohn! Annabell war geschockt. Jetzt wurde ihr auch klar, worum es in dem Gespräch gegangen war, das sie beim Umzug belauscht hatte.

„Also mir tut der arme Kerl echt leid. Aber ich schätze, mit einer abgebrannten Wohnung kannst du dir bestimmt denken, wie es ihm geht.“

„Wie alt ist sein Sohn?“

„Lukas ist letzten Monat fünf geworden.“

Annabell nahm einen Schluck von ihrer Cola. Diese neue Information musste sie erst einmal verarbeiten, deshalb wechselte sie das Thema und entlockte Max ein paar Details aus seinem Leben. Er spielte in einer Band, neben Bass auch noch Schlagzeug, wenn auch nur halb so gut. Er hatte fünf Tätowierungen, jede davon stand für eine verlorene Liebe. Am meisten trauerte er seiner Katze Kissy nach. Er hatte sich ihr Bild nahe beim Herz tätowieren lassen, auf der linken Seite seines Brustkorbs.

„Jetzt du“, sagte Max schließlich grinsend.

„Was?“

„Erzähl mir was von dir!"

„Was willst du wissen?", fragte sie vorsichtig.

„Was auch immer du mir verraten magst. Bisher weiß ich nur, dass deine Wohnung abgebrannt ist und du deine Katze nicht im Griff hast." Er boxte sie freundschaftlich in die Schulter.

„Na gut. Du hast es so gewollt. Aber so spannend ist es nicht. Ich spiele kein Instrument. Eigentlich bin ich ziemlich talentfrei. Meine Haut ist jungfräulich ..."

Max verschluckte sich fast an seiner Cola.

„Das kam jetzt irgendwie falsch rüber. Ich meine, was Tätowierungen angeht. Meine Haut wurde noch nie von einer Nadel berührt, abgesehen von zwei, drei lebenswichtigen Impfungen."

„Was noch?"

„Ich rede eigentlich nicht gern über mich selbst. So viel wie du jetzt über mich weißt, weiß nur meine beste Freundin Luisa. Darum muss ich dich jetzt vielleicht töten."

„So schlimm?", fragte er lachend.

„Es geht. Apropos beste Freundin, könnte ich vielleicht kurz deinen Computer benutzen."

„Mi casa es su casa."

Er stand auf und ging zum Schreibtisch, fuhr den Laptop hoch und gab das Passwort ein.

Annabell loggte sich bei Skype ein und rief in New York an. Luisa erkundigte sich, wie es ihr ging, und Annabell brachte sie auf den neuesten Stand.

„Klingt, als wäre Max ein feiner Kerl. Ich bin froh, dass du das nicht alleine durchstehen musst."

„Ich auch und immerhin kommst du ja auch bald wieder."

Luisa verzog das Gesicht. „Darüber wollte ich noch mit dir sprechen. Es ist nämlich so, dass ich überlege, noch länger zu bleiben."

„Hast du ein Engagement?"

„Nein nicht direkt, aber ich habe ein anderes Angebot erhalten, das ich nicht ausschlagen kann."

„Was hast du vor?"

„Einen Roadtrip durch die Staaten. James hat gesagt, er nimmt mich mit seinem Van mit. Kann ich da Nein sagen?"

„Hört sich so an, als würdest du es nicht tun. Nein sagen, meine ich."

„Mitte September würde es losgehen. Macht es dir etwas aus?"

„Natürlich nicht." Ganz sicher war sie sich allerdings nicht. Sie hatte sich schon auf Luisas Rückkehr gefreut. Der Juli neigte sich dem Ende zu. Luisa hatte bald zwei Monate in den USA verbracht und nun hatte sich ihr Aufenthalt auf unbestimmte Zeit verlängert.

„Du bist ein Schatz." Luisa klang erleichtert.

„Was ist mit diesem James, was für ein Typ ist er?", fragte Annabell und bemühte sich, ihre Stimme unbeschwert klingen zu lassen.

„Er ist unglaublich", schwärmte ihre Freundin. „Ein Überlebenskünstler. Ich bin schon so gespannt auf unserer Reise! Sowas erlebt man nur einmal im Leben."

„Wahrscheinlich. Pass auf dich auf!"

„Du auch! Hör mal, es kann sein, dass du mich nicht immer gleich erreichst."

„Ich bin auch nicht mehr so leicht erreichbar. Ich habe keinen Laptop mehr, wenn du dich erinnerst." Der vorwurfsvolle Tonfall tat Annabell im selben Moment leid. Sie schluckte, versuchte ihren Ärger und ihre Enttäuschung zu verdrängen.

„Wir sehen uns ja bald“, beschwichtigte sie Luisa. „Es sind doch nur ein paar Tage mehr. Und wenn ich zurück bin, hab ich eine Überraschung für dich!“

„Schon gut. Ich wünsch dir viel Spaß!“

Am Morgen saßen Max und Annabell beim Frühstück. Annabell fühlte sich ausgeruht, sie hatte auf Max’ Couch so gut geschlafen wie seit Tagen nicht mehr. Peppers hatte es sich auf Max’ Schoß gemütlich gemacht und genoss die Streicheleinheiten.

„Ich muss heute etwas früher ins Lokal. Hab viel vorzubereiten“, sagte Max und räumte Teller und Tasse in den Geschirrspüler.

„Ich kann dir helfen!“, bot Annabell an.

„Ist das dein Ernst?“

„Na klar.“

„Da nehme ich dich beim Wort. Ich fahr in zehn Minuten los.“

Sie hielt Ausschau nach Dingen, die sie vor ihrer neugierigen Katze in Sicherheit bringen sollte, aber die Wohnung war ziemlich spartanisch eingerichtet. Peppers fühlte sich augenscheinlich wohl, also hatte Annabell keine Bedenken, sie allein zu lassen.

17

„Warum hast du mir gestern nicht schon gesagt, dass du so hammermäßig kochen kannst? Da hätte ich ja ruhig einen Tag blaumachen können", scherzte Max.

Annabell warf ihm ein Stück Karotte nach. „Schleimer."

„Von wegen. Ich mein das ernst. Wo hast du das gelernt? Bei deiner Mutter?"

Annabell dachte daran, dass ihre Mutter den Kochlöffel lieber dazu gebraucht hatte, ihr den Hintern zu versohlen, wenn sie betrunken war.

„Bei meiner Oma. Sie stand oft den ganzen Tag in der Küche."

„Bei mir war das anders. Bei uns daheim gab's immer nur Fertigfraß. Das wurde mir zu blöd und dann hab ich's mir einfach selbst beigebracht."

Er schob gerade den Braten in den Holzofen, den er am Vortag mariniert hatte.

„Was machst du als Dessert?", fragte Annabell.

„Schokoladenkuchen."

„Den backe ich."

Das Rezept konnte Annabell im Schlaf. Sie hatte sicherlich schon dutzende davon für Luisa gebacken.

„Aber bring dich in Sicherheit. Ich schaffe es immer wieder, dass es hinterher aussieht, als hätte eine Bombe eingeschlagen."

„Ich pass schon auf, dass mich kein Mandelsplitter trifft."

Er schlurfte mit seinen Birkenstock-Sandalen an ihr vorbei und holte Gemüse aus dem Keller.

„Ist dir die Apothekerkommode da unten schon mal aufgefallen?", fragte ihn Annabell, als er zurück war.

„Hab ich noch nie drauf geachtet. Ich habe nur Augen für meine Kohlköpfe."

Um neun sperrte Annabell das Lokal auf. Diesmal war Herr Konicki der Erste. Er rannte ihr fast die Tür ein.

„Guten Morgen", rief sie ihm nach und formte dabei ihre Hände zum Trichter. Sie wollte sichergehen, dass der schwerhörige Kerl sie auch wirklich hörte.

„Das Übliche." Etwas versöhnlicher fügte er hinzu: „Bitte."

Annabell brachte ihm eine Tasse frisch gebrühten Kaffee und ging wieder hinter den Tresen. Unwillkürlich dachte sie über die letzte Botschaft von Luisa nach. *Durchbrich das Muster.*

Sie sah den alten Konicki an. Diesen Griesgram konnte wahrscheinlich nichts und niemand mehr umkrempeln. Doch wie sah es mit ihr selbst aus? So viel war in den letzten Wochen passiert, aber was hatte es wirklich geändert?

Irgendwie erinnerte sie Konicki an sich selbst, auch wenn die Wut, die in ihr steckte, viel unterschwelliger war. Auf wen war sie eigentlich wütend? Auf ihre Eltern, weil sie nicht für sie da gewesen waren? Auf Jan, weil sie austauschbar für ihn gewesen war? Auf Luisa, weil sie sich aus den Staub gemacht hatte, um ihr Leben zu genießen? Annabell hatte es ihrer Freundin nicht immer einfach gemacht, ihre fröhliche Art und Abenteuerlust auszuleben. Verständlich, dass sie die Freiheit, die sie in Amerika erlebte, auskosten wollte. Deswegen konnte sie ihr wirklich keinen Vorwurf machen. Wenn sie also auf jemanden wütend sein wollte, dann auf sich selbst. Alle Aufgaben von Luisa hatten mit wenigen Ausnahmen dieselbe Grundbotschaft: Annabell musste selbst aktiv werden und das aus ihrem Leben machen, was sie sich davon erhoffte.

Sie holte die Dose aus der Tasche und leerte den Inhalt auf den Tresen. Ab jetzt wollte sie nichts mehr dem Zufall überlassen. Sie würde Luisas Ratschläge beherzigen und nicht mehr nur darauf warten, dass das Glück zu ihr kam wie ein Geist aus der Flasche.

Noch immer in Gedanken, deckte sie die Tische für die Familienfeier am Nachmittag ein. Sie holte frische Blumen, faltete die Stoffservietten und putzte die Glasplatten auf den Holztischen, bis sie blitzblank waren. Da kam ihr eine Idee.

Sie ließ sich von Max eine Rolle Butterpapier geben und riss Streifen davon ab. Mit einem schwarzen Filzstift schrieb sie auf jeden davon einen von Luisas Texten und steuerte selbst noch etliche bei. Annabell war überzeugt, dass ein einzelner Satz den Impuls liefern konnte, etwas im Leben zum Positiven zu verändern. Man musste nur im richtigen Moment hinsehen, damit die Botschaft hängenblieb. Sie schob die Papierstreifen unter die Glasplatten und legte auf jeden Tisch Papier und einen Stift. So konnten die Gäste Nachrichten für andere hinterlassen. Die Ideen sprudelten nur so aus ihr heraus. Sie hatte ein genaues Bild vor Augen, wie alles aussehen sollte. Sie machte sich einige Notizen, um später nichts zu vergessen.

Da bemerkte sie, dass Konicki den Platz gewechselt hatte. Nun richtete er den Blick auf die Tür und sah immer wieder nervös auf die Standuhr. Erst jetzt fiel ihr auf, dass Herr Ehling noch nicht aufgetaucht war. Hätte sie nicht mitbekommen, wie stolz er war, jeden Tag als Erster hier zu sein, hätte sie sich nichts weiter dabei gedacht. Doch jetzt war sie besorgt.

„Na?", sagte sie fragend zu Konicki.

„Er ist sonst immer der Erste", murmelte der alte Mann.

„Machen Sie sich Sorgen?"

Er sagte nichts, aber er nickte unentwegt.

„Das hat bestimmt nichts zu bedeuten", versuchte Annabell ihn zu beruhigen.

„Ich komme schon länger her, aber er ist immer der Erste."

„Er wird sich nur verspäten."

„Nach diesem ewigen Pedanten kann man die Uhr stellen!" Konicki klopfte mit seinem Stock auf den Boden, um dem Gesagten Nachdruck zu verleihen. Er schien wirklich besorgt zu sein.

„Haben Sie seine Telefonnummer?"

„Wozu? Wir sehen uns doch jeden Tag hier."

„Wie ist denn sein Vorname?"

„Konrad."

Annabell brachte ihm ein Stück Schokokuchen. Die Glasur war noch ein bisschen warm. Dann ging sie ins Büro und suchte nach dem Telefonbuch.

Es gab einen *Ehling, K.* und einen *Ehling, Konrad.* Sie hoffte, gleich beim ersten Versuch einen Treffer zu landen. Der Anrufbeantworter ging an, aber sie erkannte eindeutig seine Stimme. Annabell hinterließ ihre Nummer und bat ihn darum, sich bei ihr zu melden. Von Herrn Konicki richtete sie ihm schöne Grüße aus. Sie legte das Handy auf den Tresen, damit sie es nicht überhörte, wenn es klingelte. Annabell kehrte zum Tisch zurück, um abzuservieren und Herrn Konicki von ihrem Anruf zu erzählen. Zur Aufmunterung drückte sie seine Schulter.

„Danke", sagte dieser leise und als er Annabell ansah, konnte sie die Besorgnis in seinen Augen erkennen. Er nahm seinen Stock und verließ das Lokal.

Sie hoffte, dass Herrn Ehling nichts zugestoßen war. Manchmal begriff man erst, was man an einem Freund hatte, wenn es fast zu spät war.

Um vierzehn Uhr traf die Gesellschaft ein, die das Lokal für eine Geburtstagsfeier gemietet hatte. Das Geburtstagskind war selbst schon siebzig Jahre alt, machte aber einen rüstigen Eindruck. Nach dem Essen bat sie Annabell darum, Musik zu spielen und sie forderte ihren jüngsten Sohn zum Tanzen auf. Die alte Lady legte eine flotte Sohle aufs Parkett, der Rest der Gesellschaft schien dagegen nicht besonders aufs Tanzen versessen zu sein. Also schnappte sich die Dame Annabell und wirbelte sie herum. Lachend bemühte diese sich, keinen falschen Schritt zu machen. Sie wollte sich die Blamage ersparen, der Jubilarin auf die Füße zu treten. Nach einer Runde war das nächste Opfer dran. Die Lady griff sich einfach denjenigen, der ihr am nächsten stand. Ihre Kondition war wirklich beachtlich.

Annabell verschwand hinter dem Tresen. Dort hatte sie die Gelegenheit, die Leute zu beobachten. Sie sah eine Frau auf einen der Zettel zeigen und wie sie sich darüber mit ihrer Sitznachbarin unterhielt. Ein Mann auf dem Tisch in der Ecke schien nachdenklich, als hätte sein Spruch bei ihm einen Nerv getroffen. Ein junges Mädchen lugte verstohlen auf den Nachbartisch, um zu sehen, was dort geschrieben stand. Annabell war es also gelungen, ihren Gästen ein paar Denkanstöße zu geben.

Jetzt war es wieder an der Zeit, sich um ihre eigenen Angelegenheiten zu kümmern. Max hatte ihr seinen Laptop für die Recherche geborgt. Sie stellte ihn auf den Tresen, um zwischendurch nach freien Wohnungen suchen zu können. Viele davon sprengten ihr Budget, nur zwei kamen in die nähere Auswahl. Sie schrieb die Vermieter an und bat sie um einen Besichtigungstermin. Zu ihrer Überraschung erhielt sie prompt Rückmeldung. Eine der Wohnungen konnte sie sich am Abend noch ansehen.

Die Geburtstagsgesellschaft hatte gerade den Nachtisch verdrückt, da klingelte ihr Handy.

„Frau Weber?"

„Ja?"

„Jutta Ehling am Apparat. Sie haben heute Morgen meinen Vater angerufen", sagte eine gedämpfte Stimme.

„Ich wollte mich nur erkundigen, ob es ihm gutgeht. Er ist heute nicht im Red Rabbit aufgetaucht, da haben wir uns Sorgen gemacht", erklärte Annabell.

„Das ist sehr aufmerksam. Mein Vater hatte gestern Abend einen Schlaganfall."

„Oh mein Gott. Ist er …?“

„Es geht ihm schon besser, aber er ist noch im Krankenhaus.“

„Da bin ich froh. Sagen Sie, könnten Sie mir vielleicht den Namen des Krankenhauses geben? Ihr Vater hat hier einen sehr guten Freund, der ihn sicher gerne besuchen würde.“

Annabell notierte sich die Adresse auf ihrem Block. „Richten Sie Ihrem Vater bitte gute Besserung von uns aus.“

„Mach ich. Ich danke Ihnen.“

Als die Gäste weg waren, ging Annabell in die Küche, um Max die Neuigkeiten zu erzählen. Er wusch gerade den letzten großen Topf ab und stürzte ihn auf die Arbeitsfläche.

„Donnerwetter. Ich dachte, den Kerl haut gar nichts um.“

„Ich hab mir gedacht, ich könnte mit Herrn Konicki morgen ins Krankenhaus fahren. Denkst du, du kommst hier alleine zurecht? Ich möchte ihn nur hinbringen und später wieder abholen.“

„Das wird schon gehen“, stimmte Max ihr zu.

Annabell zögerte. „Ich brauche auch noch bei einer anderen Sache deine Hilfe.“

„Schieß los.“

„Die Apothekerkommode unten im Keller. Hilfst du mir, sie rauf zu schaffen?“

„Was hast du damit vor?“

„Ich hab da so eine Idee, die will ich aber noch nicht verraten. Hilfst du mir?“

„Dann musst du mir ein anderes Geheimnis verraten.“

„Was willst du wissen?"

„Das Rezept von dem Schokokuchen. Ich weiß nicht, was du da rein getan hast. Ich hab hinten in der Küche auf ein zweites Stück gehofft, aber die gefräßige Truppe hat nichts übrig gelassen."

Sie lachte. „Kannst du haben. Und jetzt drück mir die Daumen. Ich schaue mir gleich noch eine Wohnung an. Dann hast du deine Couch wieder für dich allein."

18

Die Wohnung war ein Einzimmerappartement und voll möbliert. Der Raum war zweckmäßig eingerichtet. Ein kleiner Küchenblock mit Spüle und zwei Kochplatten sowie ein Tisch mit einem Schalensessel aus orangem Plastik fanden darin Platz. Eine Seite des Zimmers wurde komplett von einem Einbauschrank eingenommen. Er bot viel mehr Stauraum, als Annabell gebraucht hätte, um ihre wenigen verbliebenen Sachen unterzubringen. Hinter einer der Schranktüren kam das Klappbett zum Vorschein. Die Vermieterin zeigte ihr, wie man es herunterklappen konnte. Ihre Ausstrahlung war sehr kühl, dagegen wirkte die Wohnung fast schon einladend.

Es gab noch einen Vorraum, von dem aus man in ein winziges Bad mit Dusche und Waschbecken gelangte. Alles war ein bisschen eng und pragmatisch, aber die Vermieterin sicherte ihr zu, sie könnte unverzüglich einziehen.

„Ich nehme sie", sagte Annabell ohne zu zögern.

„Die Miete bekomme ich im Voraus", erwiderte die Frau barsch. Vermutlich musste sie sich öfters mit Mietern herumschlagen, die knapp bei Kasse waren.

Annabell holte Peppers bei Max ab, fuhr mit ihr zurück in die neue Wohnung und befreite sie aus ihrer Schachtel.

„Das ist unser neues Zuhause."

Ihre Katze saß am Boden, drehte den Kopf zu ihr herum und schaute sie fragend an.

„Bis wir ein besseres finden", erklärte Annabell.

Peppers schlich in geduckter Haltung durch die Wohnung, als hätte sie etwas Schlimmes zu befürchten. Annabell hievte ihren Koffer auf das Klappbett und begann auszupacken. Ihre Sachen waren schnell verstaut. Sie versuchte, etwas Gemütlichkeit in den Raum zu bringen, aber es wollte ihr nicht gelingen.

Um sich aufzumuntern, packte Annabell Luisas Dose aus. Eine neue Aufgabe würde sie bestimmt auf andere Gedanken bringen. Doch als sie das Herz geöffnet hatte, kam ihr ein anderer Einfall. Sie nahm ein Klebeband und tapezierte den Wandschrank mit Luisas Botschaften. Jetzt hingen sie dort wie die Klebezettel im Büro, die einen an Wichtiges erinnern sollten. Danach ging sie einige Schritte zurück und betrachtete die bunte Collage aus der Entfernung. Sie war dabei die Bruchstücke ihres Lebens neu zusammenzusetzen. Noch wusste sie nicht, wie die Teile zueinander passten.

Die Arbeit im Red Rabbit und das neue Umfeld taten ihr gut. Die Atmosphäre im Lokal war irgendwie besonders, dachte sie, und sie verstand nicht, warum das nicht mehr Menschen erkannten. Sie machte sich Sorgen um Vincent, der für seinen Traum so viel geopfert hatte und jetzt drauf und dran war, alles zu verlieren. Da wurde ihr bewusst, wie sehr sie ihn vermisste. Obwohl sie sich erst kurze Zeit kannten, sehnte sie sich nach seiner Nähe. Stattdessen schnappte sie sich Peppers und strubbelte ihr durchs Fell. Normalerweise reagierte die Katze darauf kratzbürstig, aber jetzt schmiegte sie sich eng an Annabell. Doch nicht einmal das konnte Annabell beruhigen. Schließlich griff sie nach dem Handy und versuchte, Vincent zu erreichen. Das schlechte Gewissen nagte an ihr. Sie hatte das Bedürfnis, ihren Einbruch zu gestehen, auch wenn Vincent sie dann wohl endgültig für verrückt halten würde. Sein Handy war aus. Annabell seufzte.

Dann erinnerte sie sich an das Schulheft, das sie aus der Apothekerkommode mitgenommen und in ihrer Handtasche verstaut hatte. Da es sonst nichts in der Wohnung gab, mit dem sie sich beschäftigen konnte, nahm sie es zur Hand und blätterte es durch. Es war gefüllt mit Rezepten, die sie an ihre Oma erinnerten. Als Kind hatte sie sich die ganze Woche auf ihren Sonntagsbraten gefreut.

Plötzlich kam ihr ein Geistesblitz. Sie schrieb in ihr Notizbuch, bis ihr fast die Augen zufielen. Kurz vor Mitternacht kuschelte sie sich zu Peppers ins Bett. Was sie sich heute erträumte, konnte morgen schon Wirklichkeit werden, war ihr letzter Gedanke, bevor sie in einen tiefen Schlaf fiel.

19

„Geht's?", fragte Annabell Max, der vor Anstrengung keuchte.

„Ja, aber nicht mehr lange. Das Ding ist verflucht schwer."

Als sie die Apothekerkommode endlich die Kellertreppe hinaufgeschafft hatten, waren beide völlig erledigt. Dennoch begann Annabell gleich damit, die Holzoberfläche abzustauben. *Hagebutte, Ringelblume, Rosmarin* – eins nach dem anderen polierte sie die Schildchen mit einem weichen Tuch. Sie zog die Schubladen nacheinander an ihren filigranen Henkelgriffen auf und leerte sie. Gutes Besteck und Kronkorken kamen zum Vorschein, ein rostiger Dosenöffner, Stofffetzen, Bierdeckel und sogar ein Fotoapparat. Annabell säuberte die Laden gründlich, entsorgte, was nicht mehr zu gebrauchen war, und legte das andere zur Seite. Schließlich gaben sie der Apothekerkommode einen Ehrenplatz direkt neben dem Eingang. Jeder Gast musste daran vorbeigehen, um zu seinem Tisch zu gelangen. Auf die Ablage stellte sie einen roten Bilderrahmen mit einem Foto von Vincent, das ihn in der Küche mit Max zeigte, und eine Vase mit Blumen. Darüber hängte sie eine schwarze Schiefertafel, auf die sie mit Kreide geschrieben hatte: *Lass dich heute überraschen!*

Als sie fertig war, war es höchste Zeit, Herrn Konicki wieder aus dem Krankenhaus abzuholen. Sie sah ihn schon von weitem. Er stand im Eingangsbereich des Krankenhauses und verscheuchte mit seinem Stock die Tauben, die ihm vor die Füße liefen. Annabell ging ihm entgegen und hakte sich unter. Das Taxi parkte ein Stück entfernt.

„Der wird wieder", sagte Konicki kurz angebunden, doch Annabell merkte, wie erleichtert er war.

„Das ist ja fabelhaft. Hat er sich gefreut, Sie zu sehen?"

„Ja."

„War das ein Anflug von einem Lächeln?"

Annabell streichelte ihm über die Hand. Die Haut war glatt und kühl, nur an den Gelenken runzelig. Bei der Fahrt zurück sprachen sie kaum, aber Annabell merkte, wie froh der alte Mann war, dass es seinem Freund gut ging.

„Wie wär's mit einem Kaffee und einem Stück Torte?"

„Dafür hätte ich noch Zeit, schätze ich."

„Schön."

Annabell hielt ihm die Tür auf. Max erwartete sie schon. Er war aufgeregt und lotste Annabell gleich in die Küche.

„Die Idee ist super. Ich hab mir schon meine Gedanken dazu gemacht und ich glaub, das wird eine Riesensache."

Annabell hatte ihm, bevor sie gegangen war, ihre Notizen gezeigt, die sie sich am Vorabend gemacht hatte. Max hatte sie über den gesamten Tisch in der Küche ausgebreitet und schon begonnen, einige der Rezepte auszuprobieren.

„Meinst du wirklich?", fragte Annabell, überrascht über seine Begeisterung.

„Absolut! Das ist ein tolles Konzept. Fangen wir gleich damit an!"

„Sollten wir nicht besser warten, bis Vincent wieder da ist?", fragte Annabell unschlüssig.

„Mach dir darum keine Sorgen. Ich kläre das, notfalls mit Vincents Mutter. Im Grunde ist es doch nichts als ein Versuch und wir schaden damit keinem. Schlimmer als jetzt kann es kaum werden."

„Was ist denn hier los?" Die Frau, der Annabell vor einigen Tagen im Lokal begegnet war, stand plötzlich in der Tür und schaute Max belustigt an.

„Hi Elsa, ich hab dich gar nicht kommen hören."

Die Frau umarmte Max und schüttelte Annabell die Hand.

„Letztes Mal habe ich mich bei Ihnen gar nicht richtig vorgestellt. Ich bin Elsa Wagner, die Mutter des Inhabers."

„Annabell. Es freut mich, Sie kennenzulernen."

Elsa wandte sich wieder Max zu.

„Ich hab mir gedacht, ich schau mal nach dem Rechten."

„Wie du siehst, haben wir alles im Griff", erwiderte Max fröhlich.

Sie sah ihn mit einer hochgezogenen Augenbraue an.

„Wirklich! Alles bestens. Wie kommst du mit deinen Übersetzungsaufträgen voran?"

Elsa ignorierte Max' Frage. Sie nahm ein Blatt Papier vom Tisch und überflog es, dann ein weiteres und noch eines. Jetzt fiel ihr das Schulheft in die Hände.

„Wo hast du das her?" Sie sah Max dabei an, aber Annabell antwortete.

„Ich habe es im Keller gefunden." Annabell zupfte an den Ärmeln ihrer Kapuzenweste.

Elsa griff nach Annabells Hand und drückte sie.

„Ich habe lange danach gesucht. Es hat meinem Mann gehört." Annabell riss erstaunt die Augen auf. Sie hatte das Rezeptbuch von Vincents Vater gefunden!

„Ich dachte, es wäre verloren gegangen", sagte Elsa Wagner leise. „Dass es wieder aufgetaucht ist, ist ein gutes Zeichen."

Sie klappte das Heft zu und schwenkte dann mit der Hand über den Tisch. „Deine Idee?", fragte sie.

Annabell nickte. Elsa drückte ihr das Schulheft in die Hand und schenkte ihr ein wehmütiges Lächeln.

„Bei dir ist es in guten Händen."

Dann hörten sie die Türglocke. Annabell bedankte sich und ging nach vorne, um die Bestellung des neuen Gastes aufzunehmen. Herr Konicki wartete immer noch auf seinen Kaffee, verlor aber darüber kein Wort, sondern nickte nur, als sie ihn schließlich brachte.

„Morgen fahre ich wieder ins Krankenhaus."

„Da wird sich Herr Ehling sicher freuen. Soll ich Sie wieder bringen?"

Er schüttelte den Kopf. „Ich nehme ein Taxi."

„Dann richten Sie dem Patienten bitte liebe Grüße und gute Besserung aus."

„Ja. Könnte ich ..."

„Ja?"

„Könnte ich ihm ein Stück von der Torte mitbringen?"

Annabell konnte sich ein Grinsen nicht verkneifen. Sie drückte sanft seine Schulter und flüsterte ihm ins Ohr: „Wie wär's mit zwei Stücken?"

Konicki nickte. „Ja, zwei, das wäre noch besser."

Er zahlte und zog sich an seinem Stock hoch.

„Bis morgen, Annabell."

Er hatte sie zum ersten Mal beim Namen genannt.

„Bis morgen, Herr Konicki."

„Alfred", murmelte der alte Mann, ohne sich umzudrehen.

„Bis morgen, Alfred."

Nach Feierabend war Annabell mit Max in ihrer neuen Wohnung verabredet. Zuvor hatte sie noch einige Einkäufe erledigt und einen Korb für Peppers gekauft. Als Annabell gerade dabei war, ihre Wohnung aufzusperren, hörte sie unten die Haustür ins Schloss fallen. Max sprintete die Treppe herauf und nahm ihr die Einkaufstüten ab, was es viel einfacher machte, den Schlüssel ins Loch zu befördern. Sie gingen hinein und Peppers begrüßte Max, indem sie ihm um die Füße strich. Er stellte die beiden Einkaufstüten auf den Tisch. Dann nahm er Peppers hoch und kraulte ihr den Kopf.

„Das ist also dein neues Reich?" Er kratzte sich am Kinn, als wüsste er nicht, was er dazu sagen sollte.

„Mein kleiner Palast." Sie machte eine ausladende Geste und stieß dabei mit der Hand gegen die Wand.

„Bist du dir sicher, dass wir das heute hier gebacken bekommen? Ich meine, wir haben eine Menge vor. Wir hätten auch zu mir gehen können.“

Er schaute skeptisch zu den beiden Kochplatten und dem Tisch, der schon jetzt halb voll war.

„Wir kriegen das hin. Ich hab mir gedacht, wenn wir hier kochen, fühlt es sich vielleicht irgendwann wie ein Zuhause an“, erwiderte Annabell.

„Na gut. Womit fangen wir an?“

Annabell schaute an den Wandschrank, wo sie sämtliche Rezepte befestigt hatte.

„Such dir was aus!“

Max spielte mit seinem Piercing und studierte die beschriebenen Papierbögen. „Ich würde sagen, wir starten mit den *Früchten des Zorns* und kümmern uns später um die *Versöhnung am Tisch.*“

„Das macht Sinn.“ Annabell schmiss ihm einen Apfel zu. „Dann legen wir mal los.“ Die meisten Rezepte hatten sie bereits im Red Rabbit ausprobiert, es fehlten nur noch wenige, die sie für die neue Speisekarte probekochen wollten. Das alte Heft von Vincents Vater hatte in Annabell etwas in Gang gesetzt. Aus dem Geistesblitz war eine Vision für das Red Rabbit geworden. Die traditionellen Gerichte waren wunderbar, sie mussten nur in einem anderen Licht präsentiert werden. Wer erinnerte sich nicht gerne an den Pudding, der bei Oma immer am besten schmeckte? Oft waren es die einfachsten Gerichte, die man am meisten vermisste, weil sie einem viel mehr gaben, als das Gefühl der Sättigung. Annabell wollte etwas davon zurückbringen und damit eine Sehnsucht stillen. Sie wollte erreichen, dass sich die Menschen beim gemeinsamen Essen verbunden und sich im Red Rabbit wie daheim fühlten. Genauso wie die Zettel auf den Tischplatten sollten auch die Gerichte in der Speisekarte etwas in den Menschen zum Vorschein bringen, das sie im Alltag übersahen. Oder wovor sie wegschauten.

Annabell wusste, sie hatte sich damit keine leichte Aufgabe gestellt, denn immerhin waren nicht alle für solche Botschaften empfänglich. Aber wenn sie nur bei einem aus zehn etwas bewirken konnte, wäre sie schon damit zufrieden. Vor allem jedoch wollte sie Vincent helfen.

Ein wenig mulmig war ihr schon bei aller Euphorie, denn Vincent wusste schließlich nicht, was da in seinem Lokal vorging. Laut Max war er daran selbst schuld, wenn er sein Handy ausschaltete. Der Grund dafür war für Annabell allerdings nachvollziehbar. Max hatte ihr erzählt, dass Vincent versuchte, das Sorgerecht für seinen Sohn abzuklären. Dabei wollte sie ihn auf keinen Fall stören.

Entschlossen wandte sie sich wieder den Zetteln auf ihrem Wandschrank zu. Sie setzte all ihre Hoffnungen in ihre Idee und malte sich im Geiste alles bis ins kleinste Detail aus. Sie ging mit einer Leidenschaft an dieses Projekt, die sie von sich noch nicht kannte. Annabell fühlte sich so lebendig. Wieder kam ihr Vincent in den Sinn, der für seinen Traum so viel investiert hatte.

„Hast du was von Vincent gehört?", fragte sie Max, der gerade den Mürbteig für den Apfelkuchen bearbeitete.

„Nicht in den letzten Tagen."

„Denkst du, es gibt Grund zur Sorge?"

Max schüttelte nur den Kopf. „Er ist ein vernünftiger Kerl."

„Ich hab mich nur gefragt, ob wir ihm irgendwie helfen können", erklärte Annabell.

„Das ist eine Sache zwischen ihm und seiner Exfreundin Alex. Da können wir nicht viel machen."

„Hmm."

Sie schwiegen einen Moment. Dann fragte Max: „Was ist da eigentlich zwischen dir und Vincent?"

Annabell seufzte. „Wenn ich das wüsste. Wenn da was war, bin ich mir nicht sicher, ob es immer noch da ist."

Sie lächelte verlegen und merkte, wie sie traurig wurde. „Und wie steht's um dein Liebesleben?", drehte sie den Spieß um.

Max grinste bis über beide Ohren. „Die Frauen treiben mich in den Wahnsinn."

„Frauen?"

„Na ja, so ganz im Allgemeinen. Aktuell gibt es da keine, die eine Rolle spielt. Hab gerade eine schlimme Beziehung hinter mir. Echt ungesund, das kannst du mir glauben." Er zeigte auf die Tätowierung auf seinem Unterarm.

„Die hier hat mich fast in den Ruin getrieben und ich hab's erst gemerkt, als es fast zu spät war und sie mir die halbe Bude leergeräumt hatte."

„Wahnsinn ..."

„Sag ich ja. Die davor war nicht viel besser. Das Mädel hatte ernsthafte Probleme. Ich dachte, ich könnte ihr helfen, aber ich bin selbst fast dran kaputt gegangen. Ich hab's erst nicht übers Herz gebracht, sie zu verlassen, aber ich musste. Zu einer Therapie konnte ich sie noch überreden, aber ich weiß nicht, ob sie dabei geblieben ist."

„Das tut mir leid."

Max war es wie ihrem Vater ergangen, dachte sie. Nur dass er selbst die giftige Verbindung gekappt hatte.

„Ich ziehe solche Frauen magisch an. Keine Ahnung, woran das liegt."

Annabell grinste schief. „Wenn es dich tröstet: Ich hatte mit den Männern bisher auch nicht mehr Glück."

„Vincent ist anders. Er ist echt ein feiner Kerl, das kannst du mir glauben."

Als sie mit dem Probekochen fertig waren, war es schon weit nach Mitternacht und die Wohnung glich einem Schlachtfeld. Peppers schleckte die Reste der Vanillesoße aus einer Schüssel. Annabell war viel zu müde, um sie davon abzuhalten. Sie war sogar zu müde zum Duschen und ließ sich angezogen auf das Klappbett fallen, nachdem sie sich gähnend von Max verabschiedet hatte. Gäbe es doch nur einen Geschirrspüler, in dem ihre komplette Wohnung auf einmal Platz hätte, dachte sie noch, bevor sie einnickte.

20

Annabell hatte den Film aus der alten Kamera entwickeln lassen, die sie in der Apothekerkommode gefunden hatte. Sie verließ die Drogerie mit dem Fotoumschlag und riss ihn auf. Obwohl es sich seltsam anfühlte, ungefragt in die Privatsphäre einer fremden Person einzudringen, überwog ihre Vorfreude. Es war ein magischer Moment. Viel zu besonders, um ihn zwischen Tür und Angel passieren zu lassen. Viel zu besonders für die Fußgängerzone. Sie steckte das Kuvert in ihre Tasche. Das Red Rabbit blieb heute, an seinem Ruhetag, geschlossen. Das gab Annabell die Zeit, ein paar ihrer Angelegenheiten zu erledigen. Ein Anruf bei der Versicherung stand an, denn sie hatte seit dem Brand noch keine Rückmeldung erhalten. Außerdem hatte sie ihr ehemaliger Vermieter um ein Treffen gebeten. Bei der Gelegenheit wollte sie auch Doris einen Besuch abstatten.

Die letzten Tage waren wie im Flug vergangen. Jetzt, da es ihr bewusst wurde, beschlich sie das Gefühl, dass ihr die Zeit davonlief. So viel wollte sie noch im Red Rabbit erreichen, aber ihr blieben nur mehr wenige Tage, bis sie wieder zu ihrem Job zurück musste.

Rupert, Vermieter und Hausmeister in einer Person, fegte den Gehsteig vor der Haustüre. Er trug eine verblichene Cordhose und ein kariertes Hemd, was für seine Verhältnisse schon schick war. Sonst traf man ihn meist in einem grauen, fleckigen Trainingsanzug an, was Annabell nicht störte. Sie war lediglich froh darüber, dass Rupert die Angewohnheit, in nichts als seiner Boxershorts zu putzen, nach Abflauen der Hitzewelle im letzten Sommer, wieder abgelegt hatte.

Als er sie näherkommen sah, stellte er den Besen zur Seite, wischte sich seine Hände an der Hose ab und reichte ihr die Hand zur Begrüßung. Während sie die Treppen zur Wohnung hinaufstiegen, merkte Annabell, dass ihr hier nichts mehr vertraut vorkam. Zwar hatte sie noch jedes Detail im Gedächtnis – den Sprung in der Bodenfliese und die verspachtelten Stellen an der Wand – aber etwas war anders. Sie nahm die Gerüche des Hauses wahr, die davor selbstverständlich gewesen waren. Unheimlich, wie schnell es gehen konnte, dass man sich an einem Ort nicht mehr heimisch fühlte. Die Besichtigung der Wohnung änderte daran nichts, obwohl hier in den letzten Tagen viel geschehen war. Das Trümmerfeld gab es nur noch in ihrer Erinnerung. Es roch nicht mehr nach Rauch, sondern nach frischer Farbe. In der Küche rutschte ein Arbeiter auf den Knien herum und verlegte den Boden neu. Bei der Auswahl der Dielen hatte Rupert Geschmack bewiesen. Das rustikale Eichenparkett ließ die Wohnung modern und behaglich wirken. Ohne die Möbel und all die Dinge aus Annabells Sammlung wirkten die Räume richtig groß. So groß, dass sie sich darin verloren fühlte. Rupert vergrub die Hände in den Hosentaschen und wartete darauf, dass sie etwas sagte.

„Wow!", lobte sie den Fortschritt. Es klang halbherzig. Sie war noch damit beschäftigt, ihre Gefühle einzusortieren. Sie fügte ein anerkennendes Nicken hinzu und Rupert war zufrieden.

„Die Küche kommt nächste Woche."

„Schon?"

„Jawohl. Ende des Monats können Sie wieder einziehen."

„Das ist ... großartig." Annabell gab vor, sich umzusehen. Sie war eine grauenhafte Lügnerin. Auf einmal war sie sich nicht mehr sicher, ob sie in ihr altes Leben zurück wollte. Ein schlechtes Gewissen wegen Rupert bräuchte sie jedenfalls nicht zu haben. So wie die Wohnung jetzt aussah, würde es ihm leichtfallen, einen neuen Mieter zu finden.

Annabell schüttelte die Zweifel ab. Vermutlich wäre es besser, sich die Sache nochmal gründlich zu überlegen. Eine übereilte Entscheidung half schließlich niemandem weiter. In Kürze würde wieder die Routine, das geregelte Leben, beginnen. Und in dem Verschlag, in dem sie jetzt wohnte, würde ihr schon bald die Decke auf den Kopf fallen.

Sie verabschiedete sich von Rupert und klingelte bei den Habermanns. Sie hatte ihren Besuch nicht angekündigt und hoffte, Doris wäre zu Hause, aber es ging niemand an die Tür.

„Die sind im Urlaub", rief ihr Rupert von einem Stockwerk tiefer zu.

Sie sah ein letztes Mal zu ihrer eigenen Wohnung, die ihr einmal so viel bedeutet hatte.

Nein, es wollte sich einfach kein Heimatgefühl einstellen. Die Tür war zu. Sie hatte mit diesem Kapitel abgeschlossen.

Bevor sie wieder den Mut verlor, rannte sie die Treppe hinunter und stellte sich dem Unvermeidlichen.

„Rupert?"

Er schaute vom Boden auf und stützte sich auf seinen Besen.

„Ich glaube, ich kann nicht mehr zurück in die Wohnung. Ich weiß wirklich zu schätzen, was Sie in den letzten Tagen alles geleistet haben, aber ... ich denke einfach, dass ich mich hier nach allem, was passiert ist, nicht mehr zu Hause fühlen würde. Verstehen Sie das?"

Seinem verdutzten Gesichtsausdruck nach zu urteilen, verstand er es nicht. Er zuckte mit den Schultern. „Wenn es Ihnen hier nicht mehr behagt, dann hilft es wohl nichts."

Sie fühlte sich schuldig, aber nachdem sie sich von ihm verabschiedet hatte, wurde ihr Herz mit jedem Schritt ein wenig leichter.

Sie war schon eine Weile unterwegs, da hupte es hinter ihr. Erst ignorierte sie es. Dann fuhr das Fahrzeug näher heran und der Fahrer des orangen VW-Busses kurbelte das Fenster herunter.

„Wohin des Weges, meine Liebe?"

Ein bekanntes Gesicht mit roten Backen lachte ihr entgegen. Vom Rückspiegel baumelte ein Schutzengel.

„Hi Lotti. Wie geht's?"

„Wir haben dich letzten Samstag vermisst", sagte die Flohmarkthändlerin gespielt vorwurfsvoll.

„Ich hatte viel um die Ohren in letzter Zeit."

Lotti fuhr immer noch mit ihrem Bus dicht neben dem Gehsteig. Dann versperrte ihr ein parkendes Auto den Weg und sie hielt an.

„Ich bin unterwegs zu einem Auftrag", erklärte sie und tat dabei sehr geheimnisvoll, als würde sie ihre Bilder nicht auf dem Flohmarkt verkaufen, sondern mit heißer Ware dealen. „Du kannst mitkommen, wenn du willst."

„Ich?"

Annabell fühlte sich überrumpelt, aber sie war auch neugierig zu sehen, wo Lotti ihre speziellen Bilder beschaffte.

„Steig ein!"

Lotti hatte einen eigenwilligen Fahrstil. Sie verließ sich anscheinend so sehr auf ihre Schutzengel, dass sie sich nicht darum scherte, ob die Ampel auf Rot oder Grün stand. Annabell klammerte sich an den Griff der Beifahrertür und schickte ein Stoßgebet zum Himmel. Hoffentlich waren sie bald da! Sie durchquerten den Römerbergtunnel und fanden sich in einer Gegend wieder, die von einem Grauschleier überzogen schien. Auf den Fassaden haftete der Schmutz, der nicht nur der Zeit, sondern vor allem dem hohen Verkehrsaufkommen in der Durchfahrtsstraße geschuldet war. Eines der Häuser hatte man frisch herausgeputzt und den Straßenkünstlern eine unbeschriebene Leinwand geboten. Die Graffitis sorgten wenigstens für ein paar Farbtupfer. Kurz darauf bog Lotti rechts in eine schmale Straße ein, die sie auf eine Anhöhe führte.

Vor ihnen erhob sich eine Kirche, deren Turm wie ein langer Finger in den Himmel zeigte, dahinter die Mauern eines Klosters. Es wirkte verlassen, düster und heruntergekommen. Das Grün der Baumkronen aus dem Klostergarten leuchtete wie ein Hoffnungsschimmer in der Trostlosigkeit des Viertels. An diesem Ort, der in

Vergessenheit geraten war. Der Puls der Stadt kam hier zum Erliegen, obwohl die Einkaufsstraße nur einen Steinwurf entfernt war.

Lotti steuerte auf die Kirche zu. Sie stiegen die Treppen zum Eingangsportal hinauf, zogen das schwere Eichentor auf und betraten den Vorraum. Annabell tauchte ihre Finger in den Weihwasserbrunnen, doch der war ausgetrocknet. Nun wurde es immer seltsamer. Lotti klatschte in die Hände und das Licht ging an. Es erfüllte den Raum und brachte die Farben des kleinen Buntglasfensters zum Leuchten. Annabell blieb der Mund offen stehen. Lotti ging zur nächsten Tür und zog an einer roten Kordel. Das blecherne Läuten einer Glocke war zu hören und kurz darauf: „Ich komme schon!"

Man hörte, wie sich der Schlüssel im Schloss drehte, und ein Mann öffnete. Anscheinend hatte er nicht mit Besuch gerechnet, denn er begrüßte sie im Bademantel. Und auch sonst wollte sein Erscheinungsbild nicht so recht zu ihrer Vorstellung eines Geistlichen passen. Der Mann war etwa Mitte Fünfzig und hatte dunkles Haar, das an den Schläfen ergraut war. In seinen Augen blitzte der Schalk, obwohl er leicht verschlafen wirkte.

„Guten Tag, die Damen. Frau Held, schön, dass Sie es gleich einrichten konnten. Und Sie sind?"

„Das ist Annabell Weber, eine gute Freundin von mir. Ich hoffe, es macht Ihnen nichts aus. Ich habe sie auf dem Weg hierher aufgegabelt."

Jetzt fühlte sich Annabell wie ein lästiges Anhängsel.

„Im Gegenteil. Sehr angenehm. Mein Name ist Nicolas von Odenthal, aber Sie können mich Nick nennen."

Er bat sie hinein. Annabell musste blinzeln. Sie glaubte kaum, was sie hier sah. Es war atemberaubend.

Gottesdienste wurden in dieser Kirche offensichtlich keine mehr gefeiert, der Mann hatte sie zu einem extravaganten und luxuriösen Domizil umgestaltet. Im Altarraum stand ein breites Boxspringbett, die Seidenlaken darauf waren zerwühlt. Das kreuzförmige Fenster darüber ließ Annabell schaudern. In einem Seitenschiff der Kirche befand sich eine moderne Küche und inmitten der Halle gab es eine lange Tafel mit zwölf Stühlen. Neben den Beichtstühlen ging eine Treppe hinauf zur Empore, wo sie eine Bibliothek entdeckte. An den Pfeilern der Kirche wechselten sich Heiligenstatuen mit modernen Skulpturen ab und die Wände zierten zeitgenössische Gemälde sowie sakrale Kunstwerke. Er bot ihnen einen Platz an der Tafel und Kräutertee an. Dann verschwand er in einer Tür im Altarraum. Offenbar befand sich dahinter das Badezimmer, denn als er wieder zurück war, machte er einen frischeren Eindruck. Sein Haar war gekämmt, er trug ein weißes Hemd und Jeans.

„Nach dem Zähneputzen sieht die Welt schon anders aus", erklärte er mit einem breiten Grinsen.

Er entschuldigte sich für seinen Aufzug und erklärte, er wäre erst spät in der Nacht von einer Ausstellungseröffnung zurückgekommen. Sie gingen gemeinsam die geschwungene Holztreppe zur Empore hinauf. Dort lag auf einem großen Tisch bereits das Bild, wegen dem sie hier waren. Wie sich herausstellte, sollte Lotti es nicht verkaufen, sondern es restaurieren. Annabell hatte nicht gewusst, dass ihre Bekannte das Wissen und die Fertigkeit dazu besaß. Sie war ehrlich beeindruckt. Lotti warf einen prüfenden Blick auf das Gemälde. Der Mann setzte seine Brille auf und deutete auf die Stellen, die besonders in Mitleidenschaft gezogen waren.

Es war ein ungewöhnliches Motiv. Das Bild zeigte einen Mann im Schein einer Straßenlaterne. Er hatte eine Flasche in der Hand und sein Kopf war gesenkt. Erst auf den zweiten Blick entdeckte Annabell den Engel auf dem Bild. Er saß außerhalb des Lichtkegels im Wartehäuschen einer Bushaltestelle, bereit einzuschreiten, wenn es nötig war. Während Lotti und Nick fachsimpelten, nahmen sie kaum Notiz von Annabell. Dann wandte sich Nicolas ihr unvermittelt zu.

„Und was machen Sie beruflich? Sind Sie auch im Kunstgewerbe?"

„Ich arbeite in einem Restaurant", erwiderte Annabell wie aus der Pistole geschossen. Sie war selbst erstaunt, mit welcher Selbstverständlichkeit sie diese Antwort gab.

„Interessant. Kenne ich es?"

„Es wurde vor kurzem neu eröffnet." Sie machte eine Pause und versuchte einzuschätzen, ob es ihn wirklich interessierte, oder ob er nur aus Höflichkeit gefragt hatte. Er hielt seinen Blick auf sie gerichtet.

„Red Rabbit heißt das Lokal."

„In der Innenstadt? Ich kenne es von früher. Es ist schon einige Jahre her, aber damals gab es auch ein Gasthaus mit diesem Namen."

„Wirklich?"

Annabells Herz machte einen Sprung. Sie freute sich, als wäre sie einem alten Bekannten begegnet.

„Ich habe dort einige sehr schöne Abende verbracht. Manchmal dauerten sie bis in die frühen Morgenstunden", erinnerte Nick sich versonnen lächelnd.

„Sie müssen unbedingt vorbeikommen und es sich ansehen. Und essen. Kommen Sie zum Essen! Ich würde mich freuen. Vielleicht kommt Ihnen ja einiges von früher bekannt vor."

„Vielleicht mache ich das wirklich."

Er sah sie noch eine Weile an. Eigentlich sah er mehr durch sie hindurch, als würde er in Erinnerungen schwelgen. Dann stemmte er die Hände in die Hüften und kehrte wieder zurück zum Geschäftlichen.

„Frau Held, wann werden Sie mit dem Bild fertig sein?"

„Bis Ende des Monats sollte ich es schaffen."

„Wunderbar. Sie melden sich bei mir?"

„Natürlich."

Sie verluden das Gemälde in den VW-Bus. Lotti hatte eine Vorrichtung gebaut, um die Kunstwerke unbeschadet transportieren zu können.

„Ich wusste gar nicht, dass du Bilder restaurierst."

„Der Flohmarkt ist mehr ein Hobby", erklärte Lotti und fügte dann hinzu: „Und ich wusste nicht, dass du im Restaurant arbeitest. Ich dachte, du bist bei einer Versicherung."

„Stimmt. Beides stimmt irgendwie. Das mit dem Restaurant ist was Vorübergehendes." Annabells Magen zog sich zusammen. „Aber ich bin sehr gerne dort."

„Ist doch schön."

Annabell wollte schon in den Bus steigen, überlegte es sich aber anders.

„Weißt du was, Lotti? Es ist so ein schöner Tag. Ich glaub ich bleib noch eine Weile hier und sehe mich ein wenig um."

„Also, ich für meinen Teil hab genug gesehen. Jammerschade, dass hier alles dem Verfall preisgegeben ist. Aber wie du willst, meine Liebe. Mach's gut!"

Annabell winkte ihr noch einmal zu und wandte sich dann zum Gehen. So eine spontane Aktion wäre ihr früher nie eingefallen, aber momentan fühlte sie sich einfach abenteuerlustig. Auch wenn die Gegend auf den ersten Blick nicht viel hermachte, gab es vielleicht noch mehr zu entdecken.

Annabell wandte sich in Richtung des Klostergartens. Tatsächlich war dieser weniger trostlos als der Rest der Anlage. Sie stapfte durch das hohe Gras und entdeckte einen namenlosen Grabstein, ein Kreuz, das von den Halmen verdeckt wurde. Annabell musste an ihren Vater denken. Hatte ihn ein ähnliches Schicksal ereilt? Oder war sie es, die für ihn gestorben war? Sie konnte sich einfach nicht erklären, warum der Kontakt zwischen ihnen so plötzlich abgebrochen war. All ihre Nachforschungen hatten damals ins Leere geführt.

Sie ging weiter. Eschen und Ahornbäume spendeten ihr Schatten. Annabell ließ sich auf einer Bank nieder. Sie fühlte den Umschlag mit den Fotos in ihrer Tasche und zog ihn heraus. Es waren nur zehn Bilder auf dem Film gewesen. Auf dem ersten erkannte sie keinen, aber die Pendeluhr im Hintergrund war ihr bekannt. Sie schmunzelte, als sie den zweiten Abzug hervorholte. Darauf war Elsa Wagner abgelichtet, wie sie Herrn Ehling einen Backfisch servierte. Beim nächsten Bild hielt Annabell inne. Das war also Vincents Vater, Leo. Das Foto zeigte die beiden in der Küche. Vincent, der auf dem Bild vielleicht sechs oder sieben war, stand auf einem Hocker, damit er die Arbeitsfläche überblicken konnte. Auf einer weiteren Aufnahme waren sie gemeinsam beim Fischen zu sehen. Die Personen auf den übrigen Fotos sagten Annabell nichts. Sie freute sich über die Entdeckung und war gespannt auf Vincents Reaktion. Wo er wohl gerade war?

21

„Bitte unterschreiben Sie hier.“

Der Mann vom Paketdienst händigte Annabell ein Päckchen für Vincent aus und hielt ihr das Unterschriften-Pad unter die Nase. Der Bote gab sich mit einer krakeligen, kaum lesbaren Version ihres Namens zufrieden und fragte erst gar nicht, ob sie berechtigt war, die Lieferung entgegenzunehmen. Sie stellte es zur Seite und packte stattdessen eine andere Schachtel aus, die an sie adressiert war. Darin befand sich ein Muster der neuen Speisekarten. Ein Bekannter von Max arbeitete als Grafiker in einer Druckerei und hatte ihm noch einen Gefallen geschuldet. Das Ergebnis konnte sich sehen lassen. Es war genauso, wie es sich Annabell vorgestellt hatte. Sie war beeindruckt, was er aus ihren laienhaften Entwürfen gemacht hatte. Besonders schön fand sie das Logo mit dem roten Hasen. Es wirkte elegant und trotzdem modern und machte sich auf dem dunklen Leineneinband wirklich gut. Sie hatte ein paar Mal versucht, Vincent zu erreichen, um ihn in ihr Vorhaben einzuweihen, hatte aber keinen Erfolg gehabt. Sie wollte nicht den kompletten Laden ohne sein Wissen umkrempeln. Er schien jedoch wie vom Erdboden verschluckt, daher holte sie sich das Einverständnis von Elsa ein. Bei der Gelegenheit zeigte Annabell ihr auch die Fotos.

„Meine Güte, das kann doch nicht sein", staunte Vincents Mutter. „Wo hast du die denn ausgegraben?"

„Sie waren auf dem Fotoapparat, den ich in der Apothekerkommode gefunden habe."

„Das muss Vincents erste Kamera sein. Ich kann mich erinnern, wie er mich und Konrad fotografiert hat. Und diese Aufnahme habe ich gemacht." Elsa wies auf das Foto von Vincent und seinem Vater beim Angeln.

„Wo ist das?"

„Das ist der Wildbach unterhalb unserer Blockhütte. Die beiden haben es geliebt, gemeinsam zu fischen. Als Kind war er alle zwei Wochen mit seinem Vater dort", erzählte Elsa gedankenverloren. Sie sah Annabell dabei an, aber ihr Blick ging geradewegs durch sie hindurch. „Nur die zwei unter sich, die Hektik im Restaurant war vergessen. An diesen Tagen hatte er seinen Vater für sich allein ... Annabell, ich finde die Speisekarte sehr schön, aber ich würde gerne noch einige dieser Fotos darin integrieren, wenn das möglich ist."

Der Grafiker musste wirklich tief in Max' Schuld stehen, denn Annabell hielt die fertigen Speisekarten bereits nach wenigen Tagen in ihren Händen. Sie holte ihren Freund dazu und er blätterte die Karte von vorne bis hinten durch.

„Da ist ein Fehler."

„Was?" Annabell lugte über seine Schulter, damit sie sehen konnte, worauf er mit dem Finger zeigte. Er boxte sie in die Seite. „Das war ein Scherz. Sie ist perfekt."

Annabell war stolz. Wenn jetzt auch noch die Gäste genauso begeistert wären wie sie selbst! Aber dazu mussten diese erst einmal kommen.

Nur auf Herrn Konicki war wie immer Verlass. Er bestellte das Übliche, aber Annabell bat ihn, trotzdem einen Blick in die neue Karte zu werfen. Als er darin blätterte, begannen seine Augen zu leuchten. *Treue Freunde* stand da als Überschrift. Darunter waren die Klassiker des Hauses angeführt, allen voran *Bohneneintopf* und *Gebackener Fisch mit Kartoffeln.* Daneben war das Bild von Herrn Ehling zu sehen. Auf einmal verdunkelte sich Alfreds Miene.

„Warum ist da kein Foto von mir? Ich komme schon länger her, als der alte Konrad."

Annabell grinste ihn an. „Ach, Alfred. Ich hab kein Foto von dir gefunden, auf dem du lächelst. Wenn du so finster schaust, dann verjagen wir ja die Gäste. Vielleicht sollten wir ein Bild von dir neben die *Zankäpfel* kleben."

Der alte Herr gab vor zu schmollen, aber Annabell kannte ihn inzwischen und lachte nur. „Ich mach's wieder gut, Alfred, du wirst schon sehen. Und jetzt freu dich ein wenig mit mir. Wie geht es Konrad eigentlich?"

„Unkraut vergeht nicht. Er kommt bald auf Reha und lässt es sich gut gehen", brummelte er.

„Freut mich, dass es ihm bessergeht. Bitte richte ihm dann liebe Grüße von mir aus."

„Warum?"

„Nächste Woche bin ich nicht mehr da. Ich habe hier nur als Aushilfe gearbeitet."

Erst sagte der alte Konicki nichts, aber als sie sich schon umdrehen wollte, murmelte er: „Das wird der Ehling aber nicht gern hören."

Sie musste schmunzeln. So gleichgültig, wie er tat, war er nicht. Sie ging zur Theke und nahm den leeren Karton, um ihn in die Papiertonne zu bringen. Jemand hatte den Deckel offen stehen lassen. Am Boden verteilt lagen Schnipsel aus dem Aktenvernichter. Sie faltete die Schachtel zusammen und stopfte sie in die Tonne. Dann brachte sie das Päckchen für Vincent in dessen Büro und stellte es auf den Schreibtisch. Ihr Blick fiel auf das Etikett. Das war nicht die Adresse vom Red Rabbit. Sie war durchgestrichen und daneben stand ein handschriftlicher Vermerk, demzufolge das Paket unter der ursprünglichen Anschrift nicht angenommen worden war. Schnell notierte sie sich Straße und Hausnummer und steckte den Zettel in ihre Jeanstasche. Sie musste herausfinden, was mit Vincent los war. Ihr war nicht mehr wohl dabei, dass keiner wusste, wo er blieb.

Als sie wieder nach vorne kam, traute sie ihren Augen nicht. Nicolas von Odenthal hatte Wort gehalten und schaute sich in dem leeren Lokal um.

„Haben Sie geöffnet?"

„Ja." Sie suchte nach Worten. „Sie haben freie Platzwahl!"

Annabell lächelte verlegen und machte mit ihren Armen einen großzügigen Schwenk. Er nahm an dem Tisch neben Herrn Konicki Platz und nickte ihm zu.

„Was darf ich Ihnen bringen?"

„Was können Sie mir empfehlen?"

Nicolas sah sie freundlich an und sie fing sich wieder.

„Möchten Sie sich überraschen lassen?"

„Gerne.“

„Dann lassen wir den Zufall entscheiden. Würden Sie mir bitte folgen.“

Sie führte ihn zur Apothekerkommode. „In jeder der Schubladen ist ein Gericht versteckt. Ich sage Ihnen nur so viel: In diesem Bereich haben wir die Vorspeisen, hier die Hauptgerichte und da die Desserts.“

Er rieb sich voller Vorfreude die Hände. Offenbar hatte sie damit genau ins Schwarze getroffen. Er zog die erste Schublade heraus.

„Flammende Sehnsucht. Ein Rätsel?“, fragte er.

„Das sind mit Cognac flambierte Crevetten, dazu gibt es Minz-Risotto.“

„Das klingt hervorragend! Da hab ich eine gute Wahl getroffen.“

Er zog die nächste Schublade auf.

„Kleine Reibereien unter Freunden?“

„Pilzragout mit Reibekuchen.“

„Ich bin gespannt auf die Nachspeise. Gewissensbisse?“

„Unsere Dessertvariation.“

Annabell gab die Bestellung auf und öffnete eine Flasche ihres besten Weißweins. Sie servierte ihn zusammen mit dem ersten Gang. Nicolas unterhielt sich unterdessen angeregt mit Herrn Konicki. Sie wollte das Gespräch nicht unterbrechen, also zog sie sich zurück. Sie tippte die Adresse vom Paket in ihr Handy. Auf der Karte sah sie, dass es sich um ein Haus am Freinberg handelte. Ein nobles Viertel. Nicht weit vom Red Rabbit, nur eine gute halbe Stunde zu Fuß.

Ihre beiden Gäste waren inzwischen mit dem Essen fertig. Sie brachte Alfred ein Stück Kuchen und Nicolas das Pilzragout. Sie war gespannt auf sein Urteil. Annabell hatte das Gefühl, davon hinge viel ab, obwohl sie nicht wusste, warum. Es musste an seiner Ausstrahlung liegen. Da er nichts sagte, ging sie wieder und verhielt sich ruhig, bis er auch das Dessert verspeist hatte.

„Ich hoffe, es war alles in Ordnung?"

„Nein."

Annabell hielt die Luft an.

„Es war mehr als das. Ich habe lange nicht mehr so gut gegessen. Sagen Sie, Herr Konicki hat mir verraten, dass der Sohn des ehemaligen Besitzers jetzt das Lokal betreibt?"

„Das ist wahr. Vincent verbindet damit viele schöne Erinnerungen an seinen Vater."

„Hmm, das kann ich verstehen. Wann ist er denn hier? Ich würde ihn gerne kennenlernen."

Annabell biss sich auf die Lippen. Sie wollte nichts Falsches sagen.

„Zurzeit hat er geschäftlich viel um die Ohren. Aber geben Sie mir doch Ihre Nummer, dann wird er Sie anrufen."

„Das ist nicht nötig. Ich schaue einfach demnächst wieder vorbei. In der Apothekerkommode da vorne gibt es noch etliche Schubladen, die ich öffnen will. Eine Bitte hätte ich noch ..." Er kam näher auf sie zu und flüsterte. „Herr Konicki hier hat mir verraten, dass Sie nur mehr wenige Tage im Red Rabbit arbeiten sollen, ist das wahr?"

Sie nickte.

„Ich glaube, er würde sich unheimlich über ein Erinnerungsfoto freuen."

„Meinen Sie?"

„Ja, bestimmt. Wenn Sie möchten, fotografiere ich Sie beide und schicke Ihnen das Foto.“

„In Ordnung. Die Freude will ich ihm machen.“

Annabell konnte sich schon denken, woher der Wind wehte. Konicki wollte unbedingt sein Gesicht in der Speisekarte sehen und hatte die Aktion geschickt eingefädelt. Das hätte sie dem alten Halunken gar nicht zugetraut!

Aber sie konnte ihm nicht lange böse sein. Sie setzte sich zu ihm an den Tisch und Nicolas fotografierte sie mit seinem Smartphone. Er schickte ihr das Bild, dann bedankte er sich noch einmal und verabschiedete sich.

Weil keine Gäste mehr kamen, verließ Annabell das Red Rabbit etwas früher. Es war ein schöner Sommerabend, ideal für einen ausgedehnten Spaziergang. Sie schlenderte zu der Adresse, die auf dem Päckchen gestanden hatte, und erreichte schließlich eine kleine Stadtvilla. Im Garten hatte schon länger niemand Rasen gemäht. Aus dem hohen Gras blitzte etwas Weißes hervor, ein Fußball. Kurz darauf sah sie einen kleinen Jungen darauf zukommen. Er machte ein grimmiges Gesicht und trat mit voller Wucht nach dem Ball, woraufhin dieser im Gebüsch landete. Er fand einen Stein und schleuderte ihn hinterher. Dann rief jemand seinen Namen.

„Lukas, komm endlich!“

Er schlurfte mit hängendem Kopf zum Haus. Annabell schaute durch die Glasscheibe der Haustür.

„Kann ich Ihnen helfen?“

Annabell fuhr zusammen. Hinter ihr stand eine blonde Frau, die sie argwöhnisch anschaute. Das war also Alex.

„Ist Vincent zuhause?"

„Was wollen Sie von ihm?" Ihre Stimme hatte einen scharfen Ton angenommen. Annabell schluckte. Sie hatte keine Ausrede parat.

„Es geht um ... das Red Rabbit. Also, ich bin dort die Aushilfe und komme wegen des Lohns."

„Hat Vincent Sie nicht bezahlt? Das sieht ihm ähnlich. Er hat sich mit dem Kredit für das Red Rabbit übernommen und wir können es jetzt ausbaden." Ihre Stimme wurde etwas milder, jetzt, wo sie offenbar glaubte, eine gemeinsame Grundlage gefunden zu haben. „Wie auch immer. Er ist nicht da."

„Wohnt er nicht mehr hier?"

Annabell fühlte sich wie eine Heuchlerin.

„Nein. Das Haus steht zum Verkauf. Ich muss Sie jetzt auch bitten zu gehen. Ich habe einen Termin mit dem Makler."

Annabell musste die Wut unterdrücken, die in ihr aufkeimte. Ob Vincent überhaupt davon wusste?

„Natürlich."

Sie drehte sich um und ging die Auffahrt hinunter. Der Makler war schon im Anmarsch. Ein untersetzter Typ im Maßanzug stieg aus einem nagelneuen BMW. Es war Zeit zu handeln. Sie holte ihr Handy aus der Tasche.

Annabell:
Bitte melde dich.

22

Erinnere dich daran, was dich glücklich macht. Mach dich auf den Weg, um dein Glück zu finden.

Vincent meldete sich nicht. Aus ihrer Verzweiflung heraus tat Annabell etwas sehr Unvernünftiges: Sie stellte Alex zur Rede. Von Max hatte sie erfahren, wo Vincents Ex-Freundin derzeit noch arbeitete. Nach Ladenschluss fing sie diese vor der kleinen Boutique in der Innenstadt ab.

„Alex, ich muss mit Ihnen reden."

Zuerst erkannte sie Annabell nicht, doch dann fiel der Groschen.

„Sie schon wieder? Ich habe jetzt keine Zeit. Wenn Vincent Sie nicht bezahlt, müssen Sie das schon mit ihm selber regeln."

„Das würde ich ja gerne. Wissen Sie, wo er ist?"

„Sehe ich so aus, als würde mich das interessieren?"

Annabell packte die blanke Wut.

„Offensichtlich nicht. Aber das ist sehr schade, immerhin ist er der Vater Ihres Sohnes!"

Annabell funkelte sie ärgerlich an und Alex schnappte nach Luft.

„Was bilden Sie sich eigentlich ein? Gehen Sie mir aus dem Weg!"

Alex stieß sie zur Seite, aber Annabell ließ sich nicht abwimmeln.

„Sie haben ihn doch einmal geliebt. Ist es Ihnen da wirklich egal, was mit ihm passiert?"

„Ich versichere Ihnen, um Vincent brauchen Sie sich keine Sorgen machen. Der fällt immer auf die Füße", fauchte Alex.

„Wie können Sie da sicher sein?"

„Weil ich ihn erst gestern getroffen habe. Zufrieden? Lassen Sie mich nun in Ruhe?"

Der Absatz ihres Pumps blieb im Kopfsteinpflaster hängen und sie warf Annabell einen vorwurfsvollen Blick zu, als wäre es ihre Schuld. Alex befreite ihren Schuh, danach wirkte ihre Stimme schon etwas gefasster.

„Hören Sie, eine Trennung ist niemals schön, aber Vincent kommt wieder auf die Beine. Er wird damit fertig."

Alex begegnete ihr mit einem festen Blick, wohingegen Annabell Mühe hatte, ihre Tränen zurückzuhalten.

„Wie soll er damit fertig werden, wenn Sie ihm den Sohn wegnehmen?", brach es aus ihr heraus.

Sie sah noch, wie Alex zusammenzuckte, doch Annabell wandte sich ab und ging davon. Erst nachdem sie um die Ecke gebogen war, wurde ihr ihr Fehler bewusst. Sie war nicht nur viel zu weit gegangen, sondern hatte durch ihre kopflose Aktion auch die Chance vergeben, Vincents Aufenthaltsort in Erfahrung zu bringen.

„Ich hatte keine Ahnung, in welchem Schlamassel er steckt. Er hätte mir doch sagen können, dass er finanzielle Schwierigkeiten hat." Elsa starrte in ihre Teetasse, als könnte sie auf ihrem Grund eine Erklärung finden. Vor ihr lag der Brief der Bank, den sie geöffnet hatte, nachdem Vincents Bankberater sie kontaktiert hatte. Max wischte sich die Hände an einem Geschirrtuch ab.

„Was sollen wir jetzt tun?", fragte er, als er sich zu ihr und Annabell an den Küchentisch setzte.

„Ihn irgendwie zur Vernunft bringen. Wenn ich nur wüsste, wo er steckt", entgegnete Elsa.

Annabells Blick fiel auf die Fotos, die sie für die Speisekarte ausgewählt hatten. Sie lagen vor ihr auf dem Tisch ausgebreitet.

„Elsa, habt ihr diese Blockhütte noch, von der du mir erzählt hast? Wenn ich von der Welt in Ruhe gelassen werden wollte, wäre ich dort."

Annabell griff nach Elsas Hand und lächelte ihr aufmunternd zu. Deren Blick wurde allmählich klarer. „Moment, ich bin gleich wieder da." Sie stand vom Tisch auf und ging ins Büro. Als sie zurückkehrte, hatten sie Gewissheit.

„Der Schlüssel für die Blockhütte ist weg. Leo hatte ihn immer hier im Restaurant. Ich fahre gleich los."

„Warte mal", mischte sich Max ein. „Du kennst deinen Sohn besser als ich, aber ich würde mir an seiner Stelle nicht gerne etwas von meiner Mutter sagen lassen. Ich finde, Annabell sollte fahren."

„Ich? Warum denn ich? Wäre es nicht sinnvoller, du machst das, Max?"

„Auf mich wird er auch nicht hören. Du hast die besseren Argumente, Annabell, weil der Junge auf dich steht."

Da war sie nicht so sicher. Sie schaute zu Elsa und erwartete, sie würde Max' Vorschlag zurückweisen, doch da irrte Annabell sich.

„Nimm meinen Jeep! Das letzte Stück zum Haus führt über einen Waldweg."

Sie kramte den Autoschlüssel aus der Tasche und schob ihn Annabell zu. „Er kann so stur sein. Annabell, versprich mir, dass du dich davon nicht entmutigen lässt."

Sie umarmten sich zum Abschied, während Max in der Küche einen Korb mit Proviant packte.

„Richte Vincent aus, er soll sich nicht aufführen wie ein kleines Kind. Er hat vielleicht Scheiße gebaut, aber kein Mist der Welt kann so stark stinken, dass echte Freunde es nicht ertragen."

Sie nickte ihm zu und schnappte sich den Korb. „Ich melde mich, sobald ich kann."

23

Als Annabell die Stadt hinter sich gebracht hatte, atmete sie auf. Sie war seit Jahren nicht mehr Auto gefahren. Bei jeder Ampel kämpfte sie mit der Schaltung, die sich nicht ohne Gewaltanwendung in den zweiten Gang bugsieren ließ. Nach einer Weile ging Annabell dazu über, vom ersten gleich in den dritten zu schalten. Hoffentlich würde sie den Jeep nicht mit einem Getriebeschaden zurückbringen, das hätte ihr gerade noch gefehlt.

Die Fahrt erinnerte sie an ihren letzten Ausflug aufs Land, an Brigittes Hochzeit. Es fühlte sich an, als wäre es schon eine Ewigkeit her, doch sie dachte immer noch gern an diesen Tag zurück.

Nach einer halben Stunde meldete sich das Navi und Annabell fuhr bei der nächsten Ausfahrt ab. Jetzt lichteten sich die Schallschutzwände und gaben zum ersten Mal den Blick auf die Landschaft frei. Sanfte Hügel reihten sich aneinander. Die Felder waren schon abgeerntet, die gelben Stoppeln sorgten aber noch immer für einige Farbtupfer an diesem trüben Augusttag. Dahinter breitete sich der Wald aus. Die grünen Kronen der Laubbäume kontrastierten mit den dunklen Wipfeln der Fichten. Bald schon würden die Buchen und Ahornbäume ihr Herbstkleid tragen. Doch an diesem Tag war das Bild trister. Das schmuddelige Wetter ließ nicht viel vom Sommer erahnen. Je weiter sie fuhr, desto mehr wurde ihr bewusst, wie still es hier war. Sie hörte eine Motorsäge schreien und etwas später den dumpfen Aufprall des Stammes. Dann verstummten die Geräusche wieder, nur der Jeep ächzte angesichts ihrer Fahrweise. Hier konnte man sich selbst beim Denken zuhören. Sie fragte sich, wie es Vincent in dieser Abgeschiedenheit aushalten konnte, ganz alleine mit seinen Gedanken.

Kurz vor dem Ziel verlor das Navi die Orientierung. Zum Glück hatte ihr Elsa noch eine Skizze mit einer Wegbeschreibung zugesteckt.

Annabell faltete den Zettel auseinander und hielt ihn vor sich an das Lenkrad. Sie passierte eine verlassene Tankstelle und ein paar hundert Meter weiter bog sie in die Forststraße ein, die zu Vincents Blockhütte führte. Der Weg war matschig und das Vorankommen schwer. Annabell fröstelte in ihrer dünnen Weste. Sie drehte die Heizung des Jeeps auf. Dicke Wurzeln und Schlaglöcher brachten den Geländewagen zum Schaukeln. Annabell klammerte sich ans Lenkrad und hoffte, dass die holprige Fahrt bald ein Ende haben würde. Dann sah sie hinter einer Kuppe Rauch aufsteigen und schon bald war auch der dazugehörige Schornstein zu sehen. Sie parkte in einer Ausbuchtung außer Sichtweite der Hütte. Für einen Moment war sie drauf und dran wieder umzukehren. Sie klopfte, erst zaghaft, dann etwas fester. Niemand öffnete, aber die Tür war nur angelehnt.

Annabell schlüpfte hinein. Im Küchenofen knisterte das Feuer, das den satt-modrigen Geruch nach Holz im Raum verbreitete. Sie streckte ihre klammen Finger über dem Ofen aus. Nachdem sie sich etwas aufgewärmt hatte und Vincent noch immer nicht aufgetaucht war, beschloss sie, ihn zu suchen. Sie fühlte sich wie ein Einbrecher. Schon wieder Aus einem Fenster im oberen Stockwerk sah sie ihn schließlich vor einem kleinen Schuppen hinter dem Haus. Sein unrasiertes Gesicht wirkte finster, düsterer als sie es in Erinnerung hatte. Er spaltete Brennholz. Dann nahm er den Holzkorb und kam damit auf das Haus zu. Annabells Herzschlag beschleunigte sich. Sie ging nach unten. In dem Moment als sie den Treppenabsatz erreichte, trat Vincent zur Hintertür herein und ihre Blicke trafen sich. Er zuckte zusammen. Der Schreck wich aus seinem Gesicht, als er Annabell erkannte, doch er war sichtlich irritiert, sie hier zu sehen.

„Zum Teufel nochmal, Annabell. Wie kommst du denn hierher?"

„Mit dem Jeep deiner Mutter."

Vincent stutzte, dann stellte er den Korb auf den Boden.

„Warte mal, ich bekomme das gerade nicht auf die Reihe. Was hast du bitte mit meiner Mutter zu tun?"

„Sie macht sich Sorgen um dich und hat mich gebeten, hierher zu fahren", erklärte Annabell ein bisschen verlegen.

Ohne ein Wort zu sagen, nahm er das Brennholz und ging damit in die Stube. Er kniete sich auf den Boden und warf einige Scheite in den Ofen. Sie blieb beim Tisch in der Mitte des Raumes stehen und wartete auf eine Reaktion.

„Und wie kommst du dazu, den Laufburschen meiner Mutter zu spielen? Woher kennst du sie überhaupt?", fragte er schroff und ohne sich umzudrehen. Vorsichtig ging sie auf ihn zu.

„Ich wollte nach dir sehen."

„Und ich wollte niemanden sehen. Warum glaubst du, bin ich hier?" Er knallte das Türchen des Ofens zu. „Erklär mir bitte mal, wie das alles zusammenpasst. Ich komme mir hier vor wie in einer Verschwörung. Wie kann es sein, dass eine flüchtige Barbekanntschaft meint, sie könne sich als meine Retterin aufspielen?" Er stieß ein verächtliches Schnauben aus. Annabell trieb es die Tränen in die Augen, aber sie versuchte, seinem Blick standzuhalten. Sie schluckte.

„Vincent, lass es mich erklären."

„Langsam wird mir einiges klar. Du bist also die Verrückte, von der Alex gesprochen hat." Er griff sich mit beiden Händen an den Kopf und sah Annabell entgeistert an. „Ich fasse es nicht. Was fällt dir ein, mit ihr über mich zu reden? Und über unseren Sohn? „

Annabell schämte sich zutiefst. Gleichzeitig jagte ihr Vincents Wut eine Heidenangst ein.

„Es war ein Fehler, hierher zu kommen", sagte sie kleinlaut.

„Gut, dass du das selbst erkennst", stimmte er kühl zu.

„Bevor ich fahre, will ich dir noch geben, weshalb ich hier bin." Sie nahm das Schreiben der Bank aus ihrer Tasche und legte es auf den Tisch. Dann wandte sie sich von ihm ab und ging zur Tür. Bevor sie diese hinter sich schloss, sah sie noch einmal zurück in sein versteinertes Gesicht.

„Es tut mir leid", murmelte sie.

Sie kletterte in den Jeep, legte die Stirn ans Lenkrad und konnte die Tränen nicht länger zurückhalten. Während der gesamten Rückfahrt drehten sich ihre Gedanken um das Gespräch mit Vincent. Sie fühlte sich mies. Er hatte jeden Grund, wütend auf sie zu sein. Anstatt sich in sein Leben einzumischen, hätte sie sich besser um ihre eigenen Angelegenheiten kümmern sollen.

Doch sie musste noch etwas zum Abschluss bringen. Sie fühlte sich verpflichtet, Elsa und Max darüber zu informieren, was sie bei Vincent erreicht hatte. Kurz nach ein Uhr traf sie im Red Rabbit ein und erlebte eine Überraschung. Vor der Tür sah sie einen Mann den Aushang der Speisekarte studieren und dann durchs Fenster spähen.

„Kann ich Ihnen helfen?"

„Nein danke, ich habe nur geschaut, ob etwas frei ist. Sieht ziemlich voll aus."

„Ach was. Wir finden sicher einen Platz für Sie."

„Lassen Sie nur. Ich komme ein anderes Mal wieder."

Verwundert ging sie hinein. Das Restaurant war bis auf den letzten Platz besetzt und an der Theke wartete bereits ein Pärchen auf einen freien Tisch. Elsa war kurzfristig als Servicekraft eingesprungen.

„Gut, dass du da bist", rief sie ihr zu und warf ihr die Schürze hin. „Ich brauche vier Bier und ein Glas Merlot für Tisch fünf."

Jetzt war keine Zeit um zu reden. Obwohl sie sich geschworen hatte, sich nicht mehr in Vincents Leben einzumischen, wollte sie Elsa nicht hängenlassen.

Nach dem Mittagsgeschäft beruhigte sich der Laden langsam wieder.

„Hast du gesehen, was hier los war?“, fragte Max, der
gerade aus der Küche gekommen war.

„Ja, habe ich. Woher kommen die vielen Leute?“

Elsa trat einen Schritt näher und strich ihr sanft über
die Schulter.

„Das haben wir dir zu verdanken. Ich wünschte, Vincent könnte das sehen.“

„Er wäre davon wohl weniger begeistert.“

„Was redest du da? So viele Gäste hatten wir all die
letzten Monate nicht.“

„Vincent war nicht gerade glücklich darüber, dass ich
mich in sein Leben eingemischt habe. Ich bin auch nur
hier, um euch das zu sagen. Ich hatte leider keinen Erfolg bei ihm, im Gegenteil. Ich habe erreicht, dass er
noch wütender auf die Welt ist.“

Elsa sah sie sorgenvoll an.

„Ach Annabell, es tut mir leid. Aber das, was du hier
geschafft hast, ist einfach fantastisch. Die Leute waren
begeistert und viele wollen wiederkommen. Bis Ende
nächster Woche bekommt man abends keinen Tisch
mehr, es ist alles ausgebucht.“

Das konnte Annabell nun selbst kaum glauben. Sie
hatte eine nette Idee gehabt, aber das erklärte noch
nicht, warum plötzlich so viele Leute das Red Rabbit besuchten.

„Die paar kleinen Änderungen sollen so etwas bewirken können?“, fragte sie skeptisch.

„Muss denn immer alles kompliziert sein?“ Elsa zog
die Schürze über den Kopf aus. „Wir hatten es nicht
leicht in den letzten Jahren, warum sollte nicht auch
uns einmal das Glück zufallen? Allerdings müssen wir
uns Gedanken darüber machen, wie wir das alles in

nächster Zeit organisieren werden. Zu zweit können wir das nicht mehr stemmen, wenn das so weitergeht."

„Ich wünsche euch, dass Vincent bald zurückkommt."

„Was ist mit dir?", fragte Max.

Annabell seufzte. „Am Montag hat mich mein Schreibtisch wieder."

Alfred ging an ihnen vorbei in Richtung Toilette.

„Annabell, da drüben sind zwei komische Kerle. Die wollen mit dir reden. Die sind ganz schön neugierig, aber von mir erfahren sie nichts!"

Annabell reckte den Hals, um einen Blick auf die beiden zu erhaschen, doch sie drehten ihr den Rücken zu. Sie wischte sich die Hände an einem Geschirrtuch ab und ging zu ihnen.

„Guten Tag, die Dame. Eckhart Schwarz mein Name. Finanzpolizei. Und das ist mein Kollege Hartmut Kunz."

Er kramte seinen Dienstausweis aus einer Aktentasche und schob ihn ihr über den Tisch hin und sein Begleiter tat es ihm gleich.

„Und nun hätte ich gerne Ihren Ausweis, bitte."

Annabell war komplett überrumpelt und ließ sich auf einen Stuhl sinken.

Der Beamte blieb ruhig und sammelte mit der Rückseite der Gabel die letzten Krümel des Apfelkuchens vom Teller auf.

„Lassen Sie mich raten. Haben wir den Ausweis zuhause vergessen?"

Annabell wurde nervös. Warum hatte es die Finanzpolizei auf sie abgesehen? Sie hatte keinen Schimmer, wo sie da hineingeraten war.

„Ich habe ihn hinten. Würden Sie mir folgen?“

Sie wollte im Gastraum kein Aufsehen erregen und erst einmal in Ruhe herausfinden, weshalb genau die Männer hier waren.

In der Küche sahen Elsa und Max sie fragend an. Eckhart Schwarz wiederholte die Vorstellrunde und bat die beiden ebenfalls, sich auszuweisen. Dann wandte er sich wieder Annabell zu. Sie ging zu ihrer Tasche und holte den vorläufigen Personalausweis heraus.

„Also …“ Er setzte seine Brille auf und studierte das Dokument. „Annabell Weber, nun sagen Sie mir einmal, warum für Sie keine Meldung vorliegt.“

„Das kann ich erklären“, mischte sich Elsa ein.

„Sie sind?“

„Die Mutter des Inhabers.“

„Zu Ihnen komme ich gleich noch. Jetzt interessiert mich, was Frau Weber zu sagen hat. Und ich war noch nicht fertig. Bevor Sie antworten, Frau Weber, wird Sie mein Kollege hier über Ihre Rechte belehren und Ihre Aussage dann zu Protokoll nehmen.“

Annabell kam ins Schwitzen. Als Herr Kunz seinen Vortrag beendet hatte, meldete sich wieder Elsa zu Wort. Offenbar hatte sie Angst, Annabell könnte sich den Mund verbrennen.

„Also, ich denke wirklich, Ihre Befragung sollten Sie fortsetzen, wenn mein Sohn zugegen ist. Wenn Sie ihm schon die Beschäftigung von Schwarzarbeitern unterstellen wollen, sollte er wenigstens etwas zu seiner Verteidigung sagen können. Wie kommen Sie überhaupt auf diesen Verdacht?“

Er musterte sie belustigt über den Rand seiner Lesebrille.

„Also erst einmal muss für eine Überprüfung überhaupt kein begründeter Verdacht vorliegen, meine Liebe. Aber in diesem Fall gehen wir einem anonymen Tipp nach. Nun gut, ich will mal nicht so sein. Haben Sie ein Glück, dass ich heute Morgen ausgeschlafen habe. Oder was sagen Sie, Kunz? Wollen wir einmal ein Auge zudrücken?"

Dann wurde er wieder ernster.

„Ich rate Ihnen, nehmen Sie es nicht auf die leichte Schulter. Schwarzarbeit ist kein Kavaliersdelikt. Ich erwarte die Stellungnahme von Herrn Wagner. Bis Anfang der Woche hat er Zeit, den Sachverhalt zu klären, sonst wird es ungemütlich für ihn."

Dann verließen die beiden gemeinsam das Lokal. In Annabells Kopf ratterte es. Woher hatten die Beamten den Tipp? Dann fiel es ihr wie Schuppen von den Augen. Nicolas von Odenthal hatte auf ein Foto gepocht. War er der Verräter? Er, den sie selbst ins Red Rabbit eingeladen hatte?

„Es ist alles meine Schuld!", sagte sie zerknirscht.

„Wovon redest du da? Das glaubt hier keiner", versuchte Elsa, sie zu beschwichtigen.

„Aber es ist so." Dann erzählte Annabell ihnen von ihrem Verdacht.

„Selbst wenn es so wäre, trifft dich keine Schuld. Du hast mit bester Absicht gehandelt."

„Nur leider macht das keinen Unterschied. Bitte sagt Vincent, dass es mir leidtut. Ich wünschte, ich könnte es ungeschehen machen."

Nach diesem grauenvollen Tag schleppte sich Annabell die Treppen zu ihrer Wohnung hoch. Sie leerte den

Briefkasten, der schon überquoll. Neben ein paar Rechnungen und einem Brief von der Versicherung steckte ein beiges, prall gefülltes Kuvert im Briefschlitz. Der Rest waren Werbeprospekte, die sie gleich im Mülleimer unter der Spüle entsorgte. Doch sie kam nicht dazu, sich der Post zu widmen. Zunächst hörte sie nur ein leises, verzweifeltes Miauen. Sie schaute sich um, konnte ihre Katze aber nirgends entdecken. Angestrengt lauschte sie, woher das Klagen kam. Es kam von draußen. Sie hatte sich angewöhnt, das Fenster einen Spaltbreit zu öffnen, damit sich Peppers ein bisschen frische Luft und Auslauf auf der Feuerleiter verschaffen konnte. Die vierbeinige Diva nutzte diese neu gewonnene Freiheit, um sich ein noch größeres Reich zu erobern. Annabell konnte es ihr nicht verübeln, dass es ihr in der Schuhschachtel, in der sie jetzt wohnten, zu eng wurde. Doch diesmal hatte der kleinen Entdeckerin ihr Wagemut fast Kopf und Kragen gekostet.

Annabell kroch durch das Fenster auf das Zwischenpodest der Feuerleiter und sah, dass Peppers auf den Balkon ihres Nachbarn gehüpft war, der ungefähr auf der gleichen Höhe lag. Anscheinend hatte sie versucht, in die Wohnung zu gelangen. Jetzt steckte sie mit dem Kopf im gekippten Fenster fest. Annabell wurde schlecht bei dem Anblick. Wie lange hing die Arme schon hier? Sie rannte auf den Flur und hämmerte an die Tür des Nachbarn. Niemand öffnete. Sie war verzweifelt. Sie konnte nicht mit ansehen, wie Peppers litt. Kurz entschlossen kletterte sie auf das Geländer der Feuerleiter und sprang. Sie landete hart, machte sich aber gleich daran, die Katze aus ihrer misslichen Lage zu befreien.

„Peppers, was machst du nur für Sachen?"

Annabell drückte sie ganz nah an sich und die Katze ließ es sich gefallen, oder vielleicht war sie auch nur in eine Schockstarre verfallen. Peppers weigerte sich vehement, zurück auf die andere Seite zu springen. Es half kein gutes Zureden. Zu zweit konnten sie die Distanz zwischen den beiden Geländern nicht überwinden. So verharrten sie bis zum Abend zwischen leeren Blumentöpfen und müffelnden Sportschuhen, die zum Auslüften auf den Balkon gestellt worden waren, ehe sie ihr Nachbar dort entdeckte.

24

Am Montagmorgen begann wieder der alte Trott. Auf Annabells Schreibtisch stapelten sich die unbearbeiteten Fälle. Sie steckte buchstäblich über beide Ohren in Arbeit und war froh darüber. Schließlich würde sie das ein paar Stunden davon abhalten, sich über Vincent den Kopf zu zerbrechen. Sie machte ein Spiel daraus, welcher Versicherungsfall als nächster geprüft werden sollte. Dazu fächerte sie mehrere Akten auf ihrem Tisch auf. Sie schaute um sich, versicherte sich, dass sie unbeobachtet war, und warf ihren Radiergummi in die Luft. Die Akte, auf der er landete, war als nächstes dran. Kurz vor Mittag hatte sie einen von vier Stapeln abgearbeitet. Zugegeben, sie hatte alle Fälle zur Seite gelegt, die nicht eindeutig waren. In die Recherchearbeit würde sie sich nach der Mittagspause vergraben. Doch sie freute sich über diese kleinen Erfolgserlebnisse.

Annabell beschloss, sich mit einer Tasse Tee zu belohnen. In der Kaffeeküche traf sie auf Ina und Benedikt. Offenbar hatte sie die beiden gestört, denn sie fuhren verlegen auseinander. Sie zeigten sich betont mitfühlend und wollten wissen, ob sie sich von dem Schock wieder erholt hatte.

„Ja danke, mir geht es gut."

„Wenn ich dir irgendwie helfen kann, lass es mich wissen", bot ihr Ina an.

„Du machst das schon", verabschiedete sich Benedikt mit einem kumpelhaften Schlag auf ihre Schultern und Annabell verschüttete dabei den Tee über ihre Hose. „Oh sorry, nichts für ungut", sagte er und suchte mit schuldbewusstem Gesicht das Weite.

Warum passierten solche Sachen immer ihr? Annabell schnappte sich eine Zeitung vom Tisch und hielt sie vor ihren Schoß, um den nassen Fleck zu verbergen. Sie ging zur Toilette mit dem Plan, die Hose mit dem Händetrockner zu föhnen. Sie drehte den metallenen Mülleimer um und kletterte darauf, um sich in der richtigen Höhe zu positionieren, und betete, dass jetzt niemand zur Tür hereinkäme. Da hörte sie ein Würgen.

„Alles okay?"

Es klang nicht danach. Annabell drang der Geruch von Erbrochenem in die Nase. Sie stieg wieder von ihrem Podest. Dann hörte sie die Spülung und die Verriegelung der Kabinentür ging auf.

„Was glotzt du denn so?"

Beatrice musste auf dem Weg zum Waschbecken an Annabell vorbei und rempelte sie unsanft an. Annabell warf die Hände in die Luft. Sie hatte keine Lust darauf, sich von Beatrice anpfeifen zu lassen.

„Sorry, dass ich gefragt habe. Ich wusste ja nicht, dass du es bist."

Beatrice schien überrascht, diese Antwort aus Annabells Mund zu hören und lenkte ein.

„Alles okay. Mir geht's nur heute nicht so gut."

Sie spülte ihren Mund aus und spritzte sich Wasser ins Gesicht. Dann trocknete sie ihre Hände ab.

„Bist du krank? Soll ich dich bei Herrn Peters entschuldigen?"

Beatrice stieß ein höhnisches Lachen aus.

„Ach, hör mir mit dem auf. Da kommt mir gleich wieder das Kotzen. Der ist ja überhaupt erst schuld an dem Übel", entfuhr es ihr.

Annabell dämmerte es.

„Weiß er davon?"

Beatrice sah aus, als bereute sie ihre unüberlegten Worte schon. „Nein, und das soll auch so bleiben. Ich warne dich! Wehe, du verlierst ein Wort darüber!"

Annabells Mitgefühl für ihre Kollegin schwand.

„Weißt du was, Beatrice? Das ist allein eure Sache. Es geht mich nichts an und es interessiert mich auch nicht."

Annabell ließ Beatrice allein, setzte sich zurück an den Schreibtisch und legte die Zeitung, die sie aus der Teeküche mitgenommen hatte, vor sich auf den Tisch. Sie warf einen Blick aus dem Augenwinkel darauf und zuckte zusammen: Sie sah sich selbst von der Titelseite lachen. Es war das Foto, das Nicolas von Odenthal bei seinem Besuch aufgenommen hatte.

Annabell schlug die Zeitung auf und blätterte vor. Der Bericht über das Red Rabbit nahm eine halbe Seite ein. *Alter Hase neu aufgetischt* lautete die Überschrift. Und weiter: *Red Rabbit bereitet Genüsse für Gaumen und Seele.* Annabell überflog den Text. Nicolas berichtete in seiner Kolumne aus der Vergangenheit des Lokals und über das originelle neue Konzept. Mit einem Schmunzeln las sie das Zitat von Herrn Konicki. Voller Stolz erklärte dieser, er gehöre schon zum Inventar im Red Rabbit. Seit der Eröffnung hätte er keinen Tag versäumt, außer als ihn einmal die Grippe böse erwischt hatte und er eine Woche lang keinen Fuß vor die Tür setzen konnte. Die verschiedensten Besitzer wären gekommen und gegangen, er selbst wäre die einzige Konstante und dem Red Rabbit immer treu geblieben. Dann schrieb Nicolas darüber, dass Annabell den traditionellen Rezepten aus den Glanzzeiten des Lokals eine neue Seele eingehaucht hätte.

Das bedeutete, Nicolas konnte unmöglich der Tippgeber der Finanzpolizei sein, denn offensichtlich verstand er sich als ein Unterstützer des Lokals. Wer hatte dann die Behörden auf den Plan gerufen? Plötzlich wurde ihr klar, dass womöglich der Zeitungsbericht der Auslöser dafür gewesen war. Das schlechte Gewissen meldete sich zurück und kurz darauf kam schon die nächste Erkenntnis. Die Zeitung datierte auf den letzten Samstag, an dem Annabell zu Vincents Blockhütte aufgebrochen war. Womöglich hatte ihr Chef, Herr Peters, die Zeitung schon gelesen. Bestimmt war er wenig begeistert davon, dass sich seine Mitarbeiterin in der Zeit ihrer Freistellung einen neuen Job gesucht hatte.

Was sollte sie jetzt machen? Ihr Blick wanderte zu Beatrice. Ein gutes Druckmittel, um ihre Stelle zu behalten, hätte sie gehabt. Aber das war einfach nicht ihr Stil. Annabell hatte begonnen zu glauben, dass alles aus einem guten Grund geschah. Das Leben bewegte einen dazu, hinzusehen, auch wenn es weh tat. Sie konnte nicht weitermachen wie bisher. Nicht diese Arbeit machen, während ihr Herzblut in einer ganz anderen Sache steckte. Vincents Traum war in den letzten Wochen zu ihrem geworden. Obwohl sie sich geschworen hatte, sich nicht weiter einzumischen, da sie nur Chaos in sein Leben zog, musste sie handeln.

Sie wählte seine Nummer, doch sein Handy war noch immer aus. Dieser Mann war sowas von stur. Und stolz. Gab es denn wirklich nichts, was sie tun konnte, um ihn aufzurütteln? Sie suchte wieder die Toilette auf, um zu telefonieren. Diesmal überprüfte sie mit einem Blick in die Kabinen, ob sie tatsächlich allein war. Erst versuchte sie es bei Elsa, die keine Nachricht von ihm hatte. Dann bei Max.

„Hi. Hast du schon was von Vincent gehört?"

„Ja, hab ich. Ich hab ihm geschrieben, er soll seinen Hintern hierher bewegen, weil die Finanzbehörde ungern wartet. Er ist unterwegs", berichtete er.

„Mehr weißt du nicht?"

„Nein, mehr nicht."

„Okay. Meldest du dich bei mir, wenn es Neues gibt? Ich muss noch einmal mit ihm reden", bat Annabell.

„Mach ich."

„Danke. Bis dann."

Dass Vincent auf dem Weg zurück war, war ein gutes Zeichen. Annabell beschloss, bei seiner Wohnung vorbeizuschauen. Vielleicht konnte sie ihn dort abfangen, um ihm alles zu erklären.

Den ganzen Tag über saß sie auf Nadeln. Dennoch zögerte sie noch einen Moment, ehe sie kurz vor Feierabend an Herrn Peters Büro klopfte.

„Haben Sie kurz Zeit?"

„Frau Weber, willkommen zurück. Haben Sie sich schon wieder eingearbeitet? Nehmen Sie doch Platz."

„Ehrlich gesagt wollte ich genau darüber mit Ihnen reden."

„So? Na dann nur raus mit der Sprache! Wo drückt der Schuh?", fragte ihr Chef.

„Also, ich dachte wirklich, ich hätte das alles schon verdaut. Ich meine, ich dachte, ich wäre schon wieder bereit für die Arbeit, aber ..."

„Ja?"

Annabell fühlte sich unwohl mit der Lüge, noch bevor sie diese überhaupt ausgesprochen hatte. Sie hatte geplant, noch einige Tage Urlaub herauszuschinden, doch jetzt brachte sie es einfach nicht über die Lippen.

„Ehrlich gesagt bin ich hier, weil ich Ihnen mitteilen möchte, dass ich morgen nicht mehr an meinen Schreibtisch zurückkehren werde", brach es aus ihr heraus.

Herr Peters zog die Augenbrauen hoch. „Soll das eine Kündigung sein, Frau Weber? Ich bin überrascht, um nicht zu sagen enttäuscht. Ich bin Ihnen sehr entgegengekommen in den letzten Tagen."

Herr Peters lehnte sich in seinem Chefsessel zurück und ließ die Lehne wippen. Er wirkte entspannt, so als würde er jeden Moment damit rechnen, dass Annabell einknickte.

„Ich schätze es sehr, dass Sie so viel Verständnis für meine Situation gezeigt haben und mir die nötige Zeit verschafft haben, meine Angelegenheiten zu ordnen", sagte sie ruhig.

Ein süffisantes Grinsen tauchte auf seinem Gesicht auf. Er gefiel sich offenbar in der Rolle des Gönners.

„Und doch ändert es nichts an meiner Entscheidung", setzte Annabell fort.

Herrn Peters Miene wurde finster.

„Wenn Sie meinen. Die einmonatige Kündigungsfrist müssen Sie aber zumindest einhalten."

Annabell überlegte, ob sie ihr Ass nun doch ins Spiel bringen und Herrn Peters mit dem Klogeständnis unter Druck setzen sollte, ließ es aber sein. Sie entschied sich dafür, ehrlich zu sein und Verantwortung zu übernehmen.

„Das ist mir bewusst. Leider war ich auch nicht aufrichtig zu Ihnen. Ich habe meinen Urlaub genutzt, um mich beruflich neu zu orientieren. Das war nicht geplant, aber letztendlich bin ich dankbar für diese Entwicklung."

Nun schien Herr Peters endgültig aus dem Konzept gebracht. „Frau Weber, was wollen Sie mir jetzt damit sagen?"

„Ich hatte gehofft, wir könnten eine einvernehmliche Lösung finden und uns im Guten trennen. Was haben Sie von einer Mitarbeiterin, die mit dem Herz nicht bei der Sache ist?"

„Frau Weber, ich bitte Sie! Wir sind hier bei einer Versicherung. Ich habe nicht die Illusion, dass meine Mitarbeiter für ihre Aufgabe brennen." Er seufzte und wirkte nun etwas weniger genervt als zuvor.

„Nun gut. Wenigstens hatten Sie den Mumm, mir die Wahrheit zu sagen. Ich werde es mir überlegen. Kommen Sie morgen Früh noch einmal vorbei, dann sehen wir weiter."

Annabell verließ das Büro und stieß auf Beatrice. Diese bemühte sich nicht einmal, zu verbergen, dass sie das Gespräch belauscht hatte. Mitbekommen hatte sie offenbar trotzdem nichts.

„Wie konntest du nur?", zischte sie und ihre Augen funkelten böse.

„Ich habe nichts gesagt", beschwichtigte sie Annabell.

„Warum warst du dann da drinnen?“

„Um zu kündigen.“

„Du hast gekündigt?“ Beatrice wirkte überrascht und auch ein wenig erleichtert.

„Ja. Am liebsten würde ich gar nicht mehr wiederkommen, aber der Peters sieht das anders. Kann sein, dass er auf die Kündigungsfrist beharrt.“

„Warum das denn?“ Jetzt klang Beatrice genervt. „Dauernd heißt es, es müsse Personal gekürzt werden, und jetzt will er dich nicht gehen lassen? Verstehe ich nicht. Dem werde ich ein paar Takte erzählen.“

Schon verschwand sie, ohne zu klopfen, durch Herrn Peters Tür. Beatrice war es offensichtlich nur recht, dass Annabell ihrem Job den Rücken kehren wollte. So wäre ihr Geheimnis noch eine Weile sicher.

25

Vincent stand vor dem kleinen Fenster der Blockhütte, von dem man hinunter zum Wildbach blicken konnte, und starrte auf das Display seines Handys. Max' Nachricht machte ziemlich deutlich, dass Vincent sich nicht mehr länger verstecken konnte. Bald würde ihm bestimmt auch noch seine Mutter höchstpersönlich einen Besuch abstatten.

Tagelang war er nun schon hier in der Abgeschiedenheit der Hütte und er hatte es nicht einmal hinunter zum Fischwasser geschafft. Er schnürte seine Wanderschuhe und holte seine Ausrüstung aus dem Wagen. Er sog die Waldluft ein, den Duft nach Moos und feuchter Erde. Der Weg zum Bach fiel steil ab und große Wurzeln durchzogen den Boden. Das letzte Stück war felsig und er musste zwischen den Steinen hinunterklettern. Am Fluss angelangt, hockte er sich auf eine moosbewachsene Steinplatte, die aus dem Bachbett ragte, und schaute ins smaragdgrüne Wasser. Ahornbäume säumten den Flusslauf, vereinzelt trieben Blätter wie kleine Schiffchen auf dem Wasser. Vincent griff nach der Fliegenrute und schwang sie über den Bach. Seine Augen folgten der Schnur und dem Köder, der sich nun auf das Wasser setzte. Seine Wurftechnik war etwas eingerostet. Zu lange war er nicht mehr hier gewesen. Nicht, seitdem ihm sein Vater erzählt hatte, dass er sterben würde.

Vor seinem geistigen Auge spielte sich die Szene erneut ab.

„Ich habe Krebs", hörte er Leo sagen. Und dann sah er sein sechzehnjähriges Ich vor sich, als es auf seinen Vater losging, der Vincent in seine offenen Arme laufen ließ. „Nein, nein, NEIN!", rief er, während er verzweifelt mit seinen Fäusten auf Leos Rücken schlug. Dieser hielt ihn immer noch fest. Dann verloren sie das Gleichgewicht auf dem glitschigen Untergrund und landeten im Wasser. Sein Vater drückte ihn an sich, während er sich ausweinte. Dann brachen auch bei ihm die Dämme.

Vincent schüttelte die Erinnerungen ab. Er war so darauf versessen gewesen, das Andenken an seinen Vater wieder aufleben zu lassen und hatte dabei übersehen, wie sehr seine Familie unter seiner Abwesenheit litt. Alex verdiente es nicht, allein zum Sündenbock für die gescheiterte Beziehung gemacht zu werden. Er durfte sich nicht wundern, dass sie sich bei jemand anderem nach Zuwendung umgesehen hatte. Er war ja nicht für sie da gewesen. Die Eröffnung des Red Rabbits hatte seinen ganzen Einsatz erfordert, ihn ausgelaugt. Jetzt war es kurz davor, den Bach hinunter zu gehen.

Vincent hatte die Blockhütte aufgesucht, um Leo nahe zu sein. Doch er war kein Kind mehr und sein Vater konnte ihm von dort, wo er war, nicht mehr helfen. Es lag allein an ihm selbst, etwas zu tun. Vincent ging zurück und packte für die Heimfahrt aus seinem selbstgewählten Exil.

„Dass du dich auch wieder einmal blicken lässt. Ich
dachte schon, der Captain hätte das sinkende Schiff
verlassen", begrüßte Max seinen Freund, wenig bemüht um einen höflichen Ton. Vincent war über die
Hintertür in die Küche des Red Rabbits gekommen und
sah ihn mürrisch an.

„Soll das eine Meuterei sein? Schön, dass ihr euch alle
gegen mich verschworen habt," erwiderte er.

Warum meinten sie nur alle, sich ungefragt in Vincents Leben einmischen zu müssen? Er fühlte sich bevormundet. Sein guter Vorsatz, sich bei den anderen zu
entschuldigen, war dahin.

Max schnaubte. „Sag mal, geht's noch? Verschworen?
Wir haben hier alles zusammengehalten, weil du zu
feige warst, dich deinen Problemen zu stellen."

„Es hat euch keiner darum gebeten", rief Vincent.

Es war unverschämt, wie Max mit ihm redete. Jedem
anderen hätte er ordentlich die Meinung gegeigt.

Doch sein Freund schien nicht zu wissen, wann er
aufhören musste. „Dazu hat man Freunde und Familie
nun mal. Die helfen einem auch, obwohl man ein Arsch
ist und es eigentlich nicht verdient."

„Max!", fuhr Vincent ihn an. „Pass auf, was du sagst."

„Schon gut." Max warf beide Hände beschwichtigend
in die Luft. „Aber irgendjemand muss dir ja den Kopf
waschen, wenn du nicht merkst, was hier abgeht. Hast
du schon einmal auf dein Handy geschaut? Dann weißt
du ja, wie oft wir versucht hätten, dich zu erreichen.
Hier war echt die Kacke am Dampfen."

Max hatte recht, das wusste Vincent. Diese Einsicht reichte aber nicht dazu, seinen Ärger aufzulösen. Ja, es war unfair gewesen, sich einfach aus dem Staub zu machen. Es war ungerecht, jetzt die anderen zu beschuldigen, obwohl sie nur versucht hatten, zu helfen. Und doch waren sie zu weit gegangen.

„Und ihr habt nichts Besseres zu tun, als mir eine Frau zu schicken, die ich kaum kenne, damit sie in meinem Privatleben herumstochert?"

„Also, jetzt tust du Annabell unrecht!" Max strafte Vincent mit einem ungnädigen Blick. „Während du durch Abwesenheit geglänzt hast, hat sie sich hier den Arsch aufgerissen. Komm mal mit!"

Max ging zur Tür, die in den Gastraum führte, und hielt sie für Vincent auf, sodass er hinausschauen konnte.

„Siehst du das? Da sind Gäste. Gäste! Ich weiß, es könnten mehr sein, aber dass überhaupt welche hier sind, hast du ihr zu verdanken."

Vincent stutzte. Seine Mutter hatte ihn entdeckt und machte ihm durch eine Geste klar, dass sie gleich zu ihm kommen würde, wenn sie den Tisch bedient hatte. Er machte sich auf eine weitere Standpauke gefasst. Max war jedoch mit seiner Demonstration noch nicht fertig. Er nahm eine Speisekarte vom Stapel auf dem Servierwagen und holte eine Zeitung aus der Halterung an der Wand. Beides brachte er mit in die Küche und breitete es vor ihm auf dem Tisch aus.

„Das alles hat sie für das Red Rabbit erreicht in der kurzen Zeit, in der sie hier war."

Vincent überflog den Bericht und begann in der Speisekarte zu blättern. Da stieß seine Mutter zu ihnen.

„Vincent, Gott sei Dank bist du zur Vernunft gekommen. Die Finanzpolizei war hier. Du musst dich gleich mit denen in Verbindung setzen."

Die Ereignisse schienen sich wirklich überschlagen zu haben, als Vincent weg gewesen war.

„Worum geht es überhaupt?", fragte er etwas ruhiger.

„Sie werfen uns die Beschäftigung von Schwarzarbeitern vor, dabei hat Annabell nicht einen Cent für ihre Arbeit genommen."

„Na, spitze. Auch das noch. Wie kommt Annabell überhaupt dazu, hier zu arbeiten?"

„Das kannst du mir ankreiden, wenn du einen Sündenbock suchst", erklärte Elsa. „Ich habe mich nach einer Aushilfe umgeschaut, nachdem du einfach abgehauen bist. Ich helfe dir gerne, wo ich kann. Aber ich bin nicht gewillt, meine Kunden ewig zu vertrösten. Ich musste schon einige Übersetzungsaufträge verschieben. Irgendwann ist Schluss!"

Vincent fühlte sich gerügt, war sich seiner Schuld aber sehr wohl bewusst. Seine Mutter hatte recht, er hatte ihre Unterstützung als selbstverständlich angenommen.

„Annabell ist zu diesem Job gekommen wie die Jungfrau zum Kind", ergänzte Max. „Sie war eigentlich nur hier, um mit dir zu reden."

„Und dann hat sie mir den kompletten Laden umgekrempelt ..."

„Warum bist du nur so angepisst? Jetzt schau doch erst mal in die Karte. Das sind alles Leos Rezepte. Sie hat sein Kochbuch gefunden und sie für die Speisekarte neu aufbereitet."

Vincent zuckte bei der Erwähnung seines Vaters zusammen. Er schämte sich, dass er sein Erbe in den Schmutz zog. Er nahm die Karte wieder zur Hand und blätterte sie schweigend durch. Da waren die Fotos, die er mit seiner ersten Kamera gemacht hatte und eines, das seine liebste Erinnerung an seinen Vater festhielt.

„Bevor du wieder etwas zu beanstanden hast", fügte seine Mutter hinzu. „Ich habe Annabell darum gebeten, die Fotos in der Speisekarte aufzunehmen."

So langsam fühlte er sich wie der letzte Arsch. Er dachte an die Dinge, die er Annabell an den Kopf geknallt hatte. Es tat ihm leid, dass sie seinen Zorn abbekommen hatte. Dabei war er selbst es, auf den er wütend war.

Annabell löste etwas in ihm aus. Sie zog ihn an, aber er wurde nicht schlau aus ihr. Einmal küsste sie ihn, im nächsten Moment stieß sie ihn weg. Sie erzählte nichts von sich und stand dann plötzlich vor ihm, um seine Probleme vor ihm auszubreiten. Nach dem, was er jetzt über Annabell erfahren hatte, kam Vincent ein Gedanke. Vielleicht hatte sie das alles getan, weil ihr doch etwas an ihm lag?

Das Klingeln seines Handys unterbrach seine Überlegungen. Es war Alex. Am liebsten hätte er sie weggedrückt, doch er musste jede Chance nutzen, um zu verhindern, dass sie ihm Lukas wegnahm.

„Ja?"

„Lukas ist verschwunden." Alex klang aufgelöst.

„Er ist verschwunden?"

„Wir wollten gerade losfahren. Ich bin noch einmal zurück, weil ich etwas vergessen hatte. Und dann war er nicht mehr da!" Sie begann laut zu schluchzen. „Oh

mein Gott, Vincent. Was, wenn ihm was passiert? Es
wird bald dunkel ..."

„Beruhige dich. Ich bin gleich bei euch. Bestimmt ist
er noch nicht weit gekommen."

Vincent redete sich selbst gut zu mit diesen Worten.

Er legte auf und bat seine Mutter darum, im Red Rabbit die Stellung zu halten. „Bleib du da, falls er mich hier
sucht. Ich melde mich, sobald ich was weiß."

Sie nickte und er sah die Sorge in ihren Augen.

26

Nachdem sie ihre Katze versorgt, gegessen und sich frisch gemacht hatte, begab sich Annabell auf den Weg zu Vincents Wohnung. Es war schon fast halb neun, als sie in die Straßenbahn stieg. Bei ihrer Ankunft dämmerte es bereits. Einige Reihen vor ihr rutschte ein kleiner Junge mit einem Spiderman-Rucksack auf dem Rücken vom Sitz. Er drückte den Halteknopf. Da erst erkannte sie ihn. Lukas sprang hinaus und Annabell rannte ihm hinterher.

„Hallo, du hast aber einen tollen Rucksack", sagte sie bemüht fröhlich, als sie ihn eingeholt hatte.

Er schaute sie skeptisch an. Offenbar machte sie einen vertrauenswürdigen Eindruck, denn er ließ sich auf das Gespräch ein.

„Den hat mir mein Papa geschenkt."

„Wo ist denn dein Papa?"

„Er wohnt gleich da vorne." Er zeigte mit dem Finger auf einen unbestimmten Punkt in der Ferne.

„Kann ich dich ein Stück begleiten? Ich muss in die gleiche Richtung."

„Na gut."

Er trottete neben ihr auf dem Gehsteig her, der gesäumt war von Bäumen und parkenden Autos. Nach einer Weile wurde Lukas nervös. Er drehte sich in alle

Richtungen, dann machte sich Verzagen auf seinem Gesicht breit.

„Ich weiß nicht, wie es weitergeht.“

Annabell hockte sich zu ihm auf den Boden und drückte seine Schulter. „Mach dir keine Sorgen. Wir finden den Weg schon.“

Sie reichte ihm die Hand und spürte seine zarten Finger, die sich darum schlossen. „Wir schauen uns hier einfach um und du sagst, wenn dir irgendetwas bekannt vorkommt.“

Annabell versuchte, sich zu konzentrieren. Beim letzten Mal waren sie mit dem Wagen aus einer anderen Richtung gekommen. Doch das imposante Fabrikgebäude würde ihr sicher bald ins Auge stechen.

„Da!“ Lukas richtete den Finger auf den hohen Ziegelschornstein, der hinter einem Spielplatz in den Himmel ragte. „Da müssen wir lang. Dort wohnt mein Papa.“

Schließlich betraten sie den hübschen Innenhof vor Vincents Wohnung. Jetzt sauste Lukas über den gepflasterten Platz und klingelte an der Tür. Niemand öffnete. Er rannte um die Ecke und drückte seine Nase an den Scheiben des hohen Industriefensters platt.

„Er ist nicht da“, sagte er niedergeschlagen. Dann schmetterte er den Rucksack auf den Boden und setzte sich dazu.

Annabell hockte sich zu ihm.

„Sollen wir ihn anrufen? Wenn er weiß, dass du da bist, kommt er bestimmt gleich heim.“

„Mmmh“, Lukas nickte und kramte ein altes Klapphandy aus dem Rucksack. Gespannt sah Annabell ihm zu, als er Vincent anrief. Lukas hatte sich wieder gefasst und wirkte wie ein kleiner Erwachsener, als er ein Loch in die Luft starrte, während er darauf wartete, dass sein Vater abhob.

„Papa? Wo bist du?"

Vincent sprach, der Kleine hörte zu.

„Ich bin bei deiner Wohnung. Kannst du kommen?"

Vincent schien ihm etwas zu erklären, Lukas nickte und sagte schließlich: „Ich bin nicht allein. Eine Frau ist bei mir. Aber beeil dich trotzdem."

Dann legte Lukas auf.

„Er sagt, dass er in zwanzig Minuten da ist. Er ist schon im Auto. Wartest du solange mit mir?"

„Das mache ich gerne. Komm, wir setzen uns dahin."

Annabell stand auf und bot ihm ihre Hand an. Lukas zog sich daran hoch. Sie ließen sich auf den Klappstühlen nieder und vertrieben sich die Zeit mit einem Ratespiel.

„Ich sehe was, was du nicht siehst, und das ist … rot"

„Die Gießkanne?"

„Nein."

„Das Fahrrad?"

„Nein. Schau nach oben!"

Lukas grinste breit.

„Bäh, da ist eine rote Unterhose." Sie baumelte an einer Wäscheleine, die auf der Feuerleiter befestigt war. Er machte ein angewidertes Gesicht und lachte sich anschließend kaputt. Lukas fand Gefallen an dem Spiel, doch bald wurde es zu dunkel dafür. Der Junge kramte in seinem Rucksack und beförderte eine Taschenlampe heraus.

„Jetzt können wir weiterspielen", freute er sich.

„Ich glaube nicht ...“ Annabell sah zwei Gestalten durch den Torbogen auf sie zukommen. Sie kniff die Augen zusammen.

„Ich sehe was, was du nicht siehst, und das ... „ Dann lächelte sie Lukas an, der mit dem Rücken zum Tor saß. „Ich sehe jemanden, der sich furchtbar freut, dich zu sehen.“

Lukas wirbelte herum und sprang vom Stuhl, sodass dieser umkippte. Er rannte auf seine Eltern zu, die nun schon ein gutes Stück nähergekommen waren, und warf sich ihnen in die Arme. Sie wirkten wie eine Einheit. Ihre Körper verschwammen im schummrigen Licht, das aus einem Fenster fiel, zu einem großen Schatten. Annabell kam sich fehl am Platz vor und wäre am liebsten unbemerkt in der Dunkelheit abgetaucht.

„Lukas, wir haben uns solche Sorgen gemacht“, sagte Alex.

„Braucht ihr nicht. Annabell hat auf mich aufgepasst.“

Er zog seine Mutter an den Händen zu Annabells Sitzplatz. Sie fühlte sich ertappt wie ein kleines Kind. Sie war unsicher, was sie mit der Taschenlampe in ihren Händen tun sollte, und legte sie neben sich auf das Eichenfass, das als Tisch für die Sitzgruppe diente. Der Lichtkegel erhellte den Hof. Annabell begegnete nun auch Alex’ argwöhnischem Blick.

„Was machen Sie denn hier? Haben Sie ihm etwa den Floh ins Ohr gesetzt?“

Annabell fiel aus allen Wolken.

„Ich?“

Sie sah hilfesuchend zu Vincent, der seinem Sohn nachgekommen war, doch dieser war nicht minder überrascht, sie zu sehen.

„Ich bin weggelaufen, weil ich hier nicht wegziehen will", protestierte Lukas. „Ich kenne dort, wo wir hingehen, überhaupt niemanden", fügte er hinzu und zu seiner Wut mischten sich Tränen. „Niemanden außer dich und Klaus. Und der hat auch nie Zeit, um mit mir zu spielen. Außerdem bin ich dann so weit von Papa weg und kann ihn nicht immer besuchen, wenn ich will."

Die Eltern sahen sich schweigend an. Vincent hob ihn auf den Arm und Alex streichelte ihm über den Rücken.

„Wir können verstehen, dass du traurig bist", sagte Vincent schließlich. „Ich glaube, Mama und ich sollten nochmal darüber reden. Vielleicht fällt uns noch eine bessere Lösung ein."

„Ja!", stimmte Lukas mit tränenerstickter Stimme zu.

Vincent flüsterte Alex etwas ins Ohr, während sich Lukas in die Kuhle zwischen Vincents Hals und Schulter schmiegte und laut schniefte. Alex warf einen skeptischen Blick auf Annabell, wandte sich dann wieder Vincent zu und nickte. Sie übernahm Lukas und ging mit ihm außer Hörweite, während Vincent zu Annabell trat.

„Hallo", sagte sie schwach. Sie konnte seinen Gesichtsausdruck nicht interpretieren und rang um eine Erklärung. „Vincent, ich hab mit Lukas' Verschwinden wirklich nichts zu tun, das musst du mir glauben. Ich habe ihn in der Straßenbahn aufgegabelt."

„Du musst mir nichts erklären."

Es war ihr nicht möglich, seine Stimmung zu deuten.

„Alex und ich wollen besprechen, was wir jetzt machen. Lukas soll davon nichts mitbekommen. Wir möchten uns kurz in ein Café am Ende der Straße setzen. Kannst du solange auf ihn aufpassen oder soll ich meine Mutter bitten zu kommen?"

„Nein. Ich meine, das mache ich gerne."

„Geht solange in die Wohnung. Ich denke, in einer Stunde sind wir wieder zurück."

Alex schien ihrem Sohn in der Zwischenzeit erklärt zu haben, was sie vorhatten, denn der Kleine nahm bereitwillig Annabells Hand. Nachdem er sich von seinen Eltern verabschiedet hatte, ging er mit ihr in Vincents Wohnung.

Als Annabell ihm dabei half, den Reißverschluss seiner Jacke aufzumachen, begann sein Magen zu grummeln. Er klatschte seine beiden Hände auf den Bauch. Da meldete sich auch bei Annabell lautstark der Hunger. Sie kicherten.

„Unsere Bäuche haben sich ja viel zu erzählen." Annabell lachte. „Soll ich uns was zu essen machen?"

Lukas nickte heftig, rannte zum Kühlschrank und riss an der Tür.

„Er geht nicht auf!"

Sie half ihm und dann steckten sie beide die Köpfe hinein, um zu sehen, worauf sie Lust hätten. Zu ihrer Freude stellte Annabell fest, dass er diesmal gut gefüllt war. In der Vorratskammer fand sie Toastbrot. Sie setzte Lukas neben sich auf die Arbeitsfläche und er naschte ein wenig, während sie ihnen Sandwiches machte.

„Woher weißt du, wo mein Papa wohnt?", fragte er interessiert.

Annabell hätte ihm beinahe vom Umzug erzählt, da fiel ihr ein, dass der gleichbedeutend mit Vincents Auszug aus dem Haus der Familie sein musste. Das vermutete sie zumindest. Jedenfalls wollte sie es sich nicht gleich mit Lukas verscherzen.

„Ach, ich war schon einmal kurz hier. Aber weißt du, was ich doof finde? Hier gibt es gar nichts zum Spielen. Was machen wir denn da?", lenkte sie seine Aufmerksamkeit in eine andere Richtung.

Lukas grinste breit und holte seinen Rucksack.

„Damit können wir spielen!" Er packte zwei Superhelden-Figuren aus. „Ich bin Spiderman und du kannst Batman sein. Batman ist eigentlich kein richtiger Superheld, weil er hat keine besonderen Kräfte, aber er kämpft trotzdem für das Gute."

„Das ist ganz schön mutig."

„Spiderman finde ich trotzdem besser. Und er hat einen viel schöneren Anzug. Kennst du meinen Papa schon lange?"

Annabells Ablenkungsmanöver hatte versagt.

„Noch nicht so lange, aber ich finde ihn sehr nett."

Lukas fing erst an zu glucksen und grinste sie dann herausfordernd an.

„Hast du meinen Papa lieb?" Dabei überschlug sich seine Stimme vor Vergnügen. Annabell überlegte. Es gab keinen Grund dafür, Lukas anzulügen.

„Ja, hab ich."

„Er dich auch?"

„Ich weiß nicht genau. Ich glaube, er ist sauer auf mich", erwiderte sie ehrlich.

Lukas überlegte. „Warst du böse?"

„Ich habe es gut gemeint, aber etwas Dummes getan und jetzt hat dein Papa eine Menge Schwierigkeiten."

„Mit meiner Mama?"

„Ja, auch."

„Ich mag es nicht, wenn sie sich streiten."

Lukas hatte eine Schnur um Spidermans ausgestreckten Arm gebunden und knotete das andere Ende an Annabells Unterarm fest. Er schob ihren Arm in die Höhe und ließ daran den Superhelden durch die Luft schwingen. Batman wartete auf dem Küchentisch auf seinen Einsatz.

„Das kann ich verstehen." Annabell dachte an ihre eigene Kindheit und wie sehr sie die alltäglichen Dramen geprägt hatten. Dann hörte sie, wie sich draußen Schritte näherten. Sie senkte ihren Arm, der schon zu ziehen begann, und verursachte dadurch Spidermans Absturz.

„Und außerdem weiß ich, dass Mama Papa immer noch liebhat."

Elsa hatte das Red Rabbit gerade zugesperrt, da klopfte es an der Scheibe. Ein Schwall kühler Luft blies ihr ins Gesicht, als sie die Tür öffnete, und ließ sie blinzeln. Vor ihr stand Nicolas von Odenthal und wartete darauf, dass sie ihn hereinbat. Sie trat einen Schritt zurück und hielt ihm die Tür auf. Jetzt standen sie im Windfang und sahen sich einen Augenblick schweigend an.

„Ich wollte gerade schließen."

„Elsa, ich muss mit dir sprechen."

„Das ist ein ungünstiger Zeitpunkt. Wir haben einen familiären Notfall."

Vincent hatte bereits Entwarnung gegeben. Lukas war in Sicherheit, aber sie war nicht in der besten Verfassung, um diesen Gast zu empfangen.

„Gib mir eine Minute."

„Nick, wir haben uns Jahre nicht gesehen. Nicht einmal bei Leos Beerdigung hast du dich blicken lassen. Und jetzt kommst du und verlangst, dass ich alles stehen und liegen lasse."

„Es ist wichtig."

„Es muss warten."

„Dann komme ich wieder."

Elsa sagte nichts. Sie wartete nur darauf, dass er das Lokal verließ und drehte das Türschild um. *Geschlossen.*

27

Annabell streckte sich nach ihrer Jacke, die an der Garderobe hing. Da fühlte sie Vincents Hand auf ihrer Schulter.

„Geh nicht", sagte er sanft und kam einen Schritt auf sie zu, bis sie seinen Atem im Nacken fühlen konnte. Diese Nähe war kaum auszuhalten. Sie senkte den Blick zum Boden und ihr war abwechselnd heiß und kalt. Alles in ihr verzehrte sich danach, seine Lippen auf ihrer Haut zu spüren. Er roch unverschämt gut, was es ihr schwermachte, sich wieder zu sammeln. Alex war soeben mit Lukas nach Hause gefahren, jetzt waren Annabell und Vincent alleine in der Wohnung. Sie wollte sich mit ihm aussprechen, aber im Moment war sie müde und aufgewühlt.

„Es war ein langer Tag." Sie schlüpfte an ihm vorbei und ging schnell in Richtung Tür. Er holte sie ein und versperrte ihr den Weg. Annabell drehte sich um und suchte nach einer Möglichkeit, ihm auszuweichen.

„Bitte, Annabell, bleib! Ich war ein Idiot, das weiß ich jetzt."

Sie legte die Jacke über ihren Arm und versuchte, etwas Abstand zu gewinnen. „Ich bin ja gekommen um mit dir zu reden, aber jetzt ist es spät."

Annabell sah Verzweiflung in seinem Gesicht aufblitzen.

232

„Gut, ich bleibe noch ein wenig“, versuchte sie die Situation zu retten, selbst unsicher darüber, wo sie jetzt standen. Hatte er noch Gefühle für Alex?

„Wollen wir uns setzen?“

Sie folgte ihm schweigend in die Küche und nahm am Tisch Platz. Vincent streifte seinen Sweater, unter dem er ein T-Shirt trug, über den Kopf. Sie riskierte einen verstohlenen Blick und ärgerte sich darüber, wie leicht es doch für ihn war, sie aus der Fassung zu bringen. Jetzt setzte sich auch Vincent und fuhr sich dabei durch seine dunklen Haare, um sie zu bändigen.

Dann ergriff er ihre Hand und ein elektrisierender Funke sprang über. Sie unterdrückte den Reflex, sie wegzuziehen.

„Ich bin so schlecht in solchen Dingen.“ Er zog den Kopf ein und suchte nach den richtigen Worten. Doch Annabell konnte sich im Moment auf nichts anderes konzentrieren, als auf Vincents Daumen, der sanft ihre Hand massierte.

„Hör zu, es tut mir leid! Ich wollte dich nicht verletzen mit den Dingen, die ich gesagt habe.“

„Die Wahrheit tut manchmal weh.“

„Vergiss, was ich gesagt habe! Ich war nicht ich selbst.“

„Vincent, ich weiß, dass ich zu weit gegangen bin. Deswegen bin ich hier: Um mich dafür zu entschuldigen. Ich kann dir versichern, es kommt nicht wieder vor.“ Sie raffte ihre Sachen zusammen und erhob sich vom Stuhl.

„Annabell, warte bitte!“ Seine Stimme klang rau, gebrochen. „Danke, dass du dich um Lukas gekümmert hast, damit ich mit Alex reden konnte.“

Sie ließ die Tasche auf den Boden sinken.

„Willst du erzählen, wie es gelaufen ist?"

Annabell brauchte Gewissheit, ob sie Lukas' Aussage Glauben schenken konnte. Sie sehnte sich nach Vincent, wollte aber nicht seine Familie auseinanderreißen. Sie hatte selbst am eigenen Leib gespürt, was diese Erfahrung mit einem machte.

Vincent sah verlegen aus. „Nicht heute", wich er ihr aus.

Annabell versuchte, sich ihre Enttäuschung nicht anmerken zu lassen. „Gut."

„Bleibst du noch auf ein Glas Wein?"

„Ich muss die Straßenbahn erwischen."

„Ich kann dich fahren."

„Nein, mach dir keine Umstände."

„Jetzt komm!" Vincent schnappte sich die Schlüssel vom Tisch. „Annabell, ich fahr dich jetzt heim."

Im Radio lief Katy Perry, aber diesmal war keiner von ihnen zum Singen aufgelegt. Es war eine seltsame Spannung zu spüren, und immer, wenn einer von beiden ein Gespräch anfangen wollte, stockte es schon nach wenigen Sätzen.

„Bei der nächsten Ampel rechts abbiegen."

„Aber deine Wohnung liegt doch in diese Richtung."

„Ich bin umgezogen."

„Warum das?"

„Da vorne musst du die Zweite links nehmen. Dann sind wir schon da."

Annabell hüpfte aus dem Lieferbus, kaum dass sie da waren.

„Danke fürs Bringen."

Sie sprintete zu ihrer Wohnung hinauf und zog die Tür hinter sich zu. Nachdem sie Peppers begrüßt hatte, holte sie eine Tafel Schokolade aus dem Kühlschrank und riss die Verpackung auf. Da klingelte es an der Tür.

„Du hast deine Tasche vergessen."

„Danke", sagte Annabell verlegen und griff danach.

Doch Vincent hielt die Tasche an den Trageriemen fest und wollte sie ihr nicht so einfach überlassen.

Sein Blick sagte all das, was sie bisher nicht gewagt hatten, auszusprechen. Mit einem Schritt war er in der Wohnung, mit einem zweiten war er Annabell näher als je zuvor. Die Tür fiel hinter ihnen zu. Sie waren von Dunkelheit umgeben, nur ein schwacher Lichtschein drang aus dem Appartement in den Vorraum, gerade hell genug, um Vincents Konturen hervorzuheben. Sie stieß mit dem Rücken an die Wand. Er stützte sich mit der rechten Hand neben ihrem Kopf ab, mit der anderen hob er sanft ihr Kinn und ließ sie dann in ihren Nacken gleiten, um sie noch näher an sich heranzuziehen. Als er sie schließlich küsste, durchfuhr es Annabell wie ein Blitz, der sich mit voller Wucht entlädt. Scheu ließ sie ihre Hand unter sein T-Shirt wandern und ihre Finger über seinen warmen Oberkörper. Nun fühlte sie auch seine Berührung unter ihrem Shirt, zärtlich erkundete er ihre Rundungen, während er seinen Kopf noch weiter sinken ließ und ihren Hals mit heißen Küssen bedeckte. Sie vergrub die Finger in seinen Haaren, atmete seinen frischen Duft ein. Aus der Sehnsucht, die sie schon so lange nach ihm gehabt hatte, wurde Verlangen. Ein Feuer, das von jedem Kuss geschürt wurde. Doch als er ihr Bein um seine Hüften legte und seinen Körper an den ihren presste, sammelte sie den letzten

Rest ihres Verstandes und rückte von ihm ab. „Warte! Ich kann das nicht!" Annabell knipste das Licht an.

Vincent unterbrach seine Liebkosungen, hielt sie jedoch weiter im Arm, als könne er es nicht ertragen, sie loszulassen. „Warum nicht?", fragte er mit rauer Stimme.

„Sie liebt dich noch", flüsterte Annabell.

Vincent ließ augenblicklich von ihr ab. „Wie bitte?"

„Alex liebt dich noch. Lukas hat es mir erzählt."

28

Ein paar Tage später stocherte Annabell in ihrem Müsli und streichelte Peppers, die zufrieden auf ihrem Schoß schnurrte. Sie war endgültig aus ihrem Luftschloss auf den Boden der Tatsachen geknallt. Jetzt stand sie wieder vor dem Nichts. Sie hatte ihren Job geschmissen und Vincent ziehen lassen. Man hatte ihm angesehen, wie er mit sich gerungen hatte. Erst hatte er sie ungläubig angesehen, dann hatte er sich in einer fahrigen Bewegung die Haare gerauft und gesagt: „Ich kläre das!"

An der Tür hatte er sich noch einmal zu ihr umgedreht. Das Bedauern in seinem Blick hatte Annabell die Kehle zugeschnürt. Als er fort war, hatte sie die Hände vor die Augen geschlagen und tief geatmet, um sich vom Weinen abzuhalten.

Beim Gedanken daran wurde ihr wieder ganz komisch. Sie musste sich dringend ablenken und beschloss, ihren Freunden auf dem Flohmarkt einen Besuch abzustatten. Bevor sie aufbrach, wollte sie sich zunächst noch um ihre Post kümmern, die schon viel zu lange unbeachtet auf ihrem Tisch lag. Sie nahm das dicke, beige Kuvert in die Hand und schimpfte leise mit sich selbst, als sie den Absender sah. Es war Nicolas von Odenthal. Einige Missverständnisse wären wohl gar nicht erst aufgekommen, wenn sie sich daran gewöhnen könnte, ihrer Post mehr Aufmerksamkeit zu schenken. Sie leerte den Inhalt des Umschlages auf den Küchentisch. Neben dem Exemplar der Zeitung, in der über das Red Rabbit berichtet wurde, kam ein handgeschriebener Brief zum Vorschein.

Liebe Annabell,

ich hoffe, Sie sind mir nicht böse, aber ich musste Ihre Geschichte erzählen. Ich bin nun einmal gelernter Journalist und dazu noch einer mit einem Hang zur Nostalgie. Der Besuch im Red Rabbit hat mich an die guten alten Zeiten des Restaurants erinnert. Ihre frischen Ideen und Ihre Gastfreundschaft haben wieder etwas von einem Gefühl zurückgebracht, das ich in den letzten Jahren vermisst habe. Ihre Gerichte waren eine Offenbarung für mich. Aus diesem Grund bedauere ich es sehr, dass Sie beschlossen haben, diesen Weg nicht weiterzuverfolgen, hoffe aber, dass es für das Red Rabbit erfolgreich weitergeht.

Es grüßt Sie freundlich

Nicolas von Odenthal

Annabell seufzte. Das Red Rabbit ließ sie einfach nicht los. Doch für sie war es jetzt Vergangenheit. Sie brach auf in eine ungewisse Zukunft, aber zuvor würde sie noch einen bekannten Umweg nehmen.

Annabell stand vor den Toren des Flohmarkts, als ihr Handy klingelte. Sie wühlte es aus ihrer Tasche und hob ab.

„Wo bist du? Können wir uns treffen?“, fragte Max ohne Umschweife.

„Musst du nicht arbeiten?“

„Ich brauche eine Pause. Soll sich doch Vincent in die Küche stellen. Wenn er meint, er kann tagelang ohne ein Lebenszeichen abhauen, muss er jetzt auch mal ohne mich klarkommen. Er war darüber nicht begeistert, aber damit kann ich leben.“

Annabell erklärte ihm, wo sie war, und setzte sich auf einen Treppenabsatz, um auf ihn zu warten. Wenig später schlenderten sie gemeinsam durch die Standreihen.

„Wie geht es dir?“, fragte Max.

„Es ging mir schon besser.“

Er rollte mit den Augen. „Dich muss man ausquetschen wie eine Zitrone. Ich finde es echt schade, dass du weg bist.“

„Ihr fehlt mir auch“, gab Annabell zu.

„Es ist eine Verschwendung, dass du bei dieser Versicherung versauerst.“

Max sah sich halbherzig bei einem der Stände um, griff nach einem Hut, drehte ihn in den Händen und legte ihn wieder hin.

„Ich arbeite dort nicht mehr. Hab den Job hingeschmissen.“

Max riss erstaunt die Augen auf. „Was machst du dann?“

„Ich weiß es noch nicht.“

Seit einigen Tagen schwirrte eine Idee in Annabells Kopf. Nachdem sie am Morgen Nicolas’ Brief gelesen hatte, wusste sie, dass sie damit etwas anfangen musste. Aber war sie schon reif, um sie mit jemandem zu teilen? Sie beschloss, Max zu vertrauen.

„Um ehrlich zu sein, gibt es da etwas, was ich unheimlich gerne tun würde. Ich weiß nur noch nicht wie."

Max sah sie erwartungsvoll an.

„Die Vision, die ich für das Red Rabbit hatte ..." Annabell hielt inne. „Ich will sie nicht aufgeben. Ich will, dass sich die Menschen an einen Tisch setzen und sich miteinander verbunden fühlen. Aber dieser Tisch muss nicht unbedingt im Red Rabbit stehen."

„Wie meinst du das?"

„Ich würde gerne Dinnerabende veranstalten, die meiner Idee folgen. Ich könnte mir vorstellen, für meine Gäste in ihrem Zuhause zu kochen. Vielleicht finde ich auch noch eine andere Location. Ich würde sie ja zu mir einladen, aber du weißt ja, wie verloren man sich in diesen endlosen Hallen fühlen kann." Sie lachten beide.

„Das klingt echt stark, Annabell. Zieh's durch! Wenn nicht, komm ich höchstpersönlich vorbei und bin dir mit einem nett gemeinten Arschtritt behilflich."

„Vielen Dank auch. Ich weiß aber nicht, ob ich damit meinen Lebensunterhalt verdienen kann."

„Du könntest daneben auch Kochkurse geben. Eine von meinen Ex-Freundinnen arbeitet bei einer Eventagentur. Ich könnte dich ihr empfehlen."

„Danke", sagte Annabell erfreut.

Sie hatten sich Maries Stand genähert und die junge Frau kam hinter dem Tisch hervor, um Annabell zu umarmen.

„Hey Mädel, wo hast du nur gesteckt? Wir haben dich vermisst. Warte mal, ich habe was für dich."

Sie holte eine Spieluhr aus Holz hervor, die mit kunstvollen Schnitzereien verziert war, und zog sie auf.

Annabell schüttelte den Kopf. „Bemüh dich nicht, Marie. Ich kaufe heute nichts. Ich bin nur hier, um euch zu sehen."

Vorbei war die Zeit, in der sie versucht hatte, die Leere in ihrem Herzen mit schönen Erinnerungen zu füllen, die nicht die ihren waren. Sie würde nicht mehr dorthin zurückkehren.

Marie drückte Annabells Hand, die noch immer um ihren Arm lag.

„Schön, dass du dich wieder einmal sehen lässt. Wir haben uns schon Sorgen gemacht", rief ihr Lotti zu und die dicke Berta nickte.

Annabell war gerührt darüber, wie viel ihren Freunden vom Flohmarkt an ihr zu liegen schien. „Ich freue mich auch, euch zu sehen." Ihr Blick fiel auf Lottis Bilder und sie erinnerte sich an ihre letzte Begegnung. Das war die Idee! Warum war sie darauf nicht früher gekommen? Nicolas' eindrucksvolles Domizil gäbe die perfekte Kulisse für ihre Dinnerabende ab. Lotti hatte erwähnt, dass er viel unterwegs war, um Exponate für seine Ausstellungen aufzutreiben. Der Gedanke an seinen Brief machte Annabell zuversichtlich, dass er ihre Geschäftsidee unterstützen und ihr die Kirche in seiner Abwesenheit überlassen würde.

Annabell drehte sich zu Max, um ihm von ihrem Geistesblitz zu erzählen, aber der war in ein Gespräch mit Marie vertieft.

Sie nutzte die Zeit, um mit Bert und Fred ein paar Worte zu wechseln. Max verabschiedete sich mit einer

Verbeugung von Marie und hakte sich bei Annabell ein.

„Wie geht es Vincent?", platzte sie heraus.

Dahin war ihr Vorsatz, diese Frage nicht zu stellen.

„Bescheiden. Die Bank macht immer mehr Druck. Irgendwo hat er noch etwas Geld zusammengekratzt, aber es wird nicht lange reichen."

Annabell hörte das nicht gerne, wollte aber noch mehr wissen. Wie stand es zwischen ihm und Alex? Max schien ihre Gedanken zu lesen.

„Ich glaube, du fehlst ihm."

„Wie kommst du darauf?"

„Weil er dumm wäre, wenn es nicht so wäre." Er zuckte mit den Achseln. „Was ich mitbekommen habe, ist, dass Alex in der Stadt geblieben ist. Anscheinend ist sie doch zur Vernunft gekommen. Sie hat Lukas schon einige Male im Red Rabbit vorbeigebracht."

Da hatte Annabell ihre Antwort. Die beiden gaben ihrer Liebe wohl noch eine zweite Chance. Wie gut, dass Annabell nun etwas hatte, das ihr Herz erfüllte. Vielleicht konnte sie die Traurigkeit daraus vertreiben, wenn sie sich in ihr neues Projekt vertiefte. Sie lenkte das Gespräch auf ein anderes Thema.

„Was tut sich bei dir?"

„Nichts. Das ist mein erster Ausgang seit Tagen. Ich fühle mich im Red Rabbit schon wie ein Insasse in Einzelhaft."

„So schlimm? Kommen denn keine Gäste?"

„Doch schon, aber da ist niemand, mit dem ich quatschen kann. Vincent ist ziemlich wortkarg im Moment." Max kickte einen Stein zur Seite. „Aber jetzt lass uns über etwas anderes reden. Hast du eigentlich gewusst, dass deine Freundin Marie Maklerin ist? Meinst du nicht, sie hätte vielleicht eine Wohnung für dich, die etwas schicker ist, als das Loch, in dem du wohnst?"

„Ich muss doch sehr bitten. Erkennst du nicht den minimalistischen Charme? Noch nie etwas von Purismus gehört?"

Die Wahrheit war, Annabell konnte sich im Moment nichts Besseres leisten. Sie ärgerte sich bereits darüber, ihrer Altbauwohnung so unüberlegt den Rücken gekehrt zu haben.

Max lachte und stieß ihr freundschaftlich in die Rippen. „Ja, klar!"

„Nein, im Ernst, danke für den Tipp."

Da kannte Annabell Marie nun schon seit Jahren und hatte nie gefragt, was sie beruflich machte. Man konnte es mit der Zurückhaltung auch übertreiben, dachte sie. Ihr wurde plötzlich klar, dass ihr Verhalten bei den anderen als Desinteresse rüberkommen musste, dabei wollte sie sich nur nicht einmischen. Ihr war schleierhaft, warum sie in dem Punkt ausgerechnet bei Vincent ins andere Extrem umschlagen hatte können. Er brachte neue Seiten in ihr zum Vorschein. Oder war sie selbst es, die sich veränderte?

An der Haltestelle verabschiedeten Max und Annabell sich voneinander und versprachen, sich gegenseitig auf dem Laufenden zu halten.

Während sie auf die Straßenbahn wartete, begann sie an einem Konzept für die Dinnerabende zu arbeiten. Auf eine Seite ihres Notizbuches schrieb sie *Location*. Der erste Punkt der Liste lautete *Kirche vom heiligen Nicolas*. Sie lächelte zufrieden. Das Spiel mit ihren

Ideen gefiel ihr. Es ließ sie den ernsten Hintergrund für eine Weile vergessen und die Einfälle wie von selbst aus dem Füller fließen.

Als Nächstes notierte sie: *Leer stehende Immobilien? Marie fragen.* Annabell wollte sich gar nicht nach einer neuen Wohnung umsehen, aber sie fand die Vorstellung spannend, ihre Abendessen in einem Haus zu veranstalten, in dem niemand lebte.

Annabell schlug eine neue Seite auf und schrieb *Zielgruppe* darauf. Im Kopf ging sie die Menschen durch, die sie kannte und überlegte, wo ihr Essen in deren Leben ein verbindendes Glied oder eine Bereicherung darstellen konnte. Zuerst kam ihr Natalie in den Sinn. Der erste Punkt auf dieser Liste war *(Studenten-)WGs.* Dazu passte Max' Vorschlag mit den Kochkursen, die sie in ein lustiges, abendfüllendes Event verwandeln konnte. Dann dachte sie an Natalies Klienten in der mobilen Pflege. Diese Menschen hatten es oft nicht mehr leicht, ihre Lieben an einem Tisch zu versammeln. Vielleicht konnte Annabell ihnen bei der Familienzusammenführung helfen, indem sie sich um einen geschmackvollen Rahmen kümmerte. So wuchs die Liste und als sie aus der Straßenbahn stieg, hatte sie etliche Seiten gefüllt. Zu Hause angekommen wandte sie sich dem ersten Punkt darauf zu. Sie suchte in ihrem Handy nach Nicolas' Nachricht, in der er ihr das Foto mit Alfred geschickt hatte, und wählte seine Nummer.

29

Annabell stellte die Teller warm und knotete ihre Schürze auf. Dann reichte sie Nicolas einen Aperitif.

„Er müsste gleich kommen", sagte sie und schaute zur Tür.

„Ich habe es nicht eilig. Setzen wir uns."

Nicolas bot ihr einen Platz an der langen Tafel an und schob den Stuhl für sie zurecht. Annabells Vorschlag hatte bei ihm Anklang gefunden, doch auf ein Probeessen wollte er aus rein egoistischen Gründen, wie er sagte, nicht verzichten. Sie hatten sich gleich für den Montagabend verabredet und Annabell hatte auch Max dazu eingeladen. Er war in ihre Ideen eingeweiht und seine Meinung war ihr wichtig. Doch er verspätete sich. Vermutlich hatte er länger im Red Rabbit zu tun.

„Wenn er in fünf Minuten nicht da ist, fangen wir ohne ihn an", entschied Annabell. Da hörte sie die Glocken läuten. Nicolas ging zur Tür, um den Gast hereinzulassen und sie selbst in die Küche, um die Vorspeise anzurichten. Die Töpfe schepperten und sie bekleckerte die Teller. Bevor sie richtige Gäste bewirten konnte, musste sie wohl noch ein bisschen üben. Nicolas' offene Küche bot ihrem Chaos kein Versteck. Sie war so vertieft, dass sie gar nicht dazu kam, Max zu begrüßen. Sie schnappte sich die drei Vorspeisenteller und balancierte sie zur Tafel.

Beinahe wäre sie über ihre eigenen Füße gestolpert, denn es war nicht Max, der sich auf dem Platz neben Nicolas niedergelassen hatte. Irgendwie schaffte sie es, dass keines der kleinen Schälchen, in denen sie das Saibling-Tartar angerichtet hatte, von den Tellern rutschte. Sie setzte sich zu den beiden Männern und begrüßte Vincent mit einem verlegenen „Hallo" Noch vor wenigen Tagen waren sie sich noch so nahe gewesen. Jetzt spürte sie die Distanz zwischen ihnen, obwohl sie gerade einmal zwei Armlängen voneinander trennten. Vincent saß ihr gegenüber und brachte kein Wort heraus.

„Lasst uns anfangen", schlug Annabell vor und nickte Nicolas verlegen zu. Der bemühte sich ein Gespräch in Gang zu bringen, doch am Ende gab er den Alleinunterhalter.

„Also, Max, erzählen sie mir doch etwas über sich. Wie sind Sie denn zum Kochen gekommen?"

„Das ist nicht Max", antworte Annabell schnell. „Das ist Vincent, der Inhaber vom Red Rabbit."

„Ich verstehe", sagte Nicolas, sah aber nicht danach aus.

Vincent versuchte, Licht in die Sache zu bringen.

„Max hat mich geschickt. Er sagte, es wäre ein Food Event, das ich mir ansehen solle, weil es fürs Red Rabbit interessant wäre."

Max also. Das hatte er geschickt eingefädelt.

Nicolas sah zwischen Annabell und Vincent hin und her und schien zu ahnen, was zwischen ihnen vorging. Jedenfalls verabschiedete er sich nach der Vorspeise und gab vor, noch ein Telefonat mit New York führen zu müssen. Annabell hätte ihn am liebsten davon abgehalten zu gehen. Das Schweigen zwischen ihr und Vincent erdrückte sie. Sie servierte den Hauptgang.

„Das schmeckt sehr gut." Vincent lächelte sie bemüht freundlich an, verstummte aber gleich darauf wieder. Annabell bedankte sich und suchte verkrampft nach einem unverfänglichen Thema, über das sie sich unterhalten konnten. Ihr wollte nichts einfallen.

„Willst du noch zum Dessert bleiben?" Mit dieser Frage bot sie ihm ein Schlupfloch, um der unangenehmen Situation zu entkommen.

„Ja."

Annabell war überrascht über seine Antwort und floh in die Küche. Vincent nahm sich sein Glas und folgte ihr. Er holte Besteck aus der Schublade, legte ihr einen Löffel hin und stellte sich ihr gegenüber an die Kochinsel. Auf einmal fühlte sich die Situation nicht mehr so fremd an, die Entfernung zwischen ihnen war geschrumpft. Vincent löffelte die Mousse au Chocolat aus der Rührschüssel und reichte sie nach einer Weile an Annabell weiter. Dann widmete er sich dem Waldbeer-Crumble. Allmählich wurde die Stimmung zwischen ihnen entspannter.

„Mir gefällt, was du hier machst", sagte Vincent schließlich und legte den Löffel neben sich. „Und mir gefällt, was du aus dem Red Rabbit gemacht hast."

Annabell fühlte sich erleichtert, dass das Schweigen endlich gebrochen war. „Wie läuft es denn?"

„Die Leute kommen, aber der große Ansturm flaut allmählich ab. Immerhin haben wir durch deine Ideen ein paar neue Stammgäste dazu bekommen."

„Darauf könnt ihr sicher aufbauen."

„Ich hoffe es. Aber es kann sein, dass wir trotzdem schließen müssen.“

„Nein“, entfuhr es Annabell. Sie bedauerte, dass es so schlecht um das Red Rabbit stand. „Könnt ihr denn gar nichts dagegen tun?“

Vincent stellte das Geschirr zur Seite.

„Bestimmt wäre es möglich, es zu retten. Aber ich bin erschöpft. Ich weiß einfach nicht, ob ich das durchstehe.“

Er schüttelte den Kopf.

„Vergiss, was ich gesagt habe. Ich will dir nicht die Ohren volljammern.“

Er schnappte sich die Schürze, die auf der Arbeitsfläche lag, und band sie sich um. Dann begann er die Töpfe ineinander zu stellen und ließ Wasser in die Spüle. „Das Essen war vorzüglich. Den Abwasch erledige ich.“

Annabell griff nach dem Geschirrtuch und nahm ihm die Pfanne ab, die er eben abgespült hatte.

„Erzähl weiter, Vincent. Es interessiert mich wirklich.“

Er tauchte seine Hände ins Wasser und wirkte in sich gekehrt.

„Der Vorwurf der Schwarzarbeit ist noch nicht vom Tisch und jetzt steht uns auch noch eine Betriebsprüfung durch das Finanzamt ins Haus. Sie schicken nächsten Donnerstag jemanden vorbei, der uns den Laden auf den Kopf stellt.“

Diese Nachricht erwischte Annabell eiskalt. Sie war es gewesen, die das Red Rabbit ins Visier der Behörde gebracht hatte. Ob Vincent und ihre Freunde da wieder heil rauskämen? Sie musste etwas tun.

„Wie kann ich euch helfen?“

„Du hast schon genug getan.“

Annabell war unsicher, wie das gemeint war.

„Wirklich Annabell, ich kann deine Hilfe nicht annehmen“, fuhr Vincent fort. „Es fühlt sich nicht richtig an. Ich möchte deine Gefühle nicht verletzen.“

„Du und Alex, seid ihr …?“

„Nein, wir sind nicht wieder zusammen, aber wir haben uns wieder angenähert. Es ist nicht ausgeschlossen, dass wir es noch einmal miteinander versuchen. Ich meine, es wäre das Beste für Lukas.“

Annabell schloss für einen Moment die Augen und sog die Luft durch die Nase ein. Sie war aufgewühlt und spürte, wie es in ihrer Brust eng wurde. Sie bemühte sich, ihre Gefühle vor Vincent zu verbergen.

„Das verstehe ich. Was willst du jetzt unternehmen?“

„Wenn ich das nur wüsste. Ich weiß gar nicht, wo ich anfangen soll. Um ehrlich zu sein, habe ich längst den Überblick über die Finanzen verloren. Das Red Rabbit verschlingt horrende Summen. Ich stecke nur rein und es kommt nichts dabei raus. Ich soll einen Kredit zurückzahlen, aber mit welchem Geld? Mit den Einnahmen lassen sich kaum die fixen Kosten decken. Ich bin kurz davor alles hinzuwerfen. Vielleicht wäre es das Beste.“

Er nahm die Hand aus dem Spülwasser und rieb sich die Stirn. Aus Vincents Sicht wäre es wohl am vernünftigsten, das Red Rabbit aufzugeben, dachte Annabell. Viele Besitzer vor ihm hatten sich daran schon die Zähne ausgebissen. Aufgrund der Lage in der Innenstadt und der Nähe zur Universität würde es bestimmt schnell einen neuen Käufer finden. Der Gedanke daran stimmte Annabell traurig. Schlagartig war ihr klar, dass sie es war, die es um keinen Preis aufgeben wollte.

„Du musst das nicht alleine schaffen. Du hast ein tolles Team, das dich unterstützt, und ich möchte auch mithelfen."

„Bist du dir sicher?"

„Absolut. Ich würde es dir sonst nicht anbieten."

„Was schlägst du vor?"

„Wir berufen eine Krisensitzung ein. Trommle die anderen zusammen! Wir brauchen einen Plan."

30

Am nächsten Tag versammelten sie sich mit Elsa und Max in der Küche vom Red Rabbit. Vincent hatte sich inzwischen einen groben Überblick über die Zahlen verschafft und schrieb sie an die große Tafel, auf der sonst die Menüs des Tages standen. Ausgabe für Ausgabe listete er auf. Erst die monatlichen Fixkosten, dann die laufenden Aufwände der letzten Monate. Mit jedem weiteren Punkt an der Tafel wurde Elsas Miene verzagter. Als sie das dicke Minus sah, das unterm Strich herauskam, erstickte sie einen Aufschrei mit der Hand auf ihrem Mund. Hier hatten sie es weiß auf schwarz: Rund zweitausend Euro fehlten am Ende des Monats. Da war noch kein Gehalt für Vincent eingerechnet.

„Junge, warum hast du nichts gesagt?", rief Elsa nun.

„Das war noch nicht alles. Wie ihr wisst, hatten wir die Tage die Finanzpolizei zu Gast. Ich habe eine Erklärung bei Herrn Schwarz abgegeben. Jetzt bleibt abzuwarten, ob er sich damit zufrieden gibt oder Beweise sehen will."

„Aber wie soll man sowas beweisen?" Ratlosigkeit machte sich in Elsas Gesicht breit.

„Ich habe noch keine Idee, aber leider noch eine schlechte Nachricht. Das Finanzamt stattet uns ebenfalls einen Besuch ab und schickt nächsten Donnerstag einen Betriebsprüfer."

Vincent schilderte in groben Zügen, womit sie zu rechnen hatten. Bei einer Prüfung wurden lückenlose Aufzeichnungen gefordert. Jedes gebrochene Glas oder größere Mengen verdorbener Lebensmittel mussten dokumentiert werden, damit am Ende die Rechnung stimmte. Die Buchhaltung und Kassenführung durften keine Zweifel daran wecken, dass im Red Rabbit alles seine Ordnung hatte. Da Vincent die Beschäftigung von Schwarzarbeitern unterstellt wurde, waren diese Zweifel aber nun schon einmal gesät. War der Prüfer von dieser Fährte überhaupt abzubringen oder würde er sich an der Idee festbeißen?

„Wir stecken bis zum Hals tief in der Scheiße", fasste Max Vincents Vortrag zusammen.

„Du sagst es", entgegnete dieser. „Irgendwelche Ideen, wie wir da rauskommen?"

Betretenes Schweigen. Der Berg an Problemen war viel zu groß, um eine Lösung zu sehen. Sie mussten ihn Stück für Stück abtragen.

„Ich glaube, wir sollten der Reihe nach vorgehen. Vincent, was hat oberste Priorität? Ist die Bank bereit, die Ratenzahlung zu stunden?", ergriff Annabell das Wort.

„Vielleicht kann ich einen Aufschub der Zahlung aushandeln. Womöglich lassen sie sich milde stimmen, wenn ich von unserem neuen Konzept berichte. Aber zuerst sollten wir uns auf die Betriebsprüfung konzentrieren."

Annabell nahm sich ein Stück Kreide und wandte sich den anderen zu.

„Wir müssen alle mithelfen. Bitte sagt mir, bei welchen Aufgaben ihr Vincent unterstützen könnt."

Dann schrieb sie als ersten Punkt *Betriebsprüfung* an die Tafel. Sie vereinbarten, dass Annabell und Vincent gemeinsam die Buchhaltung auf Vordermann bringen würden. Vincent wollte außerdem die Personalakten durchsehen und prüfen, ob sie alle vollständig waren. Elsas Beitrag wäre die Kontrolle des Kassenbuches. Max sollte sich die Wareneinsätze im Detail ansehen und Optimierungsvorschläge bringen.

„Begreifen wir die Prüfung als Chance, um zu sehen, wo wir schlecht gewirtschaftet haben. Vielleicht erfahren wir so, warum sich das Geld hier drinnen selbst zu zerstören scheint", schlug Vincent vor.

Als Nächstes schrieb Annabell *laufender Betrieb* an die Tafel.

„Wir müssen Vincent den Rücken freihalten. Elsa, kannst du dich mit der neuen Aushilfe im Service abwechseln? Ich unterstütze Max in der Küche, natürlich unentgeltlich." Sie zwinkerte Vincent zu.

„Was machen wir wegen dem Kerl von der Finanzpolizei?", fragte Max dazwischen. „Wenn du wieder hier beim Arbeiten erwischt wirst, wäre das doch ein gefundenes Fressen."

Annabell dachte darüber nach. Sollte sie im Hintergrund bleiben und Max nur bei den Vorbereitungen helfen, die sie außerhalb der Öffnungszeiten erledigen konnte? Nein, sie hatte keinen Grund, sich zu verstecken.

„Ich denke wir sollten mit offenen Karten spielen. Wenn ich mich jetzt zurückziehe, käme das einem

Geständnis gleich. Ich weiß schon, wie ich Herrn Schwarz von der Wahrheit überzeugen kann."

„Wie willst du das schaffen?", wollte Vincent wissen.

„Mach dir keine Gedanken. Falls mein Plan scheitert, können wir immer noch weiter überlegen oder einen Rechtsanwalt einschalten." Annabell versuchte überzeugt zu klingen, doch in Wirklichkeit war sie ganz und gar nicht sicher, ob ihr Vorhaben gelingen würde.

„Aber auch wenn wir es schaffen, die Vorwürfe zu widerlegen und die Betriebsprüfung gut verläuft, fehlt es immer noch an allen Ecken und Enden", stellte Elsa fest. Sie hatte recht. Leider gab es keinen Goldesel auf dem Hinterhof, der ihnen in der Notsituation aushelfen hätte können. Woher sollten sie auf die Schnelle so viel Geld herzaubern?

„Ich rufe nachher gleich bei der Bank an und sehe, was sich machen lässt. Vielleicht können wir etwas Zeit gewinnen, aber einfach wird es sicher nicht", antwortete Vincent.

„Der Zeitungsartikel hat zwar einige Probleme gebracht, aber auch jede Menge neuer Gäste. Wir müssen einfach die Werbetrommel noch kräftiger rühren", dachte Annabell laut.

„Aber dafür fehlen uns doch die Mittel", gab Elsa zu bedenken. „Werbung kostet eine Menge Geld."

„Nicht unbedingt", widersprach Annabell. „Wir brauchen kreative Lösungen. Max, denkst du, dein Kumpel, der uns die Speisekarten gestaltet hat, würde uns auch bei Flyern unter die Arme greifen? Vielleicht können wir ihm ein Gegengeschäft vorschlagen. Essen frei Haus vielleicht?"

„Das würde ihm gefallen." Max grinste über beide Ohren. „Bei dem müssen wir aufpassen, dass er uns nicht die Haare vom Kopf frisst. Ich frage ihn. An welche Flyer denkst du? Wo willst du sie verteilen?"

Das war eine gute Frage. Annabells Blick fiel durch das Küchenfenster zum Tresen, auf dem Nadine, die neue Aushilfskellnerin, lehnte und mit einem jungen Mann im Anzug flirtete. Sie jobbte seit kurzem neben ihrem Studium im Red Rabbit, um sich das Taschengeld aufzubessern.

„Wir sollten versuchen, ein neues Publikum anzusprechen. Die Uni ist quasi gleich nebenan und trotzdem verirrt sich kaum ein Student hierher."

„Na ja, das Red Rabbit ist nicht gerade hip", gab Max zu bedenken. „Sorry, Vincent."

„Ja, warum eigentlich nicht?" Annabell fand, das Red Rabbit hatte das Potenzial, Kultstatus zu erreichen. Es hatte so viel Charme, sowohl als gemütliches Wohnzimmer, in dem man sein Studentenleben genießen konnte, als auch als Lokal zum Durchfeiern der Nächte. Würde sich das mit ihren Plänen für das Restaurant vereinbaren lassen?

„Ich glaube, sie haben das Red Rabbit einfach nicht auf dem Schirm. Wir müssen es ihnen nur schmackhaft machen. Der Vorteil wäre, dass die Studenten Frequenz und Umsatz zu den Randzeiten, wie am Nachmittag, bringen könnten", fuhr sie fort.

„Wir könnten eine kleine Nachmittagskarte mit günstigen Gerichten anbieten. Viele Gerichte auf der neuen Karte sind sowieso Klassiker, die schnell gemacht sind und nicht viel kosten", schlug Max vor.

„Das kann ich mir gut vorstellen, aber das gibt es auch in anderen Lokalen. Wozu sollten sie ins Red Rabbit kommen?", fragte Vincent in die Runde.

Das war ein wichtiger Knackpunkt. Die Wahrnehmung des Red Rabbit müsste sich ändern, damit es für Studenten, aber auch für andere Gäste attraktiv würde. In den vergangenen Jahren hatte das Lokal ein Schattendasein unter ständig wechselnden Besitzern geführt. Es müsste sich erst wieder als angesagtes Restaurant etablieren. Dass es möglich war, zeigte ein Blick in Leos Ära. Man musste die Leute nur wieder daran erinnern, welches Juwel hier mitten in der Stadt verborgen lag und seinen Ruf aufpolieren.

„Wir brauchen einen Aufhänger", fasste Annabell zusammen und blickte in die Runde. Elsa starrte vor sich hin und schien noch nicht überzeugt. Vincent schaute Annabell erwartungsvoll an und Max spielte mit seinen Festivalbändern. Plötzlich begannen Annabells Augen zu leuchten.

„Ich hab's. Was haltet ihr von Live-Auftritten? Wir geben jungen Künstlern eine Bühne und sie hauchen dem Red Rabbit neues Leben ein. Wir könnten Bands einladen, bei uns zu spielen, Poetry Slams organisieren oder Lesungen von Nachwuchs-Autoren."

„Würden sich die Restaurantbesucher nicht gestört fühlen?", fragte Elsa.

„Da hast du recht, es passt nicht wirklich zusammen. Deshalb würde ich es auf einen Abend im Monat begrenzen. Wir könnten es *Die Nacht, die aus der Reihe tanzt* nennen."

„Das gefällt mir richtig gut", sagte Vincent. „Auch wenn es sich nach viel Arbeit anhört. Aber ein Abend im Monat ist sicher zu schaffen."

„Und es bleibt besonders, weil es ein seltenes Vergnügen ist. Versuchen wir es einfach für drei Monate und sehen, was passiert", schlug Annabell vor.

„Und den Anfang macht …" Vincent kam näher an den Tisch und trommelte mit den Händen auf Max' Schultern. „Die Band mit dem besten Bassisten der Welt."

„Ach ja? Da kann ich ja schlecht Nein sagen, bist ja immerhin mein Chef", neckte ihn Max. „Nein, im Ernst, liebend gern. Wir haben sogar eine kleine Fangemeinde, da sind viele Studentinnen drunter", ergänzte er mit einem Augenzwinkern.

Elsa erhob sich vom Stuhl und zupfte am Kragen ihrer Bluse.

„Ich will wirklich kein Spielverderber sein", holte sie aus. „Das sind gute Ideen, keine Frage, aber das schnelle Geld versprechen sie nicht. Wir brauchen es aber jetzt."

„Was ist mit dem Geld, das du für den Verkauf eures Hauses bekommst?", fragte Annabell.

„Es ist nicht meins. Das Haus gehört Alex' Eltern. Sie sollte es erben, will es jetzt aber lieber zu Geld machen", sagte Vincent und massierte seine Schläfen. „Das Einzige, was mir noch einfällt, ist, die Blockhütte zu verkaufen. Ich weiß nicht, wie schnell sich jemand dafür finden würde, aber die Grundstücke mit Zugang zum Fischwasser sind begehrt."

Er sah bedrückt aus. Kein Wunder, wo er doch so viele glückliche Momente mit seinem Vater in der Hütte verbracht hatte. Gab es nicht noch einen anderen Weg, schnell zu Geld zu kommen? Annabell sah auf die

Uhr. Es war schon kurz vor 18 Uhr. Vier Stunden saßen sie nun schon beisammen. Aus dem Gastraum vernahm sie das Schlagen der Standuhr. Da meldete sich Elsa.

„Verkauf die Uhr. Ich weiß nicht genau, wie viel sie wert ist, aber es dürfte eine Menge sein. Es ist ein Erbstück von deinem Urgroßvater."

Vincent sah zur Decke, als suche er dort nach einer Eingebung. Annabell konnte nachvollziehen, dass es für ihn nicht einfach war, die Uhr aus der Hand zu geben, wo sie doch so lange im Familienbesitz gewesen war. Doch sie wusste aus eigener Erfahrung, dass man sich manchmal von alten Dingen verabschieden musste, um den Weg für Neues frei zu machen.

„Ich habe einige Kontakte zu Leuten, die sich mit Antiquitäten auskennen." Annabell wartete auf eine Reaktion von Vincent, doch der war noch nicht aus seiner Starre aufgetaucht. Sie fand die Uhr selbst wunderschön, wie auch die vielen anderen Schmuckstücke im Red Rabbit. Sie trugen zum besonderen Flair des Lokals bei, das einen nostalgisch werden ließ. Schon als sie zum ersten Mal zur Türe hereingekommen war, hatte sie das Gefühl gehabt, in eine andere Zeit hineingezogen zu werden.

Da meldete sich Elsa zu Wort. „Danke, aber die werden wir nicht brauchen. Ich weiß genau, wem ich sie zum Kauf anbiete."

31

Das Schlagen der Standuhr war wie ein leiser Weckruf gewesen. Jetzt, zwei Tage später, stand Elsa hier und zog an der roten Kordel. Herzukommen hatte sie einiges an Überwindung gekostet. Sie strich ihren Rock glatt und legte eine Strähne hinters Ohr, die sich aus ihrem Zopf gelöst hatte. Der blecherne Klang der Glocke und ihre Aufregung erinnerten sie an ihre Hochzeit und die Zerrissenheit in ihrem Herzen, das für zwei Männer geschlagen hatte. Einer davon hatte sie vor den Altar geführt, der andere war dort gestanden als Zeuge für die Verbindung. Nach der Hochzeit hatte Leo sie über die Kirchenschwelle getragen, als wäre sie leicht wie eine Feder. Dabei wog ihr Geheimnis so schwer auf ihrer Seele. Ein Geheimnis, das sie niemandem anvertrauen konnte. Eines, das bald drei Jahrzehnte einen Schatten auf ihr Leben warf. Die Wahrheit hatte sie in ihrem Herzen eingesperrt, nun fühlte sie, dass es an der Zeit war, ihr Schweigen zu brechen.

Das Geräusch von Schritten riss sie aus ihren Erinnerungen. Sie räusperte sich und machte sich bereit. Dann schwang die Flügeltür auf und Nicolas stand vor ihr. Die Überraschung stand ihm ins Gesicht geschrieben, doch er fand schnell die Fassung wieder und bedeutete ihr einzutreten. Elsa schob sich an ihm vorbei und spürte wie die Härchen auf ihrem Nacken auf ihn reagierten wie feine Antennen. Er bot ihr etwas zu trinken an und sie nahmen in zwei großen Ohrensesseln Platz. Nicolas schwenkte das Whisky-Glas in seiner Hand. „Ich freue mich, dass du meiner Einladung gefolgt bist", begann er das Gespräch. Nach ihrer letzten Begegnung hatte Nicolas ihr eine Nachricht zukommen lassen, in der er sie um ein Treffen bat. Ihr Mund war trocken. Sie nahm einen großen Schluck Bourbon. Er brannte in der Kehle und sein Feuer stieg ihr in den Kopf. Sie versuchte, die Anspannung zu lösen, und wählte ihre Worte sorgfältig. „Deswegen bin ich nicht hier."

Er sah sie fragend an. „Was führt dich dann zu mir?"

„Zunächst einmal möchte ich dir ein Geschäft vorschlagen."

„Jetzt machst du mich neugierig." Nicolas rückte nach vorne und rieb sich das Kinn.

„Es geht um etwas, worauf du schon länger ein Auge geworfen hast."

„Also bist du doch wegen meiner Einladung hier, meine Liebe."

Er legte seine Hand sanft auf ihr Knie und lächelte schelmisch. Sie schob sie weg, erhob sich und wandte ihm den Rücken zu. Er sollte nicht sehen, dass seine Berührung sie immer noch zum Erröten brachte. Sie gab vor, eines der Gemälde zu studieren, das die Mauern schmückte.

„Ich habe deinen Sinn für Humor vermisst, Nick", fuhr sie fort. „Aber im Moment gibt es einfach Wichtigeres als das, was mal zwischen uns war. Ich möchte dir Leos Riemerschmid-Standuhr anbieten. Die wolltest du doch immer haben."

„Das ist doch schon Jahre her und du wolltest sie nie verkaufen. Woher kommt der Sinneswandel?“

„Willst du sie nun haben oder nicht?“ Elsa war selbst erschrocken über ihren forschen Ton. Sie wusste, dass der Ursprung ihrer Wut in der Vergangenheit lag. Solche Gefühle verjährten nicht, sondern warteten nur auf den kleinsten Auslöser, um wieder hochzukochen.

Er hob beschwichtigend die Hände. „Wie viel willst du dafür haben?“

„Achttausend. Du weißt, sie ist mehr wert.“

„Die Uhr gefällt mir, aber mehr als sechstausend Euro bin ich nicht bereit, dafür zu zahlen, bei aller Liebe.“

„Die Liebe war dir noch nie besonders viel wert.“ Bitterkeit schwang in Elsas Stimme. Nicolas kam auf sie zu und fasste sie an den Schultern, als wolle er sie schütteln. Dann zog er sie sanft an sich heran und legte seine Lippen auf ihre. Die Anspannung ließ von ihr ab. Elsa sackte in seinen Armen zusammen und begann aus tiefstem Herzen zu schluchzen. Der Schmerz wollte aus ihr heraus und schüttelte sie durch. Nicolas setzte sich mit ihr auf das Sofa, wiegte sie wie ein Kind und strich ihr über den Kopf. „Schsch ... alles ist gut. Ich bin da“, wiederholte er immer wieder, bis sie zu erschöpft zum Weinen war und sich, an seine Brust gelehnt, langsam beruhigte.

32

„Ich möchte gerne mit Herrn Schwarz sprechen.“

Annabell befand sich im fünften Stock des Terminal Towers. Der Wolkenkratzer am Bahnhofplatz beherbergte verschiedene Behörden und Ämter, so auch das Büro der Finanzpolizei.

„Meinen Sie Eckhart Schwarz?“, fragte die junge Frau, die sie am Gang angesprochen hatte. „Er ist gerade zur Tür hinaus. In der Mittagspause geht er gerne im Park joggen. Wenn Sie schnell sind, erwischen Sie ihn vielleicht noch.“

Annabell bedankte sich und rannte die Treppe bis zum Erdgeschoss hinunter, denn der Lift war gerade im dreiundzwanzigsten Stockwerk. Unten angekommen schnappte sie nach Luft. Sie schaute durch die Glasfront nach draußen und entdeckte Herrn Schwarz unweit des Eingangsbereichs. Er tippte auf seinem Fitness-Armband herum und setzte sich dann in Bewegung. Annabell rannte ihm hinterher.

„Herr Schwarz, warten Sie“, rief sie, noch immer außer Atem. Er drehte seinen Kopf zur Seite und wurde etwas langsamer, blieb aber nicht stehen. Sie joggte neben ihm her und hatte Mühe nicht zurückzufallen. Das neongrüne Shirt und die knappe Laufhose, die seine muskulösen Beine erkennen ließ, passten gar nicht zu dem Bild, das sich Annabell von ihm gemacht hatte.

„Frau Weber, richtig? Was verschafft mir die Ehre?“

Annabell brachte kaum ein Wort heraus, sie war vollkommen aus der Puste. Der Schweiß lief in der Kuhle entlang der Wirbelsäule über ihren Rücken. Sie öffnete den Reißverschluss ihrer Jacke und fächerte sich mit den Seitenteilen Luft zu. Sie überquerten die Hauptverkehrsstraße, die am Bahnhof vorbeiführte, und fanden sich kurz darauf in der Idylle des Parks rund um das Bergschlössl wieder.

„Ich bin ... Können wir uns setzen?“

Eckhart Schwarz blieb bei der nächsten Parkbank stehen, nutzte aber die Zeit für Dehnungsübungen, während sich Annabell darauf sinken ließ.

„Nun aber raus mit der Sprache.“

Annabells Gesicht glühte. Die Sonne blendete sie, als sie Herrn Schwarz ansah, und trieb ihr Tränen in die Augen.

„Ich bin hier, weil ich mit Ihnen reden wollte.“

„So? Nun, darauf bin ich auch schon gekommen. Es sah mir nicht danach aus, als wollten Sie mit mir für den Marathon trainieren.“

„Ich möchte mich zu dem Vorwurf der Schwarzarbeit äußern.“

„Jetzt auf einmal doch? Na, da bin ich aber gespannt.“

Annabell holte Atem und erzählte ihm alles, was vorgefallen war. Sie ließ nichts aus. Berichtete vom Brand in ihrer Wohnung, der Verwechslung, die dazu geführt hatte, dass sie sich plötzlich hinter dem Tresen vom Red Rabbit wiederfand, und auch von ihrem eigentlichen Brotjob, den sie gekündigt hatte. Herr Schwarz hörte ihr aufmerksam zu.

„Also, Frau Weber, ich habe ja schon viele Geschichten und Ausreden gehört ...“

Annabell zog den Kopf ein und machte sich auf eine Standpauke gefasst.

„Aber Sie machen mir einen ehrlichen Eindruck und ich glaube Ihnen. Dafür, dass Sie in besagtem Zeitraum bei der Versicherung gearbeitet haben, liegt ja eine Meldung vor. Ich muss Ihre Aussage zu Protokoll nehmen, dann kann ich den Fall abschließen.“

Er sah auf die Uhr. „Meine Mittagspause ist gleich zu Ende. Am besten kommen Sie gleich mit, dann können wir das erledigen.“

Wieder in ihrer Wohnung, schälte Annabell sich aus ihrer Kleidung, gönnte sich erst eine Dusche und dann eine halbe Tafel Schokolade aus dem Kühlschrank. Sie verputzte sie, noch bevor Vincents Laptop hochgefahren war. Annabell setzte sich damit auf ihr Bett und nahm ihn zum Arbeiten auf ihren Schoß. Peppers verstand das als Einladung, machte es sich auf der Tastatur bequem und ließ sich nur äußerst ungern wieder von diesem Platz verscheuchen. Annabell kraulte ihr zur Wiedergutmachung den Kopf. Sie wollte sich schon einmal einen Überblick über die Buchhaltung verschaffen. Vincent war inzwischen unterwegs zum Termin mit seinem Bankberater.

Einen Moment blieb sie am Desktop-Hintergrund hängen. Er zeigte ein Bild von Vincent und Lukas beim Fußballspielen. Nein, sie wollte diese Familie nicht zerstören. Was hielt sie noch im Red Rabbit? Sie hatte die Fehler, die sie durch die Einmischung in Vincents Leben verursacht hatte, so gut es ging ausgebügelt. Mit ihrer Kündigung bei der Versicherung waren die Weichen für ihr Leben neu gestellt. Ob sie die Reise ihrem Ziel näherbringen würde, war dagegen ungewiss. Der grobe Fahrplan gefiel ihr zwar, aber da gab es noch zu viele Ungereimtheiten.

Nun verstand Annabell, warum sie sich so sehr an das Red Rabbit klammerte: Es war zu einem neuen Zuhause für sie geworden. Sie fühlte sich dort geborgen. Aber das war nur die halbe Wahrheit, das wusste sie tief in ihrem Inneren. In ihr meldete sich eine Sehnsucht zu Wort und wollte keine Ruhe mehr geben.

Für den Moment brachte Annabell sie zum Schweigen, indem sie sich in den Zahlen vergrub. In der Schule hatte sie Buchhaltung nie gemocht, jetzt war ihr Grundwissen doch noch zu etwas gut. Es kostete sie Mühe, sich hineinzuarbeiten, doch der analytische Blick, den sie sich in den Jahren bei der Versicherung angeeignet hatte, war ihr nun von Vorteil. Sie machte sich einige Notizen, die sie gleich mit Vincent besprechen wollte, wenn er von seinem Termin zurück war.

Schließlich war es Zeit, aufzubrechen. Annabell ordnete die Papiere, die auf dem Tisch lagen, um sie in ihre Tasche zu stecken. Dabei krachte ein Stapel Post zu Boden. Sie wollte schon zur Tür hinaus, da fiel ihr Blick auf einen Brief, den sie in der Aufregung der letzten Tage vergessen hatte. Ihr Herz machte einen Sprung. In dem Umschlag steckte vielleicht die Lösung, nach der sie suchten.

„Nun mach ihn schon auf", drängte Max.

„Warten wir noch auf Vincent", sagte Annabell. Ihre Euphorie war einer unerträglichen Anspannung gewichen. Was, wenn die Lösung nicht die war, die sie sich erhoffte? Oder wenn Vincents Reaktion darauf anders ausfiel, als sie es sich wünschte?

Sie hörten die Hintertür zufallen. Vincent war von seinem Termin mit der Bank zurück.

„Wie ist es gelaufen?", fragte Annabell.

Er warf sein Sakko über den Stuhl und ließ sich mit einem Seufzer darauf fallen.

„Gut. Sie wollen unserem Konzept eine Chance geben und bewerten unseren Maßnahmenplan positiv. Wir haben zwei Monate, um die ausstehenden Raten zu begleichen. In der Zeit werden auch keine weiteren Rückzahlungen fällig."

Annabell wäre ihm beinahe um den Hals gefallen.

„Das sind tolle Nachrichten!"

„Annabell hat auch gute Neuigkeiten", mischte sich Max ein.

Vincent lehnte sich interessiert vor. „Na, dann erzähl mal."

Sie räusperte sich und kam sich dumm vor. Warum nur hatte sie das Kuvert nicht zuvor geöffnet? Sie holte den Umschlag aus ihrer Tasche und riss ihn mit den Fingern auf. Mit zittrigen Händen nestelte sie das Schreiben heraus. Sie überflog die ersten Zeilen und atmete auf. Ihre Befürchtung hatte sich nicht bewahrheitet. Die Versicherung hatte die Beurteilung des Falls abgeschlossen und auch die Bewertung der vom Brand zerstörten Gegenstände vorgenommen. Sie würde für den Schaden aufkommen, aber wie viel würde sie letztendlich zahlen? Annabell blätterte auf die letzte Seite und lächelte. Die Summe deckte zwar nicht den gesamten Schaden, aber sie war dennoch beachtlich. Hoch genug, um Vincent ein Angebot zu unterbreiten.

Annabell holte tief Luft. „Ich möchte etwas Geld in das Red Rabbit investieren."

Vincent riss die Augen auf, sagte aber nichts.

„Ich bekomme dreißigtausend Euro von meiner Versicherung, die möchte ich ins Red Rabbit stecken", fuhr Annabell fort.

Vincent blieb der Mund offen stehen.

„Das kann ich nicht annehmen." Er klang entschlossen.

„Es ist kein Geschenk, es ist eine Investition. Ich kaufe mich damit bei dir ein, denn ich möchte die Ideen, die ich fürs Red Rabbit habe, gerne verwirklichen."

An deiner Seite, dachte sie und fragte sich, ob eine Zusammenarbeit wirklich eine gute Idee wäre – immer vor Augen zu haben, was man nicht haben konnte. Und doch sah sie ihn hoffnungsvoll an. Vincents Blick war gesenkt. Er bohrte damit ein Loch in die Tischplatte. Sein Knie wippte auf und ab.

„Warum sagst du nichts?"

Hatte sie ihn verärgert? Ihr war bewusst, dass sie sich mit diesem Vorschlag in sein Leben drängte.

„Ich bin einfach überrascht", gab er zu. „Was ist überhaupt passiert, dass du so viel Geld bekommst?"

Annabell hätte sich ohrfeigen können. Sie hatte ihm noch gar nichts von dem Brand erzählt. Was musste das nur für einen Eindruck auf ihn machen? Sie mischte sich immer wieder in seine Angelegenheiten ein und war gleichzeitig ein Buch mit sieben Siegeln. Trotzdem antwortete sie nicht auf seine Frage, um seine Entscheidung nicht zu beeinflussen.

„Du musst dich nicht sofort entscheiden. Denk einfach darüber nach.“

Wieder breitete sich unangenehme Stille aus, doch sie währte nicht lange.

„Ist denn niemand da? Haaalloo?“, krähte Herr Konicki aus dem Gastraum und sie brachen alle in schallendes Gelächter aus. Wie lieb Annabell diesen alten Kauz inzwischen gewonnen hatte! Sie ging nach draußen, um ihm seinen Kaffee und ein Stück Kuchen zu bringen, und ließ die anderen in der Küche zurück.

33

„Warum bist du damals nicht zu mir gekommen?", fragte Nicolas.

Er reichte ihr ein Taschentuch und Elsa schnäuzte sich geräuschvoll.

„Du hattest gerade den Job bei der Zeitung geschmissen und warst felsenfest davon überzeugt, dein Glück in Amerika zu versuchen."

Nicolas erinnerte sich daran, als wäre es gestern gewesen. Wie vogelfrei er sich in dem Moment gefühlt hatte. Nach Amerika zu gehen, war die richtige Entscheidung gewesen. Er blickte auf ein Leben, das nicht immer einfach, aber meist auf seiner Seite gewesen war. Er hatte ein Volontariat bei der New York Times und Bekanntschaft mit der Künstlerszene gemacht, aus der eine lebenslange Liebe zur Kunst erwachsen sollte. Vom Geld seiner Eltern hatte er ein kleines Appartement in Greenwich Village gemietet und ein Jahr später eine Ausstellung mit Werken befreundeter Künstler auf die Beine gestellt. Diese hatte ihm viel Aufmerksamkeit in der Branche eingebracht. Sein Netzwerk und Ansehen wuchsen. Renommierte Kunsthäuser verpflichteten ihn als Ausstellungskurator.

Wie anders hätte sein Leben ausgesehen, wenn er damals schon gewusst hätte, dass er als Vater des Kindes infrage kam. Er machte Elsa keinen Vorwurf daraus, dass sie es ihm vorenthalten hatte. Denn so war er nicht gezwungen gewesen, sich zu entscheiden: für oder gegen ein Leben, das nicht seinen Vorstellungen entsprach. Sie kannte ihn zu gut. Elsa hatte es ihm leichtgemacht und sich die Last alleine aufgebürdet.

„Wirst du es ihm erzählen?“

„Zuerst will ich sicher sein. Deshalb bin ich hier. Ich brauche eine Probe und deine Einwilligung für einen Vaterschaftstest.“

„Natürlich.“

Er war in seinem Leben selten um Worte verlegen gewesen, aber jetzt wusste er nicht, was er sagen sollte. Er wollte Wiedergutmachung leisten, ganz gleich wie der Test ausfiel.

„Ich möchte euch gerne unterstützen.“

Elsa schnaubte. „Ich will keine Almosen!“

Sie war stolz wie eh und je.

„Wenn ihr das Geld nicht nötig habt, warum willst du dann die Riemerschmid verkaufen? Ich brauche die Uhr nicht, greife euch aber gerne finanziell unter die Arme.“

„Das kann ich gar nicht entscheiden.“

„Vincent muss ja nicht wissen, woher das Geld kommt.“

„Das kommt nicht in Frage! Ich habe genug von der Heimlichtuerei!“

„Elsa, lass mich euch helfen. Das Red Rabbit verdient Aufmerksamkeit. Ich finde es toll, was ihr daraus gemacht habt. Ich habe immer noch gute Kontakte zu den regionalen Medien und auch zu einigen Influencern. Ich möchte mich gerne einbringen.“

„In Ordnung. Vincent soll nur noch nichts über uns erfahren, solange wir keine Gewissheit haben. Sein Leben ist im Moment turbulent genug.“

Elsa erhob sich und wandte sich zum Gehen. Nicolas begleitete sie zur Tür.

„Verrate mir noch eine Sache. Wie bist du darauf gekommen, über das Red Rabbit zu schreiben? Wir hatten jahrelang keinen Kontakt und dann hast du diesen Bericht veröffentlicht. Warum?“

„Sagen wir, ich hatte bei meinem letzten Besuch eine Begegnung, die mich daran erinnert hat, dass ich einiges gut zu machen habe.“

Als sich Elsa von ihm verabschiedet hatte, stieg Nicolas die Stufe zur Empore hinauf. Er schwankte ein wenig und es lag nicht nur am Bourbon. Elsas Offenbarung hatte ihm den Boden unter den Füßen weggezogen.

Nicolas setzte sich an die Orgel und vertiefte sich ins Spiel, das ihm trotz seiner inneren Unruhe leicht von der Hand ging. Es half ihm, seine Gedanken zu sortieren. Er wusste genau, an wen er sich wenden musste, damit das Red Rabbit die Aufmerksamkeit erhielt, die es verdiente. Daran hatte er schon gedacht, als er es zum ersten Mal nach den vielen Jahren besucht hatte. Jetzt war der Zeitpunkt gekommen.

Er war nicht ganz offen zu Elsa gewesen, als sie gefragt hatte, was ihn dazu verleitet hatte, den Bericht an die Zeitung zu schicken. Er hielt sich selbst deswegen für verrückt, doch während des Besuchs im Lokal war etwas passiert, das ihn an einen Fingerzeig des Schicksals glauben ließ. Alte Wunden waren aufgerissen. Alleine die Menüfolge, die er zufällig aus den Laden der

Apothekerkommode gezogen hatte, rief schmerzvolle Erinnerungen wach. *Flammende Sehnsucht, Reibereien unter Freunden, Gewissensbisse.* Diese Worte beschrieben das Dilemma, das sich vor Jahren zwischen ihm, seinem besten Freund und dessen Freundin abgespielt hatte. Elsa hatte für ihn geschwärmt, aber erst als Leo und sie ein Paar geworden waren, war es um Nicolas geschehen. Verbotene Früchte übten einen besonderen Reiz auf ihn aus. Er hatte sie verführt, seinen besten Freund hintergangen und sie kurz darauf beide zurückzulassen, um nach Amerika zu gehen. Drei Monate hatte er bereits in New York zugebracht, als ihn ein Brief von Leo erreichte, in dem er ihn bat, sein Trauzeuge zu sein.

Er war ein Verräter. Die Entfernung, die zwischen ihnen lag, hatte sein Gewissen lange Zeit besänftigt. Doch dann hatte er die Nachricht von Leos Tod erhalten.

Seit er im Red Rabbit auf Herrn Konicki getroffen war, der ihm von Leos letzten Jahren erzählt hatte, rumorte es in ihm. Vielleicht konnte Nicolas seine Fehler an Leos Sohn wiedergutmachen? Wie selbstverständlich sein Gehirn die neu gewonnene Erkenntnis verdrängte: Vincent war vielleicht sein eigenes Fleisch und Blut!

Er beendete sein Spiel und streckte die Finger durch, bis die Knöchel knackten. Dann ging er zur Brüstung, stützte sich mit den Handflächen darauf und sah hinunter zur Tafel, wo er Vincent zum ersten Mal begegnet war. Nicolas versuchte, sich seine Züge ins Gedächtnis zu rufen. Beim Dinnerabend war ihm keine

Ähnlichkeit aufgefallen, aber da hatte er auch nicht auf so etwas geachtet.

Ob Vincent nun sein Sohn war oder nicht, für Nicolas stand außer Frage, dass er dem Red Rabbit wieder auf die Beine helfen wollte. Sein schlechtes Gewissen war zwar die treibende Kraft dahinter, aber er war auch begeistert von den Ideen dieser jungen Kellnerin, Annabell. Wäre Vincent sein Sohn, er würde ihm eine solche Frau an seiner Seite wünschen. Er wusste nicht, was zwischen den beiden vorgefallen war, aber dass es eine Anziehung zwischen ihnen gab, war nicht zu leugnen. Vielleicht konnte er ihrem Glück etwas auf die Sprünge helfen.

Doch vorher galt es, das Red Rabbit zu retten. Nicolas schritt hinüber zu dem hohen Bücherregal und holte ein rotes Notizbuch aus einer Schatulle, in dem er die Nummern seiner *Schätzchen* aufbewahrte, wie er sie nannte. Dieser Kosename täuschte darüber hinweg, dass es sich ausnahmslos um gestandene Frauen handelte, die in seinem Leben eine Rolle gespielt und ihn ein Stück des Weges begleitet hatten. Er blätterte in den Seiten, bis er die richtige Nummer gefunden hatte und rief ohne zu zögern an.

„Welch seltene Freude, mein lieber Nicolas! Lange nichts mehr von dir gehört. Wie laufen denn die Geschäfte?"

„Ich kann mich nicht beklagen. Schön, deine Stimme zu hören, Christie."

Sie lachte ins Telefon. „Du bist und bleibst ein Schwerenöter. Was kann ich für dich tun?"

„Ich habe eine Story für dich."

„Deine Geschichten kenne ich schon."

„Ich meine für deine Sendung.“

„Okay, ich bin neugierig. Erzähl mir mehr.“

„Nein, nicht am Telefon. Ich möchte, dass du dir selbst ein Bild davon machst. Ich schicke dir eine Adresse und alle Infos zum Treffpunkt.“

„Du weißt immer noch, wie man mich heiß macht“, säuselte sie mit ihrer warmen, vollen Stimme. „Ich werde da sein.“

34

Der Blick auf die Fußgängerzone aus dem Schaufenster des Teesalons bot ein buntes Bild. Das Lokal befand sich in einer schmalen Seitengasse, die die Passanten dazu einlud, ihren Schritt zu verlangsamen. Die historischen Bauten mit ihren prachtvoll geschmückten Arkaden beherbergten kleine Boutiquen und Kunstausstellungen.

Annabell war hier verabredet, aber schon früher als vereinbart da, denn sie mochte das Ambiente und wollte weiter an ihrem Konzept arbeiten. Vincent hatte noch nicht auf ihr Angebot reagiert, das sie ihm vor einer Woche unterbreitet hatte, und auch sonst keinen Schritt auf sie zu gemacht. Sie wollte ihre Zukunft nicht alleine von seiner Entscheidung abhängig machen. Die dreißigtausend Euro wären im Red Rabbit gut investiert. Doch wenn er sie nicht wollte, konnte sie damit eine Weile über die Runden kommen und versuchen, den Schritt in die Selbstständigkeit zu wagen. Sie fing eine neue Seite in ihrem Notizbuch an und notierte unter der Überschrift *Ausstattung* stichpunktartig alles, was sie für die Umsetzung ihrer Dinnerabende benötigen würde. Einen Lieferwagen oder zumindest ein geräumiges Auto. Sie war zwar nicht sicher, ob ihre Fahrkünste dafür ausreichen würden, doch die Praxis würde es schon richten. Annabell warf noch einmal einen Blick hinaus, erkannte aber unter den Passanten niemanden und wandte sich wieder ihren Notizen zu. Als Nächstes stand etwas Recherchearbeit an. Welche Voraussetzungen gab es für die Gewerbeanmeldung? Waren bestimmte Auflagen einzuhalten? Sie holte ihr Handy aus der Tasche und sah auf die Uhr. Es blieb nicht mehr viel Zeit, um sich in die Materie einzulesen. Sie beschloss, einen Beratungstermin bei der zuständigen Interessensvertretung zu vereinbaren und legte das Notizbuch zur Seite. Dann umfasste sie ihre Tasse mit beiden Händen und inhalierte das würzig-süße Aroma ihres Lieblingstees.

Die Tür ging auf und Annabell stellte die Tasse auf den Untersetzer, um Marie zu sich zu winken. Sie trug ein dunkelblaues Kostüm, darunter eine wollweiße Bluse. Im Vorbeigehen hätte Annabell sie für eine Fremde gehalten. Die beiden Versionen ihrer Freundin hatten zumindest rein optisch nicht viel miteinander zu tun.

„Ich weiß, ich weiß, ich bin zu spät. Ich war da noch einer Sache auf der Spur."

Marie umarmte Annabell flüchtig und ließ sich auf dem Sitzkissen nieder, wobei sie versuchte, es möglichst elegant aussehen zu lassen. Kein einfaches Unterfangen mit dem enganliegenden Rock, den sie trug. Es dauerte, bis sie eine bequeme Position gefunden hatte, die nicht zu viel Einblick bot. Jetzt erst bemerkte Annabell die Laufmasche, die sich ihren Weg von Maries Knie nach unten bahnte. Vermutlich hatte sie wieder einen Dachboden oder Keller nach einem Schatz durchstöbert. Marie entdeckte sie auch und zog die

Strumpfhose kurzerhand aus, ohne dass es jemandem aufgefallen wäre.

„Danke, dass du gekommen bist", begann Annabell das Gespräch.

„Natürlich. Nun klär mich schon auf, weshalb ich hier bin."

„Ja sicher. Ich interessiere mich für ..."

Marie schlug mit der flachen Hand auf den niedrigen Tisch, sodass die Teetasse schepperte. „Ha, ich wusste, wir kommen ins Geschäft. Die Spieldose ist einfach wunderschön, stimmt's? Du wirst nicht glauben, wo ich sie gefunden habe."

Marie verstand es, wie keine andere, sie neugierig zu machen. Annabell hatte nie hinterfragt, ob die Geschichten, die sie ihr über ihre Fundstücke erzählte, tatsächlich stimmten. Ihre Begeisterung war ansteckend. Selbst wenn sie frei erfunden gewesen wären, war Annabell überzeugt, dass Marie sie selbst glaubte.

„Ich würde mich freuen, wenn wir ins Geschäft kommen. Mit einer Spieluhr hat es allerdings nichts zu tun. Ich brauche deine Unterstützung als Maklerin."

Annabell glaubte, einen Anflug von Enttäuschung auf Maries Gesicht zu entdecken. „Suchst du eine Wohnung?" Sie schien einen Moment nachzudenken. Kurz darauf war sie mit vollem Elan zurück. „Du hast so ein Glück, Annabell. Ich hab da gerade eine Altbauwohnung hereinbekommen. Frisch renoviert. Die würde so gut zu dir passen."

Annabell schmunzelte. Vielleicht war es ja sogar ihre alte Wohnung, die Marie meinte? Früher wäre sie begeistert auf das Angebot eingegangen, doch jetzt hatte sie andere Prioritäten.

„Darauf komme ich vielleicht ein andermal zurück. Im Moment suche ich nach einer geeigneten Location für meine Geschäftsidee.“

Nicolas’ Kirche war an sich perfekt für ihr Vorhaben geeignet, aber sie brauchte einen Ort, auf den sie ausweichen konnte, wenn er selbst zu Hause war.

Marie schwang ihre langen Füße zur anderen Seite und setzte sich wieder darauf. Es sah sehr unbequem aus.

„Was ist das für eine Idee und wonach suchst du genau?“

„Sollen wir ein Stück gehen? Dann können wir uns die Beine vertreten und ich erzähle dir alles.“

„Gerne. Mein Hintern ist sowieso nicht zum Sitzen gemacht.“

Annabell musste sich ein Grinsen verkneifen. Marie hatte recht. Er war besser dazu geeignet, den Männern den Kopf zu verdrehen.

Marie holte ein Paar Sneakers aus ihrer Umhängetasche und stopfte stattdessen ihre Pumps hinein. Mit einer Verneigung verabschiedeten sie sich von der Kellnerin im Kimono und verließen die Gasse in Richtung Hauptplatz, der an diesem Nachmittag wenig belebt war. Nur einige asiatische Touristen waren mit ihren Kameras und Selfie-Sticks unterwegs.

„Nun erzähl schon!“, drängte Marie.

„Ich bin auf der Suche nach einem Ort, an dem ich Dinnerabende veranstalten kann.“

„Okay, was stellst du dir vor? Von welcher Größenordnung reden wir da?“ Marie rieb sich nachdenklich die Stirn. „Ich weiß gar nicht, ob ich da die richtige Ansprechperson bin. Vielleicht solltest du dich an ein

Veranstaltungszentrum wenden oder ich gebe dir den Kontakt von einem Kollegen, der geeignete Objekte im Portfolio hat. Ich wusste gar nicht, dass du in dieser Branche unterwegs bist."

„Bin ich auch nicht. Zumindest noch nicht lange. Deshalb möchte ich klein anfangen. Überhaupt erfordert meine Idee einen eher intimen Rahmen. Alles, was ich brauche, sind eine Küche und ein Tisch, um den bis zu zehn Personen Platz finden."

Sie näherten sich einem Imbissstand. Marie bestellte ein Hot Dog und biss hinein. Konzentriert darauf, sich nicht mit Ketchup zu bekleckern, erwiderte sie mit halbvollem Mund.

„Irgendwie begreife ich noch nicht, was du dir vorstellst."

„Ich muss vielleicht ein wenig ausholen."

„Kein Problem, ich habe noch eine gute Stunde Zeit bis zur nächsten Besichtigung."

„Es geht bei den Dinnerabenden weniger um das Essen an sich, als um die verbindende Kraft dahinter. Der Gast bringt ein Thema mit, unter dem der Abend stehen soll, und ich stimme das Menü und den Rahmen darauf ab."

Annabell merkte, dass es nicht einfach war, auf den Punkt zu bringen, was ihr vorschwebte. Sie hatte so viele Ideen und wusste noch gar nicht, worauf sie sich konzentrieren wollte. Vermutlich musste sie sich klarer positionieren.

Aber eines nach dem anderen. Zuerst war es ihre Aufgabe, die Fragezeichen in Maries Gesicht in Ausrufezeichen zu verwandeln. „Lass mich dir ein Beispiel geben. Angenommen ein Mann möchte den Streit mit seiner

Frau beilegen. In einem Vorgespräch würde ich versuchen, herauszufinden, was die beiden verbindet. Ein besonderes Essen, ein gemeinsames Lied oder eine andere schöne Erinnerung. All das lasse ich in die Gestaltung des Abends einfließen. Im Idealfall schaffe ich damit eine gute Grundlage für eine Aussprache."

„Hört sich ein bisschen an wie eine Therapie."

„Manchmal ist es das vielleicht. Nur sitzt man nicht auf der Couch, sondern gemeinsam am Tisch. Und ich halte mich komplett im Hintergrund. Aber damit das alles funktionieren kann, braucht es einen neutralen Boden. Einen geschützten Raum. Ein leerstehendes Haus oder eine unbewohnte Wohnung erscheint mir da genau richtig."

Marie säuberte ihren Mund mit der Papierserviette und warf sie anschließend in den Mülleimer.

„Das klingt edel und ausgefallen, aber es hört sich unheimlich aufwendig an."

Da hatte Marie nicht unrecht. Die Dinnerabende sollten bezahlbar bleiben, aber Annabell musste auch etwas verdienen, vor allem da die Vorbereitungen viel Zeit beanspruchen würden. Sie ahnte, dass alles nicht so einfach werden würde. Marie hatte noch mehr Einwände.

„Ich kann dir auch die Räumlichkeiten nicht ohne weiteres zur Verfügung stellen. Nicht ohne Einverständnis meiner Auftraggeber. Allerdings ..." Maries Miene hellte sich auf. „Mir kommt gerade eine andere Idee. Ich weiß nur nicht, ob das in die Richtung geht, die du dir wünschst."

„Was meinst du?"

„Hast du schon einmal etwas von Home Staging gehört?“

„Da werden leere Immobilien so eingerichtet, als
würde darin jemand wohnen“, antwortete Annabell.

Sie dachte an ihre alte Wohnung, die mit fremden Er-
innerungsstücken ausstaffiert gewesen war. Es waren
Platzhalter gewesen, die ausgleichen sollten, was ihr
zum Glücklichsein fehlte. Das hatte ihr Luisa immer be-
greiflich machen wollen.

„Genau, und es ist noch mehr. Die Kunst dabei ist,
eine Wohlfühlatmosphäre zu schaffen, damit sich po-
tentielle Käufer schon beim ersten Betreten der Wohnung wie zu Hause fühlen.“

Annabell war noch nicht klar, worauf Marie hinaus-
wollte.

„Stell dir vor, du besichtigst eine Wohnung und schon
beim Hereinkommen schwingt dir ein köstlicher Duft
aus der Küche entgegen. So, als wärst du wirklich gerade heimgekommen. Also wenn das keine gute Ver-
kaufsstrategie ist! Kannst du dir vorstellen, für diese
Menschen zu kochen?“

Annabell ließ die Vorstellung auf sich wirken. Es
fühlte sich stimmig an. Ein Umzug markierte immer einen Umbruch. Einen Neubeginn. Vielleicht konnte sie
diesen Menschen das Ankommen in einem neuen Leben erleichtern.

„Absolut. Das hört sich wunderbar an.“

„Und der Vorteil wäre, dass du damit auch richtig
Geld verdienen kannst“, fuhr Marie mit leuchtenden
Augen fort. Man merkte ihr an, dass sie sich langsam
für die Idee begeisterte. „Im Vergleich zum Ertrag beim
Verkauf einer Immobilie ist die Investition für so einen

Dinnerabend inklusive Vorbereitung gering. Das verklickere ich meinen Auftraggebern schon. Außerdem könnte ich den potentiellen Käufern im Vorgespräch auf den Zahn fühlen, um ihre Vorlieben herauszufinden."

Annabell war froh, mit Marie ein wahres Verkaufstalent ins Boot geholt zu haben. Auch wenn ihr Vorschlag von ihrer eigentlichen Idee abwich, war er damit zu vereinbaren. Es wäre ein stabiles Standbein, und parallel dazu konnte sie in Nicolas' Kirche eine andere Schiene fahren. Würde sie diesen Spagat schaffen? Das Home Staging hatte das Potenzial, als Sprungbrett zu dienen. Sie hatte die Möglichkeit, auf sich und ihr Angebot aufmerksam zu machen, und musste sich nicht darum kümmern, woher sie ihre Gäste bekam. „Sollen wir es auf einen Versuch ankommen lassen?", fragte Annabell.

„Unbedingt. Ich weiß auch schon, bei welcher Gelegenheit. Ich sitze nun schon seit Ewigkeiten auf einer Immobilie und bringe sie einfach nicht an den Mann. Es ist ein luxuriöses Penthouse. Modern, kalt und unbehaglich. Allerdings ist der Besichtigungstermin schon übermorgen. Schaffst du das?"

„Das wird knapp!" Für den nächsten Tag hatte sich der Betriebsprüfer im Red Rabbit angekündigt. Aber da konnte Annabell sowieso nichts mehr tun. Dann würde sie eben nur schnell die Einladungen für den Livemusikabend aus der Druckerei holen und vorbeibringen. Aber es gab noch ein Problem. „Es könnte daran scheitern, dass ich nicht mobil bin. Ich habe kein Auto."

„Ach, wenn es nur das ist. Das bekommen wir schon hin."

35

„Hat er schon was gesagt?", fragte Elsa Vincent, als er zurück in die Küche kam.

Der Betriebsprüfer war vor einer Stunde im Red Rabbit eingetroffen und hatte sich alle Akten bringen lassen. Vincent hatte ihm sein Büro zur Verfügung gestellt. Zwei-, dreimal stellte er ihm eine Frage, aber sonst brütete er still über den Unterlagen.

„Nein, er hat nur nach einem weiteren Stück Kuchen verlangt."

An diesem Morgen war es ruhig im Lokal und das Warten wurde für alle Beteiligten unerträglich. Max wischte nun schon zum vierten Mal über die Arbeitsfläche und Elsa grübelte stumm über einer Tasse Tee. Annabell war noch nicht aufgetaucht. Vincent machte sich Gedanken darüber, ob er sie mit seiner Reaktion auf ihr Angebot vergrämt hatte. Sie wollte ihm dabei helfen, seine Existenzgrundlage zu retten und er hatte es nicht zu würdigen gewusst. Sie hatte ihn überrumpelt.

Das Red Rabbit war sein Traum. Er hatte Sorge, dass ihm wieder alles entglitt. Annabell verdrehte ihm den Kopf. Trotzdem hatte er nach wie vor das Gefühl, sie gar nicht zu kennen. Als Vincent sich umsah, entdeckte er, dass der Brief von der Versicherung immer noch auf dem Tisch lag. Annabell würde zumindest noch vorbeikommen, um ihn zu holen, hoffte er. Dann konnten sie in Ruhe über ihren Vorschlag reden. Und über das, was zwischen ihnen war. Lukas' Behauptung hatte einiges aufgewirbelt. Es hatte ihn und Alex dazu bewogen, sich noch einmal damit auseinanderzusetzen, was sie füreinander empfanden. Sie beide sehnten sich nach einer heilen Familie und vor allem wollten sie für Lukas gute Eltern sein.

Als Liebende hatten sie sich jedoch zu weit voneinander entfernt, so viel stand fest. Doch zumindest als Freunde waren sie sich in den Gesprächen wieder nähergekommen. Wie sollte er Annabell seine Sprunghaftigkeit und die zwiespältigen Gefühle erklären? Er war so schlecht in solchen Dingen.

Verstohlen warf er einen Blick auf das Schreiben und schlug sich kurz darauf die Hand vor die Augen.

„Ich bin so ein Idiot!"

„Da sagst du mir nichts Neues", witzelte Max, merkte aber schnell, dass Vincent nicht dazu aufgelegt war. „Was ist denn los?"

„Das Geld von der Versicherung. Sie bekommt es, weil ihre Wohnung abgebrannt ist. Und ich ...", stammelte er und unterbrach sich mitten im Satz.

„Du ...?" Max wartete, ob Vincent weitersprechen würde, und riss überrascht die Augen auf. „Du hast es nicht gewusst! Wirklich nicht?"

„Nein, ich hatte keine Ahnung. Ihr etwa?" Elsa und Max nickten. Vincent war hin- und hergerissen zwischen Selbstvorwürfen und Ärger auf Annabell. Warum hatte sie ihm nichts gesagt? Sie spielte die gute Samariterin, dabei war sie selbst in einer Notlage. Er sollte ihr dankbar sein, aber im Moment war er einfach nur verwirrt. Annabell war für ihn ein Rätsel.

Nach einer weiteren Stunde hinter verschlossenen Türen kam der Betriebsprüfer endlich aus dem Arbeitszimmer.

„Herr Wagner, ich habe mir einen ersten Überblick verschafft. Für mich besteht kein Grund, die Sache weiterzuverfolgen. Da hat sich unser Tippgeber wohl geirrt. Es sieht alles recht ordentlich aus. Ein paar Kleinigkeiten muss ich beanstanden, darüber möchte ich gerne noch mit Ihnen sprechen. Alles in allem ist es aber recht unspektakulär."

Elsa sah zur Decke, als schickte sie ein Dankeschön gen Himmel.

„Was wurde uns denn vorgeworfen?", fragte Vincent. Nach wie vor konnte er sich nicht vorstellen, wer der Tippgeber war. Wer wollte dem Red Rabbit schaden?

„Es tut mir leid. Das ist eine vertrauliche Information. Ich bin nicht befugt, Ihnen das zu sagen. Ich werde mich aber um eine Aktennotiz kümmern, um zu verhindern, dass Sie nun häufiger von einem meiner Kollegen …", er suchte nach dem passenden Wort, „*Beehrt* werden."

Die Art und Weise, wie er es sagte, ließ Vincent schmunzeln. Er war erleichtert, auch wenn er weiterhin ein mulmiges Gefühl bei dem Gedanken hatte, dass ihn jemand mutwillig bei der Behörde angeschwärzt hatte.

Vincent begleitete den Betriebsprüfer hinaus, da sah er Alfred und Annabell näherkommen. Sie hatte sich bei ihm untergehakt und dem alten Miesepeter tatsächlich ein Lächeln entlockt. Er hielt ihnen die Tür auf und versuchte, in Annabells Gesicht zu lesen. Sie schien nicht verstimmt.

„Schön, dass du da bist", sagte er vorsichtig und sie lächelte ihn an.

„Ich bin hier, um die Flyer für *Die Nacht, die aus der Reihe tanzt* vorbeizubringen. Nadine will sie mit einer Freundin auf der Uni verteilen. Wie läuft es bisher mit dem Betriebsprüfer?"

Vincent rechnete es ihr hoch an, dass sie sich darum gekümmert hatte, obwohl er ihr noch eine Antwort schuldig geblieben war. Warum nur fiel es ihm so schwer, sich auf ihren Vorschlag einzulassen? Ihm gefiel, was sie aus dem Red Rabbit gemacht hatte. Daran konnten sie anknüpfen. Im Restaurant herrschte zwar nicht mehr gähnende Leere, aber es war klar, sie mussten etwas tun, damit ihr Erfolg keine Eintagsfliege blieb. Er hoffte, die Veranstaltung würde dazu beitragen, die Pechsträhne des Red Rabbits zu beenden.

„Er ist schon weg."

„Schon?" Sie klang überrascht.

„Ja, gerade eben. Da hinten geht er. Er hat nichts gefunden, das ihn groß interessiert hätte. Aber er hat durchblicken lassen, dass er wegen eines Tipps hier war."

Annabell blickte dem Finanzbeamten nach, der nun an der Ecke stehengeblieben war und sich mit einem anderen Mann unterhielt.

„Das ist seltsam", sagte sie schließlich. „Ich habe diesen Mann, mit dem er redet, schon einmal gesehen. Ich kann mich nur nicht mehr erinnern, wo. Wer ist das?"

„Das ist der Wirt vom Löwenhof", sagte Vincent.

„Der schon wieder!" Herr Konicki fuchtelte verärgert mit dem Stock in der Luft herum. „Der hat hier schon öfter für Ärger gesorgt. Ich hab dir noch gesagt, nimm dich in Acht vor dem."

Vincent erinnerte sich, dass ihn Alfred gewarnt hatte. Er hatte es als Spinnerei eines alten Mannes abgetan, der keinem Menschen über den Weg traute. Nun tat es ihm leid, ihm Unrecht getan zu haben.

„Jetzt weiß ich es wieder", sagte Annabell. „Ich habe ihn vor einiger Zeit vor dem Red Rabbit gesehen. Er hat sich die Nase an der Scheibe plattgedrückt."

„Dann wissen wir jetzt zumindest, wem wir diese Prüfung zu verdanken haben", sagte Vincent.

Er hielt den beiden die Tür auf und nahm Annabell zur Seite.

„Ich bin dir noch eine Antwort schuldig. Und eine Entschuldigung."

„Es gibt nichts, wofür du dich bei mir entschuldigen müsstest", sagte sie ruhig. „Und bevor du weiterredest: Ich will, dass du dir meinen Vorschlag gut überlegst. Du solltest dir wirklich sicher sein."

„Du hast hier schon so viel Energie reingesteckt", erwiderte Vincent verlegen.

Annabell lächelte. „Egal wie du dich entscheidest: Ich würde es immer wieder so machen. Na ja, vielleicht würde ich mich nicht bei der Schwarzarbeit erwischen lassen." Sie hüstelte gekünstelt, um der Situation den Ernst zu nehmen. „So, und jetzt muss ich los. Ich habe heute noch viel zu tun."

36

Zwanzig Minuten vor Beginn des Gigs war das Red Rabbit noch halbleer. Annabell war beunruhigt. Was, wenn der Abend ein Reinfall würde? Es war Anfang September, eigentlich kein guter Zeitpunkt, da die meisten Studenten noch in den Ferien waren. Hoffentlich interessierten sich aus den Sommerkursen ein paar Leute für die Veranstaltung und brachten Freunde mit, dachte sie. Max schien sich jedoch keine Sorgen zu machen.

„Die kommen schon noch", versicherte er ihr.

Tatsächlich behielt er Recht. Die Fangemeinde der *Underground Romantics* konnte sich sehen lassen. Als die Band auf die Bühne trat, war das Red Rabbit rappelvoll. Annabell entspannte sich und genoss die Musik. Die Texte der rockigen Lieder waren klug und tiefgründig und zeigten immer wieder Max' ernsthafte Seite. Sowieso schien ihr Freund auf der Bühne ein anderer Mensch zu sein, selbstbewusst und souverän. Es waren nicht wenige Frauen im Publikum, die ihn anhimmelten. Es wunderte sie, dass er noch alleine war – an Angeboten schien es ihm jedenfalls nicht zu mangeln.

Annabell sah zur Tür, wo noch ein später Gast eintraf. Es war Nicolas von Odenthal in Begleitung einer Dame. Sie war etwa in seinem Alter, vielleicht etwas jünger. Er nahm ihr den Mantel ab. Darunter kam eine Traumfigur im kleinen Schwarzen zum Vorschein. Sie trug ihr

Haar kurz in einem modernen Pixie Cut, der ihr hervorragend stand. Sie war ohne Frage eine Erscheinung und Annabell war gespannt, ob er sie ihr vorstellen würde. Aber er grüßte nur von weitem und gab seine Bestellung bei Nadine auf, die gleich in seiner Nähe stand. Der Abend verlief besser, als sie es sich ausgemalt hatten. Die Gäste waren in ausgelassener Feierlaune. Nur Elsa machte ein finsteres Gesicht, während sie am Zapfhahn die Gläser füllte. Dabei wanderte ihr Blick immer wieder zu Nicolas, der sich hervorragend mit der Dame in Schwarz amüsierte.

Annabell musste an ihr letztes Gespräch mit Vincents Mutter denken. Elsa hatte ihr erzählt, dass Vincent sich immer noch Vorwürfe machte, weil er die letzten Tage mit seinem Vater nicht genutzt hatte. Ob es ihr irgendwann genauso gehen würde? Der Brief ihrer Mutter, in dem sie Annabell um Verzeihung bat, war immer noch unbeantwortet. Nein, dachte Annabell, sie wollte nichts bereuen müssen und beschloss, noch einmal den Kontakt zu Ingrid zu suchen. Ihre Mutter verdiente eine Chance, zu beweisen, dass sie sich geändert hatte.

Vincent hatte Annabell entdeckt und rückte näher an sie heran. Wie um ihre Entscheidung zu bestätigen, sagte er wehmütig: „Ich wünschte, mein Vater könnte das sehen. Das wäre ein Abend nach seinem Geschmack."

„Max' Band ist unglaublich. Kein Wunder, dass die Leute Schlange stehen", stimmte Annabell zu.

Vincent nickte begeistert. „Ich habe eben einen Kassensturz gemacht. Die Veranstaltung wird ein voller Erfolg. Stoßen wir darauf an!"

Sie schüttelte den Kopf. „Du, da muss ich passen."

„Warum das?“

„Ich trinke nicht.“

„Wie bitte? Das klang aber bei unserer ersten Begegnung noch ganz anders.“ Er boxte sie in die Seite und grinste sie herausfordernd an. „Ich werde aus dir einfach nicht schlau“, raunte er ihr ins Ohr und zog sie näher zu sich heran. Ihr stockte der Atem. Was hatte das zu bedeuten? War die Sache mit Alex nun endgültig vorbei? Vor zweieinhalb Wochen hatte er noch erzählt, sie hätten sich wieder angenähert. Annabell brauchte Klarheit, ehe sie sich auf etwas einließ. Sie wich ihm aus.

„Tja, was soll ich sagen: Du hattest das Glück, einem Jahrhundertereignis beizuwohnen“, konterte sie und reckte das Kinn.

„Tatsache?“ Er riss die Augen auf. „Dann sollte ich mich wohl glücklich schätzen, dass ich es aus nächster Nähe erleben durfte“, neckte er sie. „Wie wär’s mit einer Cola?“

Annabell nickte und sie stießen an.

„Ich bin dir noch immer eine Antwort schuldig“, sagte Vincent schließlich und nahm ihre Hand. „Lass uns nach hinten gehen, hier ist es mir zu laut“, schlug er vor. Annabell zögerte und warf einen Blick über die Schulter. Elsa und Nadine kamen gut zurecht und außerdem war sie heute als Gast hier. Sie ließ sich von ihm in sein Arbeitszimmer führen. Vincent drehte den Schlüssel um.

„Warte. Was hast du vor?“

„Muss ich dir das wirklich erklären?“

Er kam näher. Annabell konnte keinen Schritt mehr zurück. Der Schreibtisch versperrte ihr den Weg.

„Was ist mit Alex?"

Vincent ließ von Annabell ab und sah ihr in die Augen. „Das ist vorbei. Ich bekomme dich einfach nicht mehr aus dem Kopf!"

Jetzt hob er sie auf den Schreibtisch und strich ihr eine Haarsträhne aus dem Gesicht. Er schien auf ihr Einverständnis zu warten und sie lehnte sich leicht nach vorne. Das genügte ihm. Ihre Lippen trafen sich leidenschaftlich und beinahe verzweifelt. Nach einer Weile küsste er sie im Nacken und schob langsam ihr Shirt nach oben. Sie zitterte vor Erregung.

„Ist dir kalt?"

„Nein", hauchte sie und schloss ihre Schenkel um ihn. Er trug sie zur Couch, öffnete ihre Jeans und bedeckte jeden Zentimeter Haut mit seinen Küssen. Annabells Körper bäumte sich auf. Es war kaum auszuhalten. Sie half ihm aus seinem Shirt und strich ihm über den Bauch. Langsam ließ sie ihre Fingerspitzen seinen Hosenbund entlang wandern. Er schloss die Augen und neigte seinen Kopf etwas nach hinten. Sie knöpfte seine Hose auf und ließ die Hand tiefer wandern. Ein kehliges Stöhnen entfuhr ihm. Dann spürte sie die Schwere seines Körpers auf ihr. Sie krallte sich an der Lehne der Couch fest und stimmte in seinen Rhythmus ein. Erst langsam, dann immer intensiver, bis sie alles um sie herum vergaß und sich nicht mehr zurückhalten konnte. Ihr Körper jubilierte, während draußen Applaus aufbrandete. Die Band schien ihren letzten Song gespielt zu haben.

Plötzlich klopfte es an der Tür. Vincent stöhnte auf und flüsterte: „Ignorier es einfach." Doch das Klopfen wurde lauter und vehementer. Vincent fluchte, gab

Annabell einen schnellen Kuss, bevor er sich endgültig von ihr löste und in die Hose sprang. Annabell bekam ihr Shirt in die Finger und versuchte sich damit zu bedecken. Er öffnete die Tür einen Spaltbreit und stellte sich so hin, dass niemand hereinsehen konnte.

„Ja?"

„Da will jemand mit dir sprechen, Vincent", sagte Nadine kleinlaut.

„Okay, ich komme gleich nach vorne."

Sie schlüpften in die restlichen Klamotten. Bevor sie den Raum verließen, zog er Annabell noch einmal in seine Arme und küsste sie.

„Ich bin noch nicht fertig mit dem, was ich dir sagen wollte", erklärte er rau. „Wir sollten unbedingt bald weitermachen, wo wir stehen geblieben sind."

Er machte sie verlegen, doch die Aussicht auf eine Fortsetzung gefiel ihr. Während sie nach vorne gingen, löste Annabell ihren Pferdeschwanz und brachte ihn wieder in Ordnung. Bestimmt konnte man ihr aus fünf Metern Entfernung ansehen, was eben passiert war. Sie hatte jetzt eine klare Antwort darauf, ob Vincent sie in seinem Leben haben wollte. Ob er ihr Geld annehmen würde, blieb jedoch weiterhin offen.

Als sie in den Gastraum kamen, stand Nicolas von Odenthal mit seiner Begleitung an der Theke. Die Dame ergriff das Wort und reichte Vincent die Hand.

„Hallo, mein Hübscher. Sie sind Vincent, nicht wahr? Ich bin Christie Cameno von Radio *Earth & Eden*. Mein Freund hier meinte, ein Besuch im Red Rabbit würde sich lohnen und damit hatte er absolut recht. Es freut mich, Sie kennenzulernen!"

Vincent schaute sie verdutzt an. Elsa bog in Richtung Zapfhahn ein, doch als sie Nicolas erblickte, machte sie auf dem Absatz kehrt. Nicolas holte sie ein und hielt sie am Arm zurück.

„Elsa, bleib hier!“

„Ihr kennt euch?“ Vincent sah jetzt noch verwirrter aus, als er zwischen den dreien hin und her sah. Christie legte ihre Hand auf Vincents, um seine Aufmerksamkeit wieder auf sich zu lenken. „Ich bin auf der Suche nach frischen Storys für meine Radiosendung und möchte Sie dafür gerne interviewen.“

„Mich? Wen sollte das interessieren?“

Vincent schien das alles für einen Scherz zu halten, doch Annabell witterte die große Chance für das Red Rabbit. Sie kannte die Sendung. Sie wurde Sonntagmittag ausgestrahlt und hatte enorme Einschaltquoten. Christie interviewte oft schillernde Persönlichkeiten, die die Hörer mit ihren Lebensgeschichten inspirieren sollten. Für den großen Erfolg der Sendung war vor allem das Fingerspitzengefühl der Moderatorin ausschlaggebend. Sie stellte die richtigen Fragen und verstand es, die Essenz einer Geschichte ans Licht zu bringen.

Nun hob die Reporterin amüsiert die Brauen. „Sie wären überrascht, mein Lieber. Lassen Sie mich erst mal erzählen.“

37

„Einen wunderschönen Sonntag und willkommen zu einer weiteren Folge *Herztöne* auf 120,3. Ich bin Christie Cameno und Sie hören Radio *Earth & Eden*. Heute speisen wir im Red Rabbit und vor mir habe ich einen besonders süßen Hasen sitzen. Ich freue mich aufs Plaudern, Vincent."

Sie zwinkerte ihm übers Mikrophon hinweg zu.

„Guten Morgen, Christie."

Man sah ihm an, wie nervös er war, doch seine Stimme war ruhig.

„Gleich werden wir mehr von Vincent erfahren und darüber, wie er sich einen langgehegten Traum verwirklicht hat. Doch jetzt spielen wir erst etwas Musik."

Christie nahm die Kopfhörer ab und trank einen Schluck Wasser.

„Du machst das prima", sagte sie zu Vincent und er entspannte sich merklich. Sie hatten das Interview zuvor durchgesprochen.

Als die Musik ausklang, zwinkerte Christie ihm aufmunternd zu und beugte sich wieder zu ihrem Mikro. „Wir sind zurück. Ich sitze bei einem herrlich gedeckten Mittagstisch im Red Rabbit. Mir gegenüber ist Vincent Wagner, der Inhaber des Lokals. Vincent, das Red Rabbit war mir bis vor kurzem gänzlich unbekannt, muss ich zu meiner Schande gestehen, dabei blickt es auf eine lange Tradition zurück, richtig?"

„Ja, es war zwei Generationen lang im Besitz meiner Familie. Mein Vater Leo hat es zu einer fixen Größe der Stadt gemacht."

„Doch dann setzte das Schicksal dem ein jähes Ende. Dein Vater verstarb an Krebs, als du gerade sechzehn Jahre alt warst. Wie bist du damit umgegangen?"

„Es war der Tiefpunkt in meinem Leben. Ich wollte selbst nicht mehr auf der Welt sein."

Annabell, die das Interview verfolgte, wurde hellhörig.

Christie fuhr mit ernster Stimme fort: „Du wolltest deinem Leben ein Ende setzen?"

Annabell schlug die Hand vor den Mund. Hatte sie diese Frage wirklich gestellt?

„Ich war fest entschlossen, doch der Versuch ging schief. Heute bin ich froh darum. Ich bin jetzt selbst Vater und liebe meinen Sohn über alles. Ich breche heute mein Schweigen über meinen Suizidversuch, weil ich zeigen möchte, dass es einen Ausweg aus der Verzweiflung gibt. Ich möchte anderen Mut machen, ihr Leben nicht wegzuwerfen, sondern Verantwortung zu übernehmen. Man hat immer eine Wahl."

„Wie ging es dann für dich weiter?"

„Meine Mutter war nach dem Tod meines Vaters gezwungen, das Red Rabbit zu verkaufen. Ich suchte mir eine Arbeit als Fotograf und jobbte in Cafés, um meine Mutter zu unterstützen. Mit dreiundzwanzig wurde ich selbst Vater. Da kamen in mir viele Erinnerungen wieder hoch."

„Und dann meldete sich dein Herz immer lauter zu Wort."

„Eines Tages führte mich ein Fotojob in die Nähe vom Red Rabbit. Ich war nicht mehr dort gewesen, seit wir es aufgeben hatten müssen. Ich folgte einem Gefühl, wollte meinem Vater nahe sein. Dann betrat ich das Lokal und wusste, dass es meine Zukunft war. Ab diesem Zeitpunkt kam ich regelmäßig her und sparte jeden Cent, um es eines Tages mein Eigen zu nennen."

„Dieser Traum ist vor wenigen Monaten in Erfüllung gegangen. Du hast das Red Rabbit wiedereröffnet. War es ein weiter Weg dorthin?"

„Um ehrlich zu sein: Es war ein Alptraum. Die Schulden, der Druck, meine hohen Erwartungen. Es war eine Bewährungsprobe, an der meine Beziehung zerbrochen ist. Bald wäre alles den Bach hinuntergegangen."

„Und wie ist es jetzt?"

„Das Wasser steht uns noch bis zum Hals, aber wir haben schwimmen gelernt und den Kopf oben behalten."

„Aber du warst schon kurz davor, alles hinzuschmeißen?"

„Ja, doch dann hatte ich einen Zusammenstoß mit dem Schicksal."

„Davon musst du mir gleich mehr erzählen. Erst hören wir noch etwas Musik. Wir sind gleich zurück."

Christie nutzte die Pause, um sich frisch zu machen. Die Sendung wurde in einem Nebenzimmer aufgezeichnet, damit die Geräusche aus dem Schankraum im Hintergrund für eine authentische Atmosphäre sorgten. Annabell stand bei der Tür, hob beide Daumen für Vincent und lächelte ihm zu. Sie sagte nichts, da sie seine Konzentration nicht stören wollte. Da war Christie schon zurück.

„Vincent, du hast eben von einem Zusammenstoß mit dem Schicksal gesprochen. Das macht mich neugierig. Magst du mehr erzählen?"

„Ja, es traf mich mit voller Wucht. Ich erinnere mich noch heute an die Kopfschmerzen. Aber es führte dazu, dass ich einem Menschen begegnet bin, dem ich heute unheimlich viel zu verdanken habe." Er drehte sich zur Tür und sah Annabell an. „Es war der Abend, an dem ich meine Geschäftspartnerin Annabell traf."

Annabell traute ihren Ohren nicht. Vincent hatte sie eben von der Aushilfe ohne Anstellung zur Geschäftspartnerin befördert. Das bedeutete wohl, er war mit ihrem Angebot einverstanden!

„Annabell, wollen sie nicht dazu kommen?" Christie zeigte auf den leeren Platz neben Vincent. Hatte der Kopfhörer zuvor auch schon dort gelegen? Hatten die beiden von Anfang an geplant, sie zu überraschen? Sie schüttelte heftig den Kopf und ihr erster Impuls war es, zu fliehen. Doch sie wusste, sie musste sich den Fragen stellen, auch wenn sie Angst hatte. Immerhin hatte sie Vincent zu dem Interview ermutigt.

Christie lächelte ihr aufmunternd zu, als sie sich zögerlich setzte.

„Annabell, das klang für mich nach einer Liebeserklärung. Ist da was dran?"

Sie wurde knallrot. Wie kam die Reporterin jetzt darauf, diese Frage zu stellen? Sie wechselte einen Blick mit Vincent, der ahnungslos mit den Schultern zuckte.

„Es stimmt. Mein Herz schlägt für das Red Rabbit und für die Menschen, die es ausmachen“, brachte Annabell schließlich heraus.

„Du hast deinen sicheren Job bei einer Versicherung hingeschmissen, obwohl deine Zukunft im Red Rabbit ungewiss war. Warst du dir so sicher, dass am Ende alles gut ausgeht?“

Diese Information war nun für Vincent neu. Annabell war sich ziemlich sicher, dass Max ihm nicht davon erzählt hatte. Diese Journalistin verstand es, ihnen die Masken herunterzureißen, hinter denen sie sich voreinander versteckten. Sie hatte jedenfalls gut recherchiert.

„Nein, ich war mir ganz und gar nicht sicher, aber ...“ Sie suchte nach den richtigen Worten. „Ich habe versucht, auf mein Herz zu hören.“

„Unser Herz kennt immer den richtigen Weg“, stimmte Christie zu und machte eine vielsagende Pause. „Dazu wollt ihr auch eure Gäste ermutigen. Kannst du uns dazu mehr erzählen, Annabell? Welche Botschaft wollt ihr ihnen mit auf den Weg geben?“

„Als ich das Red Rabbit zum ersten Mal betrat, war es für mich, als käme ich zu Hause an. Ich wollte mit meiner Idee etwas schaffen, das ich selbst in meiner Kindheit und auch im Erwachsenenalter oft vermisst habe. Einen Ort, wo man sich verbunden fühlt und dabei ganz man selbst sein kann. Einen Tisch, um den man sich versammelt, um das Leben zu genießen und sich von den Dingen zu erzählen, die einen bewegen. Ich meine damit nicht nur die schönen Momente, die wir gerne mit anderen teilen, sondern auch Wut, Enttäuschung und Verzweiflung.“

Annabell wusste gar nicht, woher sie diese Worte nahm. Sie sprudelten einfach aus ihr heraus.

Christie lächelte sie aufmunternd an. „Anregungen dazu findet man im Red Rabbit überall. Ich habe kleine Botschaften auf den Tischen entdeckt und auch in der Speisekarte verstecken sich Hinweise. Essen bedeutet für euch nicht nur, die Bäuche zu füllen oder den Gaumen zu verwöhnen, sondern auch die Seele zu nähren. Wie ist das gemeint?“

„Wir verbinden nicht nur mit bestimmten Lieblingsspeisen viele Erinnerungen, sondern auch mit dem Essen als Ritual. Wir möchten positive Erinnerungen daran wieder aufleben lassen und die Gelegenheit geben, negative zu heilen. Wir wollen unseren Gästen Denkanstöße geben, ihr Leben in allen Gefühlslagen bewusst wahrzunehmen und zu gestalten.“

„Sind die Menschen offen für diese Botschaften?“

„Das bleibt abzuwarten, aber ich wünsche es mir. Eine gute Freundin hat mir vor einiger Zeit selbst solche *Denkzettel* verpasst. Sie hat Aufgaben für mich in einem Blechherz gesammelt. Zuerst habe ich aus Neugier mitgemacht. Es war eine willkommene Abwechslung in einer Phase meines Lebens, in der ich selbst nichts mit mir anfangen konnte. Dann hat alles eine Eigendynamik entwickelt. Inzwischen glaube ich, dass das Leben unentwegt versucht, uns in die richtige Richtung zu schubsen. Wenn wir nicht aufpassen, fallen wir hin und lernen es auf die harte Tour.“

Die Erkenntnis kam, während sie die Worte aussprach.

„Sprichst du da aus Erfahrung?“

„Ja, ich musste lernen, Altes loszulassen und mein Herz für Neues zu öffnen. Und ich habe den steinigen Weg gewählt."

„Wie können wir es uns leichter machen?"

Annabell dachte eine Weile darüber nach.

„Man sollte aufhören, sich als Opfer zu fühlen. Wir haben alles mitbekommen, um unser Leben zu meistern. Ich weiß, es gibt Schicksalsschläge, die es einem schwermachen, nach vorne zu blicken. Aber irgendwann ist es Zeit, sein Leben wieder in die Hand zu nehmen."

„Wir haben mehr Einfluss auf unser Schicksal, als wir ahnen", fasste Christie zusammen. „Sollten wir alle mehr nach Zeichen Ausschau halten?"

Annabell spielte mit der Kette, die sie von Marie auf dem Flohmarkt gekauft hatte. „Nein, das glaube ich nicht. Wir sollten unsere Entscheidungen nicht davon abhängig machen, ob wir Zeichen erhalten. Wie Vincent schon sagte: Wir haben selbst die Wahl. Das Herz ist unser Kompass. Wenn wir uns von unserem Weg entfernen, zieht es sich zusammen. Gehen wir in die richtige Richtung, fühlt es sich einfach gut und aufregend an."

„Das ist ein schönes Schlusswort, finde ich. Vincent und Annabell, vielen Dank für das wundervolle Gespräch. Liebe Zuhörer, wir sind leider schon am Ende unserer Sendung angelangt. Wieder hat sich gezeigt, dass sich unser Herz mit aller Macht Gehör verschafft und was wir bewirken können, wenn wir seinem Ruf folgen. Wir hören uns wieder nächsten Sonntag, zu einer neuen Folge Herztöne."

38

Elsa fing Nicolas bei der Eingangstür ab, als er ins Red Rabbit kam und ging mit ihm hinaus. Sie zog ihn in die schmale Gasse, die sich zwischen dem Lokal und dem Nachbargebäude befand.

„Das nenne ich eine Begrüßung", sagte er. „Bekomme ich jetzt einen Kuss?"

Er ging einen Schritt auf sie zu, doch sie hielt ihn mit der flachen Hand auf seiner Brust zurück.

„Nick", sagte sie ernst. „Ich habe das Ergebnis erhalten."

In Wirklichkeit hatte sie längst Antwort vom Labor bekommen. Nachdem sie es geschafft hatte, Vincent unbemerkt ein Haar abzuluchsen, das sie für die Auswertung benötigte, war alles ganz schnell gegangen. Innerhalb weniger Tage hatte sie das Ergebnis in Händen gehalten. Welche Ironie nach den langen Jahren der Ungewissheit. Sie hatte gezögert, es ihm zu sagen, und als er mit dieser Christie ins Lokal gekommen war, hatte sie es nicht über sich gebracht. Doch jetzt war der Zeitpunkt gekommen.

Das Grinsen war aus Nicolas' Gesicht gewichen. Die Anspannung war ihm anzumerken.

„Du bist nicht Vincents Vater."

„Nicht?" Er klang betroffen. Elsa sah ihm prüfend in die Augen und entdeckte echtes Bedauern. Das ergriff sie sehr. Sie schluckte einen Kloß im Hals hinunter und drückte seine Hand. Sie war froh, dass der Test so ausgefallen war. Erleichtert, dass Leo seinen richtigen Sohn großgezogen hatte und nicht ein Kind, das sie ihm untergejubelt hatte. Nun musste sie Vincent nicht mit einer Geschichte behelligen, die das Glück in seinem Leben wieder ins Wanken gebracht hätte. Davon hätte niemand etwas gehabt und sie war sich sicher, auch Leo hätte das unter keinen Umständen gewollt.

Und doch: Sie spielte mit dem Gedanken, wie ihr Leben verlaufen wäre, wenn Nicolas der Vater gewesen wäre. Wenn sie den Mut gehabt hätte, ihm davon zu erzählen. Dann wäre sie nicht viel zu jung Witwe geworden und Vincent nicht Halbwaise. Sie verscheuchte diese Vorstellung. Leo war ein guter Mann gewesen, ein besserer, als sie es sich jemals gewünscht hatte, und ein wunderbarer Vater für Vincent. Neben ihrem Sohn gab es in ihrem Leben zwei Männer, die sie liebte. Einen hatte sie viel zu früh gehen lassen müssen, der andere kam jetzt wieder zu ihr zurück. Nick hielt sie im Arm und sie standen noch eine Weile schweigend in der Gasse.

„Bist du okay?", fragte sie ihn.

Er nickte.

„Dann lass uns hineingehen."

Als sie um die Ecke bogen, sahen sie ein junges Paar auf sie zukommen.

„Kommen Sie auch zur Feier?", fragte die Frau.

Annabell sah Elsa und Nicolas zur Tür hereinkommen und dahinter einen Gast, den sie schon sehnsüchtig erwartete.

„Luisa!“

Sie liefen aufeinander zu und fielen sich um den Hals. Nach einem Moment löste sich Luisa aus der Umarmung, legte ihre Hände auf Annabells Schulter und sah ihr direkt in die Augen.

„Ich hab dich so vermisst.“

Sie umarmten sich wieder.

„Ich dich auch. Gut, dass du wieder da bist.“ Dann flüsterte sie Luisa ins Ohr. „Und wen hast du da mit im Gepäck? Wie war sein Name? Romeo?“

„Nein, das ist immer noch James.“ Sie winkte ihn zu sich. „Honey, das ist meine beste Freundin Annabell.“ Er nickte ihr lächelnd zu und Luisa legte einen Arm um ihn. „Eine neue Liebe gibt es aber trotzdem in meinem Leben.“

Annabell verstand nicht gleich. Hatten sie eine Ménage-à-trois und die Nummer drei im Bunde würde gleich nachkommen? Luisa sah Annabells verdutztes Gesicht und musste schallend lachen.

„Ich bekomme ein Baby, Annabell! Ich bin hier, um dich zu fragen, ob du die Patentante sein willst.“

Das war also die Überraschung, von der Luisa gesprochen hatte! Jetzt fassten sie sich an den Händen und sprangen kreischend auf und ab.

„Oh mein Gott, ich freu mich so für dich! Ich meine, euch. Und ja. Ja, das will ich furchtbar gerne. Bleibt ihr denn hier?“

„Vorerst ja. Jedenfalls bis das Baby auf der Welt ist. Dann sehen wir weiter.“

Vincent hatte sich im Hintergrund gehalten, kam aber jetzt auf Luisa zu und schüttelte ihr die Hand.

„Herzlichen Glückwunsch. Erinnerst du dich noch an mich? Ich bin Vincent.“

„Sicher doch!“ Luisa lächelte ihn an und warf Annabell einen anerkennenden Blick zu. „Ich kann mich noch gut an dich erinnern, außerdem hab ich seitdem viel von dir gehört.“ Dann hakte sie sich bei ihm unter.

„Aber sag mal: Was hast du denn mit meiner Annabell gemacht? Ich erkenne sie ja kaum wieder. So glücklich hab ich sie seit Jahren nicht gesehen.“

„Das ist nicht mein Verdienst. Eigentlich ist es eher umgekehrt. Ich kann mich glücklich schätzen, ihr begegnet zu sein.“

Sie gingen gemeinsam zu den anderen Gästen, wo Annabell einen Platz am Tisch von Brigitte und Philipp für Luisa reserviert hatte. Auch hier war die Wiedersehensfreude groß.

„Oh mein Gott, oh mein Gott, oh mein Gott.“ Luisa sah Brigitte an und fasste dann auf ihren Bauch. „Du auch?“

Annabell fand, dass Brigittes Bäuchlein noch gar nicht so groß war. Ein Außenstehender hätte vermutlich nichts gemerkt. Unter dem engen Shirt zeichnete sich die Wölbung zwar schon deutlich ab, doch noch war sie in dem Stadium, in dem man sich eigentlich nicht fragen traute, um nicht ins Fettnäpfchen zu treten. Einer Schwangeren konnte man in dieser Hinsicht anscheinend nichts vormachen. Luisa lag mit ihrer Vermutung richtig.

„Ja, im März ist es soweit.“

Annabell rechnete nach. Das bedeutete, Brigitte musste bei ihrem Geburtstag schon schwanger gewesen sein. Das hatte sie geschickt verborgen. Da fiel ihr wieder ein, wie Vincent Brigitte mit einem verschwörerischen Blick zugeprostet hatte. Die zwei steckten unter einer Decke! In den anderen Lokalen hatte Brigitte darauf bestanden, für die Getränke zu sorgen. Annabell hatte keinen Verdacht geschöpft, aber Luisa wäre es bestimmt aufgefallen, wenn sie hier gewesen wäre.

Nun ließ Annabell die beiden in ihrem Redeschwall alleine und ging zur Theke, wo Marie mit Max flirtete. Als ihre Freundin sie sah, unterbrach sie jedoch sofort ihr Gespräch. „Annabell, das Landmeyer Anwesen ist verkauft."

„Wirklich? Das ist großartig!"

Die beiden Frauen schlugen ein. Das war schon die zweite schwer zu vermittelnde Immobilie in Maries Portfolio, die dank ihrer Teamarbeit doch noch einen Käufer gefunden hatte.

„Meine Kollegen werden schon misstrauisch. Die denken, das geht nicht mit rechten Dingen zu. Aber ich werde mich davor hüten, ihnen mein Geheimrezept zu verraten."

„Wohl eher deine Geheimwaffe." Max zwinkerte Annabell zu. „Ihr zwei im Doppelpack – klar, dass deine Kollegen da einpacken können." Er schaute auf seine Armbanduhr und wandte sich Annabell zu. „Sollen wir anfangen?"

„Einen Moment noch. Ich geb dir dann Bescheid." Annabell erwartete noch einen letzten Gast.

Sie ging an den Tisch, an dem Nicolas und Elsa gemeinsam mit Lotti saßen.

„Möchtet ihr noch etwas zu trinken? Wir fangen gleich mit dem Essen an."

„Nein, wir sind bestens versorgt", sagte Elsa.

Vincent sprach einen Tisch weiter mit Alex, die ohne ihren Freund da war. Nach einigem Hin und Her hatte sie sich von ihm getrennt und war mit Lukas in der Stadt geblieben. Neben ihnen saßen die Habermanns. Lukas und Basti verstanden sich prächtig und jagten Peppers durch die Gegend. Diese sprang auf ihrer Flucht auf den Tisch von Herrn Konicki und Herrn Ehling.

„Du schon wieder!", schimpfte Herr Konicki.

Herr Ehling brachte Peppers auf seinem Schoß in Sicherheit.

„Nun lass sie doch!", ermahnte er seinen Freund. „Ja, das gefällt dir", sagte er zu Peppers, während er sie unter dem Kinn kraulte.

Annabell blickte zur Tür.

„Bist du enttäuscht, dass sie nicht kommt?" Vincent legte seinen Arm um ihre Schultern und zog sie näher an sich.

„Ein bisschen." Sie wollte sich mit ihrer Mutter aussöhnen und hatte sie deshalb zur Feier eingeladen. Doch sie hatte keine Antwort erhalten. Insgeheim vermutete Annabell, ihre Mutter hatte sich zu bequem in ihrem neuen Leben eingerichtet. Sie wollte sich die Idylle von ihrer erwachsenen Tochter und all den Erinnerungen an ihr altes Ich nicht durcheinanderbringen lassen.

Die anderen Gäste waren bereits vor einer dreiviertel Stunde eingetroffen. Sie musste einsehen, dass ihre Mutter nicht mehr kommen würde.

„Ich bin okay", sagte sie zu Vincent. Und es stimmte: Was auch immer ihre Mutter von der Feier fernhielt, es hatte nichts mit ihr zu tun. Das erkannte Annabell jetzt.

Genauso wenig wie es ihre Schuld gewesen war, dass ihre Familie auseinandergebrochen war. Diese Verantwortung hatte sie sich insgeheim immer aufgebürdet. Sie hatte sich vor anderen zurückgezogen, um den Schmerz nicht erneut durchleben zu müssen. Aus Angst vor dem Alleinsein hatte sie niemanden hineingelassen in ihr Leben. Dafür trug sie die Verantwortung und auch dafür, dass sie nun ihr Herz wieder öffnen würde. Es gab so viele tolle Menschen in ihrem Leben, sie brauchte sich nur umzusehen. Sie schaute zu Luisa, die mit ihren Herzensbotschaften den Stein ins Rollen gebracht hatte und war ihr unendlich dankbar.

Vincent verschaffte sich Gehör, indem er ein Glas mit einer Gabel zum Klirren brachte.

„Hört, hört, der Chef hat was zu sagen", neckte ihn Max, der immer noch hinter der Theke stand.

„Klappe!", gab dieser zurück und grinste ihn an. Dann drehte er sich wieder zu den anderen um.

„Danke an euch alle. Wir wollen gleich mit dem Essen anfangen, aber zuerst möchte ich ein paar Worte sagen." Er stützte sich auf der Lehne eines Stuhls ab und schaute zu Boden, um sich zu sammeln.

„Wie ihr wisst, liegen turbulente Zeiten hinter uns. Nicht nur das Red Rabbit steckte in der Krise, sondern auch ich. Alex, es tut mir leid, was ich angerichtet habe. Du bist eine tolle Frau und Mutter und ich bin dankbar, dass du meiner Einladung für heute gefolgt bist. Wir möchten mit euch allen feiern. Wir feiern, was wir in den letzten Wochen geschafft haben. Jeder von euch hat auf seine Weise dazu beigetragen, dass das Red Rabbit in eine rosige Zukunft blickt."

Seit das Interview vor zweieinhalb Wochen im Radio ausgestrahlt worden war, hatte sich viel im Red Rabbit getan. Die Gäste kamen und hatten Spaß an den traditionellen Gerichten mit den originellen Namen. Das Semester hatte kürzlich begonnen, und immer mehr Studenten bevölkerten das Gastzimmer. Der Restaurantbetrieb lief so gut, dass sie schon darüber nachdachten, Personal aufzustocken. Vorerst kamen noch Aushilfen zum Einsatz, aber wenn es so weiterging, konnten sie bald jemanden fix ins Boot holen. Außerdem war absehbar, dass es nicht bei dem einen *Abend, der aus der Reihe tanzt* bleiben würde. Es hatten bereits einige junge Künstler angefragt, einen der Abende zu gestalten.

„Mein größter Dank gilt aber Annabell. Kommst du zu mir her?" Er streckte die Hand zu ihr aus und sie trat etwas verlegen neben ihn.

„Ich bin ein Mann der Tat, kein Mann der großen Worte. Nichts was ich sagen könnte, macht deutlich genug, wie ich mich fühle. Deshalb ..." Er küsste sie vor versammelter Mannschaft. Alle klatschten, jubelten oder pfiffen und Annabell wusste gar nicht, wie ihr geschah.

„Jetzt ist aber genug. Wir wollen essen", scherzte Max. Dann bedeutete er den beiden Aushilfen, dass sie das Essen auftragen sollten und ging in die Küche.

Vincent nahm Annabell an der Hand und zog sie von den anderen weg. Vor der Apothekerkommode machte er halt.

„Heute bist du an der Reihe, überrascht zu werden", sagte er. „Komm, schau mal, welche Vorspeise es für dich gibt."

Annabell war gespannt. Sie öffnete die Schublade, die er ihr zeigte, und fand darin ein Halsband, auf dem *Peppers* eingestickt war. Vincent grinste.

„Da steht deine Telefonnummer drinnen. Wenn sie wieder ausbüxt, dann weiß der Finder gleich, wo er sie abgeben kann."

Annabell lachte. „Du hast recht. So eine Überraschung hatte ich echt nicht erwartet."

„Das war noch nicht alles. Jetzt ist der Hauptgang an der Reihe."

Sie zog die Schublade auf und fand einen Schlüssel darin, den sie sofort als den Autoschlüssel von Vincents Transporter erkannte. Daran befand sich ein Anhänger mit dem Logo, das sich Annabell für ihr Catering ausgedacht hatte. Es zeigte einen Hasen mit Engelsflügeln, den *Flying Rabbit.* So hatten sie ihren neuen Geschäftszweig genannt. Es war mehr als ein Red Rabbit auf Rädern. Es war ein Catering für Leib und Seele. Annabell konnte damit viele ihrer Ideen verwirklichen, jetzt wo sie mit Vincent und seinem Team an der Basis wirtschaftlich viel besser aufgestellt war.

„Vergiss nicht, vorsichtig zu fahren", neckte er sie. „Du hast zwar jetzt Flügel bekommen, aber da ich deine Fahrkünste kenne, fühle ich mich trotzdem verpflichtet, dich daran zu erinnern."

„Schon gut!", erwiderte Annabell grinsend. „Jetzt will ich aber wissen, was es zum Dessert gibt!" Sie öffnete die Lade und fand darin ein Foto von Vincent.

„Ist das eine Aufforderung, dich zu vernaschen?" Sie musste lachen. „Jederzeit", sagte sie und gab ihm einen schnellen Kuss.

„Du hast etwas übersehen."

Sie hob das Foto heraus, darunter kam ein weiterer
Schlüssel zum Vorschein.

„Der ist für meine Wohnung.“

„Oh, danke.“ Annabell freute sich über diese Geste
und umarmte ihn.

„Und was sagst du?

„Wozu?“

„Ich frage dich, ob du bei mir einziehen willst. Mir ist
es nämlich nicht genug, dass ich dich den halben Tag
auf der Arbeit sehe.“

„Ich ...“

„Papa? Hat sie schon Ja gesagt?“

Lukas stand hinter ihnen. Er schleppte Peppers daher,
aber gerade, als er die Frage gestellt hatte, schlüpfte sie
ihm aus den Armen.

„Wäre es denn für dich in Ordnung?“

Lukas nickte.

„Du hast gesagt, dass du ihn liebhast. Und wenn man
jemanden liebhat, will man doch immer bei ihm sein.“

„Eben“, sagte Vincent.

„Da hast du natürlich recht. In dem Fall sage ich
selbstverständlich Ja, aber unter einer Bedingung.“

„Ja?“ Vincent wollte mehr wissen.

„Wenn du wieder anfängst zu singen, bin ich leider
gezwungen, meine Koffer zu packen.“

Lukas kicherte und Vincent spielte den Empörten.

„Da seid ihr beide euch wohl einig. Na wartet ...“

Er kitzelte Lukas. Der flüchtete zu seiner Mutter und
setzte sich wieder an den Tisch, wo sein Essen auf ihn
wartete.

„Annabell?“, fragte Vincent leise.

„Ja?“

„Hast du es wirklich ernst gemeint?“

„Das mit dem Singen? Es ist mein voller Ernst.“ Sie streckte ihm die Zungenspitze heraus. Dann schlang sie die Arme um seinen Oberkörper und lehnte sich an seine Brust. „Ich freue mich darauf, bei dir einzuziehen, denn bei dir fühle ich mich zu Hause.“

Sie fühlte sich endlich angekommen und bereit für eine Zukunft, die sie selbst gestalten würde, wie es ihr gefiel. Ein Leben, in dem ihr Herz den Takt angab.

Danksagung

An dieser Stelle möchte ich mich bei allen bedanken, die mir dabei geholfen haben, dem Ruf meines Herzens zu folgen und dieses Buch zu schreiben.

Wie meine Protagonistin Annabell wollte auch ich erst nicht hinhören. Den ersten Versuch gab ich schon nach wenigen Kapiteln auf. Es sollte Jahre dauern, bis ich mich dazu entschloss, die Selbstzweifel auszuschalten und meinem Roman eine zweite Chance zu geben.

Der Auslöser dafür war meine kleine Tochter, die mir gezeigt hat, wofür es sich lohnt, im Leben einzustehen.

Ab da hat sich alles auf wundersame Weise gefügt. Wobei, ganz so einfach war es natürlich nicht. Es gab einige Stolpersteine, die ich aber mithilfe einiger lieber Menschen überwinden konnte.

Zuerst danke ich meiner Agentin Alisha Bionda von der Agentur Ashera für den Glauben in mich und das Projekt, für ihr offenes Ohr und ihre wertvollen Ratschläge. Dem Team von dp DIGITAL PUBLISHERS möchte ich für den Vertrauensvorschuss und die tolle Zusammenarbeit danken. Es bedeutet mir sehr viel, meinen Roman hier zu veröffentlichen. Vielen Dank für diese Chance!

Doch schon davor haben viele Menschen an diesem Buch mitgewirkt. Wenige Worte reichen eigentlich nicht aus, um sich dafür zu bedanken. Aber ihr kennt mich und wisst, wie ich fühle! Ich danke meinen Eltern, die mir Rückhalt geben, egal was ich mir vornehme. Meiner Schwester Claudia, die so viel beitrug – wertschätzende Kritik und ermutigende Worte. Meinen Testleserinnen Eli und Sammy: Ihr seid wundervoll! Meinem Onkel Sigi, der sich für mich als Testleser in ein für ihn neues Genre vorgewagt hat. Meinen Schwiegereltern, wie auch meinen Eltern, die stets zur Stelle sind und helfen.

Vor allem danke ich einem besonderen Helden in meinem Leben, Peter, der immer mit mir mitfiebert, hinter mir steht, die richtigen Worte findet und mir zeigt, wie leicht es sein kann, aus dem Herzen heraus zu entscheiden.

Mehr humorvolle Liebesromane

Highland Hearts
Gabriele Ketterl
E-Book-ISBN: 978-3-96087-8-759
Print-ISBN: 978-3-96817-0-169

Entscheide dich: Herz oder Vernunft?
Der neue Liebesroman vor der romantischen Kulisse der schottischen Highlands

Um ihre Eltern zu unterstützen, jobbt die Studentin Santana in einer Reiseagentur. Niemals hätte sie mit ihrem neuesten Auftrag gerechnet: Tyler „Hawk" Vaughn, das bestbezahlte und begehrteste Männermodel Amerikas, soll in den Highlands für eine Werbekampagne fotografiert und währenddessen von Santana betreut werden. Dabei machen ihr nicht nur ihre wichtigtuerische Chefin und die eifersüchtige Produzentin das Leben schwer, sondern auch Hawk selbst, der sich als egozentrisch und arrogant entpuppt. Santana würde am liebsten das Handtuch oder wenigstens irgendetwas nach diesem unverschämten Kerl werfen, denn er raubt ihr den letzten Nerv. Zumindest bis er sich bei einem Dreh in den Highlands von einer anderen Seite zeigt, die ihr Leben gehörig durcheinander wirbelt ...

Right for Love
Jo Jonson
E-Book-ISBN: 978-3-96087-8-988
Print-ISBN: 978-3-96087-2-610

**Manchmal reicht ein Augenblick, um alles zu verändern ...
Ein mitreißender Roman über die wahre Liebe und den Mut, die eigenen Träume zu erfüllen**

Die rastlose Emma sucht ihr ganzes Leben schon nach der einen großen Liebe. Als nach zahlreichen bedeutungslosen Liebschaften nun auch ihre langjährige Beziehung zu ihrem Kollegen Alex scheitert, zieht sich die junge Frau vollständig in sich zurück und schwört der Männerwelt ab. Bis zu dem schicksalhaften Abend, an dem sie die Stimme jenes Mannes im Radio hört, der ihr Herz zum Singen bringt. Sofort ist sie Feuer und Flamme und lässt sich in die Gefühle fallen, die Jason in ihr auslöst. Ihr Kontakt beschränkt sich jedoch auf Nachrichten, die immer mehr Fragen in Emma aufwerfen: Ist sie mehr für ihn als nur ein Zeitvertreib, fühlt er ähnlich wie sie? Bald kommen ihr Zweifel, ob der Mann am anderen Ende Deutschlands nicht nur ein Gebilde aus ihren sehnsüchtigen Träumen ist oder ob sie beide auch eine echte Chance zusammen hätten ...